与火焰——为人权呼号

世纪前期文学故事

范中华◎编著

湖南人民出版社

图书在版编目（CIP）数据

剑与火焰：为人权呼号：西方 19 世纪前期文学故事 / 范中华编著 . —长沙：湖南人民出版社，2013.1（2024.09 重印）

（快乐读中外文学故事）

ISBN 978-7-5438-8653-7

I. ①剑… Ⅱ . ①范… Ⅲ . ①故事—作品集—中国—当代 Ⅳ . ① I247.8

中国版本图书馆 CIP 数据核字（2012）第 186794 号

快乐读中外文学故事：剑与火焰——为人权呼号（西方19世纪前期文学故事）

编 著 者　范中华

责任编辑　骆荣顺

装帧设计　君和设计

出版发行　湖南人民出版社［http://www.hnppp.com］

地　　址　长沙市营盘东路3号

邮　　编　410005

经　　销　湖南省新华书店

印　　刷　永清县晔盛亚胶印有限公司

版　　次　2013 年 1 月第 1 版
　　　　　2024 年 9 月第 4 次印刷

开　　本　710×1000　1/16

印　　张　15

字　　数　250千字

书　　号　ISBN 978-7-5438-8653-7

定　　价　25.00元

营销电话：0731-82683348　　（如发现印装质量问题请与出版社调换）

目 录

"感伤的新人"作家葛德汶
gǎn shāng de xīn rén zuò jiā gé dé wèn

　　威廉·葛德汶（1756—1836）这个名字并不为广大中国读者所熟悉。他是 18 世纪末叶英国伟大的政论家兼文学家，杰出的民主运动代表。经典的文学史上习惯于将他与湖畔派诗人并列，归入英国浪漫主义的第一个时期，并称他的创作是从启蒙运动到浪漫主义的过渡现象。

　　葛德汶出生在一个牧师家庭，父亲是加尔文教的虔诚信徒。他的童年读物，除了班扬的《天路历程》以外，没有任何文艺作品，无怪乎葛德汶最初也做了牧师。然而，葛德汶在传教时总是断言：不但人间君主，即使上帝自己也没有暴政虐民的权利。

　　随着思想的不断成熟，葛德汶越发不能忍受枯燥乏味的牧师生活了。他接触了一些哲学著作，从而使他的世界观发生了根本性转变——从一名加尔文教徒转变为无神论者。1783 年，他辞掉了牧师之职，来到伦敦，决定从事他热爱的文学事业。从那时起，他就开始跟当时所有进步人士密切交往：他与普里斯特利（当时的哲学家、政论家）通信，讨论自然神论的问题；又结交了伦敦通讯协会的许多会员，其中包括诗人布莱克和霍尔克洛夫特；经常聆听普莱斯博士为法国革命而作的精彩演讲，而且还常常参加革命协会的午餐会。

　　当时的政治斗争是十分激烈的。英国政府对以民主力量为核心的雅各宾党展开了疯狂的围剿，葛德汶多次被牵扯其中。当伦敦通讯协会十二会员案件发生后，他立刻在《新闻晨报》上发表文章为被告辩护，执政当局在葛德汶的雄辩和群众的呼声面前不得不做出让步，宣判被告们无罪。紧接着，葛德汶本人也因 1793 年发表的《政治正义论》一书而成为被告，但当局很快又撤消了对他的起诉，原因可笑至极：如果一部书的定价大大超过工人一个月的工资，那么它便无法对群众发生影响。不过，当局的估计错了：手工业工人们常常合伙购买一本《政治正义论》，然后三五成群

地聚集在一起朗读。

如果说葛德汶的政治活动使他成为一名时代的伟大战士，那么文学创作则使他得以流芳百世。当 1783 年二十七岁的葛德汶到伦敦从事文学事业时，英国的文坛是十分寂寞的。正如葛德汶传记的作者布朗指出的那样：在文艺方面，旧时代已经过去，新时代尚未到来。那一年文坛上只有两件大事：布莱克的《诗素描》与克雷布的《乡村》相继发表。他们一个预言了 19 世纪的浪漫主义倾向，另一个则成为现实主义倾向的先声。

葛德汶最初的三部小说没有流传下来，它们均完成于 1783 年至 1784 年间，分别是《达蒙与狄莉亚》、《意大利书信》、《伊摩根——牧歌传奇》。直到 1794 年，葛德汶才发表他的第一部知名于当代的小说《事物的真相》，又名《卡莱布·威廉斯的经历》。这部小说的主人公卡莱布·威廉斯是地主福克兰的书记。一天，卡莱布无意间在主人家发现了一只神秘的大箱子。在事实面前，为了求得卡莱布的缄默，道貌岸然的福克兰只得承认自己曾杀死一个地主，即他的邻居蒂列尔，并听凭蒂列尔的佃户霍金斯身陷冤狱，成为自己的替罪羊。可是后来福克兰又怕卡莱布告发他，就利用伪造的证据，诬告卡莱布有偷窃行为，使这个可怜的年轻人也身陷囹圄。在这里，葛德汶深刻地揭示出：财产和地位的不平等决定了不列颠社会司法和道德的一切方面。正如卡莱布为自己辩白失败后的义愤之言：六千金镑的收入就是免予起诉的刺不穿的盾；正式而且认真的告发所以被推翻，仅仅因为它是仆人所做的。

葛德汶在《卡莱布·威廉斯的经历》中主要抨击了血统特权，而他的第二部小说《圣·利昂》，则将矛头对准了时代的新宠儿黄金特权。小说一开始讲到 16 世纪的一个法国贵族，德·圣利昂伯爵因打牌而破了产，被迫携带家人到瑞士去谋生，在那里过着平凡的农民生活。然而，我们的主人公却不满意现在的生活：他受不了别人对自己大声说话，也受不了以前的朋友对自己不屑一顾，甚至连做梦都希望能够重振家业，恢复以前衣食不愁的贵族生活。命运再次垂青了他。一个神秘的朝香客临死时传授了圣·利昂点金之术，同时也告诉他长生不老的秘方。但这个朝香客提出了一个条件，就是不要把财富的来源告诉任何人。

圣·利昂欣喜若狂，坚信财富将给他带来无止境的幸福，但他很快就后悔了：由于财富来源不明，儿子跟他断绝关系出走了；他的女儿嫁不出去，因为恋人的父亲不愿跟有钱的地主结亲；他的妻子因儿女的不幸忧伤而死；就连圣·利昂本人也因有杀害和私埋这个来历不明的朝香客之嫌而锒铛入狱。出狱后，虽然他决心做个造福人类的善人，但厄运仍然穷追不放。他到当时最贫困的匈牙利去，把黄金分赠给居民，但他只是增加了流通的黄金数量，而不能增加市面上产品的数量。在流通规律面前，点金术无能为力。

《圣·利昂》表现出强烈的浪漫主义气息，正如葛德汶在序言中所说，他企图把人类的感情和热爱同荒诞的境遇混合起来。炼金术士的秘密丹炉，宗教裁判所的黑暗地窖，匈牙利碉堡的地下监狱，这些细节描写都加强了这部作品的浪漫主义色彩。

在 1800 年以后的创作中，葛德汶的浪漫主义倾向更加明显地表现出来。在小说《感情的新人》中，作者集中笔墨描绘了主人公卡兹米尔·弗利特武德的恋爱心理经历。弗利特武德一心只沉浸于自己的私生活，他的青春热情在国会里碰了壁后，便一蹶不振，开始出国漫游。这是一个消极遁世者的典型，背着自己沉重的幻想，像背着无法减轻的重荷："期望使我兴奋，可是一旦实现又使我陷于希望幻灭的难受的空虚之感。"葛德汶之所以将小说命名为《感情的新人》，是相对于亨利·麦肯齐的小说《感情的新人》而言的，从两部小说的对比中我们可以感受到：18 世纪伤感的主人公已开始转变成 19 世纪幻灭的浪漫主义主人公了。

在接下来的小说《曼德维尔》中，这种转变表现得更为明显。主人公曼德维尔是个苦命的孤儿，除了姐姐以外，他全家人都在爱尔兰天主教徒起义中牺牲。他在叔叔的城堡中长大。叔叔因为年轻时的恋爱悲剧而心灰意懒，过着隐居生活。这一切使曼德维尔养成了忧郁孤僻的性格，他宁愿见云阴日晦而怕看天朗气清，他只爱听苦雨的呻吟和悲风的呜咽。他从不擅交际，但孤僻却使他骄傲和嫉妒成性。他恨他的同学克利福特能够以雄

辩引起公众的注意；他打算向军事方面发展也没有成功，人们又看中了克利福特而不要他。既然成功与他无缘，曼德维尔只好把眷恋之情寄托在唯一的姐姐身上，可是克利福特又做了他姐姐的未婚夫。愤怒到极点的曼德维尔追上婚礼的行列，逼迫克利福特与他决斗。结果克利福特安然无事，曼德维尔的脸上却留下了一道伤痕。这伤痕使他面带狞笑，作者用意大利文"斯莫菲亚"来形容这可怕的冷笑。

《曼德维尔》得到了雪莱极高的评价。雪莱在给葛德汶的信中写道："我读了《曼德维尔》，可是马上要再读一遍，因为它的趣味是这样的令人神往，这样的淋漓尽致。'斯莫菲亚'一字，以这样冷酷而强烈的力量打动人的心弦，我不寒而栗了，许久还不敢相信我自己并不是曼德维尔，这可怕的冷笑并没有留在我自己的脸上。"

葛德汶的最后两部小说《克劳斯黎》与《狄罗伦》是他晚年所作，影响远不及前几部小说。

俄国文学评论家车尔尼雪夫斯基很喜爱葛德汶的创作。他说他喜爱的小说家之一是葛德汶老人。他认为葛德汶虽然才能平凡，但有的是头脑和心肠。因此，他的才能有了很好的材料去加工。在今天看来，尽管后人对他褒贬不一，葛德汶仍然是我们研究英国浪漫主义文学不应忽视的一位作家。

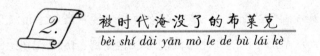

2. 被时代淹没了的布莱克

bèi shí dài yān mò le de bù lái kè

威廉·布莱克（1757 — 1827），是一位被他的时代所"淹没了的"诗人和画家。当他在世之时，不管他的诗作还是他的画作都不为世人所接受。然而；在他死后，他的名声却越来越大。

1757 年布莱克出生于伦敦西区一个经销内衣之类的杂货商家庭中。他的父亲是一位虔诚的基督教信徒，尤其崇拜瑞典神秘主义福音传教士斯维登堡的神学说教。这一背景，大大影响了布莱克的幼小心灵，而且对他终生的信念也产生了重大影响。布莱克没有进过正规学校，是母亲教会了他读书写字。

作为一个时代的天才诗人，他的存在在那个时代是鲜为人知的。然而，自从18世纪末以来，他在西方文学界的名声却越来越大，英美等国家的许多诗人，特别是浪漫派和后浪漫派的诗人，都受到了他的影响。目前，西方文学界一致认为，布莱克是英国文学史上最为重要的诗人之一。

他的第一部诗集《诗的素描》是布莱克生平正式出版的唯一诗集。他后来的诗集，多数经他亲自刻印，但不能算是正式出版物。《诗的素描》的主题是童年的欢乐与大自然的美丽。集子中有歌咏时序（《咏春》、《咏夏》、《咏秋》、《咏冬》）、歌咏星辰（《给黄昏的星》、《给清晨》）的诗。还有《歌——我在田野里快乐地游荡》、《歌——我的慵倦之姿和微笑》、《歌——爱情与和谐拉手》、《歌——我爱快乐的舞蹈》、《歌——记忆呵，到这里来》等，都是欢乐的歌。诗中赞美了大自然的美丽、青春的活力和爱情的幸福。这个"欢乐"的主题在布莱克的第二部诗集《天真之歌》里继续发展。这部集子前配有插画，似乎是为儿童所写的诗。诗人在引诗中写道：

> 于是我造就了一支田园的笔，
> 于是我蘸上清清的水，
> 于是我唱出了欢乐的歌，
> 好让所有的孩子都快活。

集子里充满了田园牧歌似的情调。诗人所表达的是一种童稚的、纯真的、天真无邪的感情。欢乐的乡村里有天真的孩子，有慈祥的老人。孩子们在嬉戏，老人们在说笑。牧童看护着羊群，上帝保护着羊群。孩子们在荒野迷了路，上帝就化身为他的父亲，把他带回母亲的怀抱；甚至小蚂蚁迷了路，也有萤火虫打着灯笼送它回家。诗集的主调宣扬的是爱、仁慈、宽恕、和平。诗人在《神圣的形象》中说："爱、仁慈、宽恕、和平，原是上帝，我们亲爱的父亲。爱、仁慈、宽恕、和平，又是人，上帝的孩子和亲人。"布莱克用上帝的爱把所有的人联系在一起，表达了他对理想生活的向往。在《夜》中，太阳西沉了，黄昏的星星照耀夜空，鸟儿停止了歌唱，大地一片静寂。月亮像一朵花在天庭静静地微笑。羊儿在吃草，天使在照看着羊群，照料着万物。狮子来了，豺狼来了，但听了柔和的天使的呼唤走了。狮子流下了金色的眼泪，躺下来，挨着羔羊安睡。这的确是一个理想的世界。

继《天真之歌》后，布莱克又写了《经验之歌》。从《天真之歌》到《经验之歌》，是一个急剧的转变。《天真之歌》主要表现的是童年的欢乐，《经验之歌》主要诉说人生的苦难；《天真之歌》表现的是一个天真无瑕的欢乐世界，《经验之歌》控诉了现实世界的种种苦难。这部集子的多数诗篇是诗人在1794年雕刻到铜板上的，从未发表过，后来和《天真之歌》合并在一起，让读者一起阅读，并且加上了"显示人类灵魂两种截然相反的状态"的副题。《经验之歌》里揭露了人与人的敌视、憎恨，这正是现实世界的写照。在当时的社会里，战乱频频，民不聊生，许多妇女被迫为娼，许多小孩被卖为童工。资本主义工业得到了迅速发展，工人却异常贫困。

诗人通过自己的亲身"经验"，看清楚了资本主义的严酷现实。在诗人眼中，"天真"是"人类灵魂"的状态，也就是基督教中所谓"未堕落的世界"；与此相反的状态就是"经验"，也就是"堕落了的世界"。因此，《天真之歌》里的典型是羔羊，《经验之歌》里的典型是老虎。诗人问：难道上帝造了羔羊，也造了老虎？

如果说《天真之歌》描绘了一幅理想的图景，那么《经验之歌》主要是对丑恶现实的刻画。《天真之歌》充满了欢乐，那是一个纯洁无瑕的世界；《经验之歌》暴露了残酷，那是一个冷漠无情的世界。从《天真之歌》到《经验之歌》反映了布莱克思想的成熟。

《天真之歌》继续的是诗人的第一部诗集《诗的素描》的主题，歌咏了童年的快乐和无忧无虑。整部集子充满了童稚，充满了田园牧歌似的情调。在《天真之歌》的《序诗》中，"我"是一个吹着牧笛的诗人。"我"

悠悠然吹着牧笛从荒谷走下来，"我"的笛声悠扬动听。在云端里的一个小孩被"我"的歌声所打动，他央求"我"吹了好几遍羔羊的歌曲，并希望"我"能把歌写成一本诗，让每个小孩子都能听到那快乐的歌。于是"我"用空心的芦草作笔，用清清的水作墨，写下了让每一个小孩都高兴的歌。诗中描写了牧童的生活，他们过得很快活，终日看护着自己的羊群，日子很单纯、欢乐。赞美了大自然的美丽：太阳是温暖的，云雀和画眉是可爱的，万物和谐，一切如意。

这里的世界被上帝看管得很好，上帝慈爱地关爱着人间的一切。即使是扫烟囱的小孩也并不埋怨自己的命运，对生活怀有美好的渴望。天使告诉扫烟囱的黑小孩，只要他乖乖听话，他就会一生快活，上帝会做他的爸爸。上帝的仁慈和爱护无处不在，所以这世间充满了欢乐。当小男孩迷路时，上帝会变成他的爸爸把他领回母亲身边。在这里，上帝就是所有人的父亲，是一个神圣的形象。正因为有上帝，大家才齐唱最甜美的乐曲。然而，这样的歌毕竟是天真的歌，不是现实的歌。现实的歌里充满了忧伤、苦难和人生的种种不幸。

与《天真之歌》相对应，《经验之歌》里再也找不到一点点欢乐的气息。现实是冷酷的、真实的、充满悲音的，这是一个丑恶、肮脏、龌龊不堪的人压迫人的世界。没有了《天真之歌》中的欢歌笑语，有的只是贫困、疾病和寒冷。在《流浪儿》中冻得发抖的流浪儿对妈妈说："亲爱的妈妈啊，礼拜堂里真冷，酒店里却温暖，舒服而又卫生。……如果礼拜堂给我们一点酒，并且生点火让我们的灵魂享受，我们就会整天地唱歌祷告，一次也不想离开礼拜堂乱跑。"在《升天节》中也揭露了资本主义生活的种种罪恶。作者认清了资本主义社会的现实，带着对下层贫苦人民的同情质问这个罪恶的社会：

> 这难道也算是一种功德：
>
> 在一个富饶多产的地方，
>
> 孩子们过着悲惨的生活，

由冰冷的放债的手来饲养？

……

他们的太阳失去了光辉，

他们的田野是荒芜一片，

他们的道路长满荆棘：

那里是无穷无尽的冬天。

不再是讴歌欢乐和赞美上帝，作者认识到现实的可怕，并进行沉痛的控诉。在《伦敦》中诗人描写了他眼中所见到的伦敦：当诗人踯躅在有钱有势的人经常散步的泰晤士河旁边的街道上，他看到了这个享有盛名的英国社会的种种问题。这里的每一个人都没有欢乐可言，在他们的脸上都浮现着衰弱，浮现着伤感。这条街道上充满了惊恐的啼叫和呼喊，扫烟囱的孩子在啼哭，不幸的士兵在叹息。最让人不堪忍受的是夜晚的街道上年轻妓女的诅咒。这样的伦敦是贫穷、疾病、罪恶的聚集地，是让诗人悲哀的现实。《经验之歌》是诗人在"经验"社会后的认识。沉重的现实使诗人少了早期诗歌的牧歌情调，以悲愤的心情反映生活。

《天真之歌》里描写了人们对美好生活的憧憬和向往；《经验之歌》如实地再现了生活原本的面貌。《天真之歌》欢快明朗，《经验之歌》沉重深邃。将《天真之歌》与《经验之歌》合成一首歌，则会是一首智慧的歌、有味的歌。从两个极端表达了人类心灵的两种对立状态。在布莱克看来，"天真"是"人类灵魂"的状态，也就是基督教中所谓"未堕落的世界"；与此相反的状态就是"经验"，经验是"堕落了的世界"。前一种世界充满了阳光、欢乐、笑容、慈爱，后一种世界则充斥着疾病、贫苦、战争、压迫。前后两个世界是截然相反、互相对立的。

在这两个不同的世界里，即使同一首歌，也有着不同的乐调。在《天真之歌》和《经验之歌》中，作者经常运用同一题目来写作，写出了语调完全不同的诗篇。《升天节》在两部诗集中都有，但情景却大相径庭。在《天真之歌》中，孩子们过得很快乐。孩子们一对对走向教堂，天真的脸很干净，穿着鲜艳的衣服。他们是伦敦城中的花苞，脸上泛着欢乐的光芒。而在《经验之歌》中，诗人仿佛已洞悉了人世的阴暗，不再歌颂孩子们的欢乐，而是在描写他们的悲惨遭遇。"那颤声的喊叫能说是歌吗？难道这哭叫能算是欢乐的歌唱？穷孩子怎么会这样多呢？原来这是个贫穷之国。"诗人对这样的现实发问，提出自己的疑虑。

从《天真之歌》到《经验之歌》，反映了诗人对社会的认识不再停留在肤浅的表面，而是愈来愈深刻。认清了现实的丑恶之后，诗人就揭露人世间存在的种种不平等与罪恶现象。在《天真之歌》中，诗人大力提倡"仁慈、宽恕、和平"，而在《经验之歌》中诗人看到统治者是根本不会"仁慈、宽恕"的，他们冷酷无情地压榨着贫苦工人、农民的血汗，人与人之间没有温情，只有憎恨；没有宽恕，只有嫉妒。实际的生活使他改变了自己的创作风格，诗人不再大唱欢乐之歌，而是心含一颗怜悯的种子悲愤地对无情的现实加以鞭挞和暴露。于是在 1794 年，写完《经验之歌》后，诗人将它与《天真之歌》合刊，称为《天真和经验之歌》。

《天真和经验之歌》是由两支截然相反的诗歌汇成的一首耐人寻味的歌。它正如作者所言："再现人类心灵两种对立的状态。"所以，它是一首智慧的歌。它将以其独特的风采长留在浪漫主义诗歌的史册上。

而《先知书》则是布莱克中年以后所写的一系列长诗。由于诗人在长诗中运用了一整套神话和象征系统，使人难以理解，所以同时代人都误认为是疯言诳语。在这长达数千行的长诗中，诗人揭露并且抨击了社会的黑暗，鞭挞了资本主义、殖民主义和教会对于劳动人民的压榨和欺骗。他热情地讴歌法国资产阶级大革命，对人类的未来寄予了美好的期望。

尽管布鞋有着辉煌的诗篇，有着出色的雕刻和绘画，在他的年代，布莱克是被遗忘的。他的绘画无人问津，而他的诗作更是鲜为人知。这是时代的悲哀。时代理解不了天才的深邃。今天，我们已看到了他的价值。在文学史上，他被称为英国浪漫主义诗歌运动的先驱，是当之无愧的。

3. 揭开《先知书》的神秘面纱
jiē kāi xiān zhī shū de shén mì miàn shā

布莱克的《法国革命》写的是法兰西革命的最初阶段，法国人民攻占巴士底狱前一两个月的情况，是用幻景方式来写的。诗的开头描写了法国革命前夕法国社会死气沉沉、阴云笼罩的局面：山岳带着愁容，葡萄园已在哭泣，路易王满脸灰白，在阴森的雾气之中伸出冰冷的手，但已不能掌握王笏，因为"第三等级正在开会，全法兰西震动了"。多少年笼罩巴黎的黑暗发出绝望的怒吼，巴士底狱也在发抖，巴黎市民望着国民议会好像望着初升的太阳。诗中说："古老的曙光向我们召唤，使我们从五千年的昏睡中觉醒。"接着，他又描绘了教士们"被赶出教堂，他们那赤裸的灵魂在光天化日之下颤抖：是伏尔泰那火一样的云和卢梭那雷一般的石把他们驱赶出来。"而怯懦的路易王早已吓破了胆，咕哝着："我们躲起来吧！躲到灰尘里去吧！""国王坐在臣仆们中间，面色苍白，周身冻僵，他那高贵的心已经冰凉，他的脉搏停止了跳动，一抹青色爬上了他的眼皮，眉头的冷汗也在昏死中渐失。"布莱克辛辣地揭露色厉内荏的反动贵族与教会领袖，揭示其内心对革命的恐惧。同时他也描述了人民的兴奋之情，表达了人民的意志与呼声。国民议会要求国王脱下吓人的王冠，主教卸下骗人的红袍，贵族脱下踢人的皮靴，走进劳动者的行列，并向农民发誓："再不侵吞你们的劳动果实。"反动贵族和主教想用武力解散国民议会，但没有办到。军队撤离了巴黎，于是国民议会在"晨曦照耀之下安静地进行工作"。诗歌之中充满了对法国大革命的颂扬，充满了对新世界的向往之情。

继《法国革命》之后的另一先知诗是《亚美利加》。在这首诗中，诗人同样运用幻景，歌咏北美十三州人民的独立斗争，对美国的独立运动表示了同情和支持。诗中有历史人物，如压迫美国人民的英王乔治三世，领导北美独立革命的华盛顿、富兰克林等。但诗中更多的是诗人自己创造的神话人物，如代表旧制度的尤利森，代表反抗精神和自由的奥克以及十三州的保护神。这样一个社会变革的局面，被布莱克扩大并幻化为宇宙力量的交战状态，风云雷电等自然现象被用来烘托出革命的声势。他把英国的侵略军写成魔鬼和瘟神，这些魔鬼和瘟神原想在美洲横行一世，但是碰到革命军队的反击，就在怒火熊熊的夜晚滚回到自己的国家，于是布里斯托尔出现了瘟疫，伦敦发生了麻疯，士兵向天哀号，动弹不得。这首诗依然表达的是反暴君、反帝国、重建新宇宙的愿望。

一年后，《欧罗巴》便问世了。这首诗写得更加隐晦，象征性地描绘了当时欧洲的黑暗统治。当时英国政府对外正干涉革命运动和进行殖民地掠夺，对内加强了专制统治，加紧了政治迫害，把一切进步书籍列为"非法著作"。《欧罗巴》就隐晦地反映了这些情况。诗中写道：禁书令颁布了以后，伦敦每家每户都变成了地窖，每个人都被束缚起来了。教堂门口写着"不准"，烟囱上写着"害怕"，恐怖弥漫了全城。农民带着脚镣，沉重地走着。黑暗的欧洲土地上，人民过着悲惨的生活。在这黑暗之中，代表黑暗统治的尤利森和他的许多儿子正在加紧统治，代表着自由精神的奥克等正向尤利森们展开殊死的斗争。整个世界，整个宇宙，呈现着交战状态。这首诗还配有一幅插图，叫做"造物主"。意思是说巨人会再造宇宙、再造世界。

继《欧罗巴》之后，布莱克又写了《尤利森》、《阿汉尼亚书》、《罗斯书》、《罗斯歌》。这些诗篇里的中心人物依然是尤利森，他代表旧时代、旧传统、旧信仰、旧礼教、旧思想。而跟尤利森对立的是奥克、罗斯，他们代表自由精神和反抗，都是摧毁旧秩序的革命者、解放者。他们有热情、有远见、有力量、有灵感。在这一系列的诗篇中，尤利森与奥克、罗斯等展开了生死搏斗。在斗争中，奥克暂时失败了，给尤利森用"嫉妒"的链条系在一块大石头上。但是奥克不会屈从于尤利森的淫威，他已在法兰西燃起了熊熊大火，蔓延到了全欧洲，也蔓延到了亚洲。这自由和反抗的火焰是熄灭不了的，它会迎接胜利的到来。这些诗歌都表现出了诗人热情洋溢的战斗激情。

《四巨人》是布莱克的另一先知书，也是布莱克创作的高峰。在这儿，

《尤利森》里的神话得到了充分发展。这首诗包含九个幻景。所谓"四巨人"是尤利森、罗斯、泰默斯与由索那。照布莱克的认识,这四个人物代表理性、感情、感官和心灵,是在人类沉沦以后由一个整体分裂出来的。整个诗篇描绘了人类社会蜕化和改造的过程,也就是从沉沦或堕落经过一系列的斗争最后走向理想世界的过程。统治者尤利森调动一切力量来建立他的帝国。

4. 飞翔在昆布兰湖山区的杜鹃
fēi xiáng zài kūn bù lán hú shān qū de dù juān

威廉·华兹华斯(1770—1850)出生在英国坎伯兰郡的水乡考克茅斯城,当地以星罗棋布的湖泊和秀丽的山色而闻名。离他家不远,是一条后来被诗人称为"河流中最美的"德文特河,河的对面则是他孩提时代最心爱的去处——考克茅斯城堡的废墟。小华兹华斯徜徉在大自然绚丽多彩的怀抱中流连忘返:快乐时与杜鹃一起放声歌唱、与蝴蝶一道翩翩起舞;悲伤时向山脚的野花倾吐自己的苦恼,让叮咚的溪水带走心头的郁闷;累了就躺在小溪边的石头上,在大自然和谐的奏鸣曲中酣然入梦。大自然是小华兹华斯最亲密的伙伴,同时也成为他艺术人生的启蒙老师。

华兹华斯的父亲是一位律师。他生性开朗豁达,通晓诗文,希望儿子能够成为学识渊博、落笔生花的文学才子。在华兹华斯很小的时候,父亲就用辛巴达水手、阿拉丁的神灯等域外神奇故事叩开了他想像的心扉,用莎士比亚

华兹华斯像

戏剧、弥尔顿和斯宾塞的诗歌陶冶了他纯净的情感。母亲的温柔雅静也给小华兹华斯以极大的影响。这位贤惠的母亲曾骄傲地预言自己聪明而调皮的儿子不是流芳百世便是遗臭万年。

八岁时，母亲去世了，华兹华斯被送到位于故乡东南二三十英里的一个叫豪克斯海德的小镇上学，直到 1787 年进入剑桥大学才离开。在此期间，他与同学们三三两两地寄宿在当地居民家中，结识了很多农夫和羊倌，真切地感受到了英国乡村人民的淳朴与善良。也许是天性使然，不太合群的华兹华斯再一次在大自然中找到了自己的位置，沉浸于湖光山色之中，湖区的一草一木似乎都有了灵性，与他息息相通。掏鸟蛋、钓鱼、划船是他喜爱的课外活动，但在正式的课堂上却很少见到他的身影。他学习成绩平平，却是个书迷，有二百多年历史的学校图书室足以使他废寝忘食、流连忘返。

这里特别值得一提的还有豪克斯海德镇的小学校长威廉·泰特。他本人是位诗歌爱好者，对华兹华斯在诗歌方面的兴趣爱好起了很好的引导作用。这位伯乐最先发现了华兹华斯在诗歌方面的天赋，并邀请他为学校二百周年的庆典活动赋诗。华兹华斯随兴所至，写了一首蒲柏风格的赞美诗。这首诗受到了一致好评，华兹华斯也成为小有名气的校园诗人。校长的鼓励和扶持推动了他诗艺的增长，小华兹华斯以完成作业的形式开始了诗歌创作。

1783 年华兹华斯的父亲中年早逝，华兹华斯的四个弟妹只有靠舅父抚养。1787 年 10 月，十七岁的华兹华斯作为减费生来到剑桥圣约翰学院读书。这一年，伦敦《欧洲杂志》登载了他署名为"阿克西奥罗古斯"的问世之作《十四行诗：目睹海伦·玛丽亚·威廉斯涕泣》。剑桥四年的正规教育并未发展他诗情才能。自视为天之骄子的他，在以培养英国国教接班人的剑桥圣约翰学院里感觉生不逢时、不得其所，想象力似乎沉睡了。他对那里设置的课程不感兴趣，在剑桥的后两年里，他的时间几乎都花在阅读古典文学作品以及自修意大利语、西班牙语和法语上。启蒙主义思想家的作品和法国大革命给了他较大的影响。1790 年他徒步游历了法国、瑞士和意大利，亲身感受了巴黎人民攻破巴士底狱的胜利激情。游历见闻和怀乡叙旧使他的创作欲望复苏，他创作了大学四年唯一的诗集《黄昏信步》，认为法国大革命为人间带来了自由，使自然生色增光，表达了对于真情与自由的热爱与追求。作品美妙的谐音所产生的听觉效果，得到当时并不认识他的柯勒律治的盛赞。

1791 年，华兹华斯大学毕业，获得了文学学士学位。同年 11 月，他再次去法国，意欲提高法语水平，谋个私人教师之类的差事。到法国后，在新结识的、年长他十五岁的理想主义者、骑兵军官博皮伊的影响下，华兹华斯变得更加热爱人类，深感革命是争取人类自由的伟大运动，认为法国大革命会使心目中的理想王国变为现实，从而笃信平均主义的社会理想。可随后，路易十六被送上断头台、三千多保皇党同情者被杀、雅各宾派执政等一连串事件的发生，使他对法国革命大失所望，再加上他个人经济上的困难，他竟一度濒临精神崩溃的边缘。因此，华兹华斯的政治态度逐渐趋向保守，精神世界重归大自然，把社会正义感和对人民的真情深埋在心底。这一时期，他与比自己年长四岁的法国姑娘安内特·瓦隆热恋，不久安内特有了身孕。1792 年 10 月英法战争前夕，华兹华斯离开临产在即的安内特回国。12 月他们的女儿出生了。

回国后的华兹华斯依然关心政治，很快就成了政治哲学家威廉·葛德汶的信徒。1794 年，华兹华斯福星高照，先是他的中学友人赖斯雷·卡尔弗特看中他的诗人才华而馈赠给他九百英镑，后是剑桥老友巴西尔·蒙塔古的私人学生平尼兄弟为他的艰苦努力而感动，慷慨地让他们兄妹免费使用他们在多西特郡的乡间住宅。稳定宁静的生活使诗人终于得以潜心写作，并开始了对人生意义的探求。在大自然温暖的怀抱中，诗人的想象力张开了翱翔的翅膀。

1795 年 9 月，华兹华斯与青年诗人柯勒律治和骚塞相遇于布里斯托尔，三人情趣相投。华兹华斯兄妹迁居到离柯勒律治家三四里的一幢寓所，开始了"伟大的十年"创作时期。1797 年诗人完成了具有鲜明社会意义、描写农家妇女玛格丽特身世遭遇、反映英国农民艰辛苦难的长诗《荒

德芙农场

舍》，悲凉氛围产生了良好的艺术效果。1798 年他与柯勒律治合写的《抒情歌谣集》出版，标志着英国浪漫主义的形成，也标志着华兹华斯诗歌创作的成熟。

1798 年至 1807 年 10 月，是华兹华斯诗歌创作最辉煌的时期。脍炙人口的《我们是七个》、《廷腾寺》、《我在陌生人中孤独旅行》、《孤独的割禾女》、《致蝴蝶》、《为威尼斯共和国覆亡而作》及揭示自我内心发展轨迹的自传体长诗《序曲》等都创作于此时期。1802 年，华兹华斯兄妹前往法国探望安内特，还了当年的风流债。当时，他望着身边已九岁的女儿卡罗琳，感慨万分，创作了《那是一个美丽的黄昏》。从法国回来后，华兹华斯在 10 月间与他童年女友玛丽·赫钦逊在罗姆斯教堂举行了婚礼。他婚后回到湖区，开始了复兴沉寂近百年的典雅的十四行诗的创作，并成为继莎士比亚、弥尔顿之后成就最大的十四行诗圣手。他把政治事件、社会生活、人类与自然等重大题材都纳入创作，扩大了十四行诗的表现领域。创作中更是独具匠心，以长短参差不一的诗句获得了鲜明的对比效果。

1807 年以后，华兹华斯虽然写了不少作品，但发表的不多，佳作更少。1810 年，他和柯勒律治在一些基本观点上的分歧终于演变成一场公开的争论。1812 年，他的次子和次女相继离开人世。1813 年，为了生计，他迫不得已接受了一个税务官的职务，招致当时伦敦才子们的非议。1814 年，华兹华斯出版了历时 20 年完稿、长达八千行、体现自己人生哲学的长诗《漫游》，但遭冷遇，因为《漫游》根本比不上《序曲》。但与诗人才华日渐枯竭形成鲜明对照的是，华兹华斯晚年声誉日隆，上门拜访、求教者络绎不绝，因为他的诗已逐渐为广大读者、尤其是年轻人所喜爱。正如著名评论家德·昆西所言："1820 年之前，华兹华斯的名字给人踩在脚下；1820 年到 1830 年，这个名字是个战斗的名字；1830 年到 1835 年，这已是个胜利的名字了。"

在华兹华斯的创作中，最脍炙人口的是歌咏大自然的诗歌。在他看来，大自然与人类息息相通，能够给人类精神以自由、善良、博爱的启迪，能给人类带来真正的幸福。因此，大自然中的一草一木、一山一水、星月彩霞、飞鸟鲜花，都能让他驰骋想象，生发出无限的诗意。一簇金黄的水仙就能让诗人心旷神怡，"欢情洋溢"，好像得到了稀世的"珍宝"。自然界的一切都被赋予了人的感情，是那么自由与多情。对于诗人，杜鹃不是飞禽，而是"飘忽的音波"，无影无形，留给天际一串无尽的回响；是"一种爱，一种希望"。诗人把自己幸福的理想和自由的希望寄寓于这"春天的骄子"，它轻快的歌唱牵引着诗人的想象在山间流连。

华兹华斯歌咏自然的诗歌中蕴涵着他对人生的感悟，闪烁着哲理的光芒。他认为城市文明毁灭着人类善良的天性，使得人与人之间尔虞我诈、自私倾轧。只有回归大自然、热爱大自然才能保持人类美好的天性，社会才能健康发展。

1843 年，在骚塞去世后十天，华兹华斯荣膺"桂冠诗人"的称号。1850 年 4 月 23 日，暮年凄凉惨淡的华兹华斯与世长辞。这颗栖身于自然的伟大诗魂，终于化作飞翔在昆布兰湖山区里的一只美丽的杜鹃，在啁啾鸣啭中留给世界一串永不消逝的"飘忽的清音"。

5. 在梦中寻找诗境的柯勒律治

zài mèng zhōng xún zhǎo shī jìng de kē lè lǜ zhì

柯勒律治（1772—1834）是一个有着异乎寻常的丰富想象力的天才诗人，这一点早在他孩提时代便显露出来了。他喜欢沉浸于自己的小天地之中，想象着自己就是亚瑟王、哈姆雷特、鲁宾逊或基督教圣徒之一，惟妙惟肖地描绘所读故事。而这个性格浮躁、热情洋溢的小男孩虽在同伴中不受欢迎，却能赢得那些难以取悦的老太太们的宠爱。早在八岁时他便以自己与众不同的气质在众伙伴中脱颖而出了。

柯勒律治像

幻想构成了柯勒律治生活不可缺少的旋律。一天，年少的他游荡在伦敦街上，想象自己是力大无比的利安特，正游渡于埃利斯伯特海峡。他高举着双手在空气中游划，不巧抓住了一个过路人的后衣襟。"来人哪，有人在扒我的口袋！"过路人一把抓住他大声叫喊着。而此时，被突如其来的事件吓得话不成串的柯勒律治则正边哭边尽力解释着自己并非扒手，而是一个少年诗人。殊不知这个事件竟使他因祸得福。这位路人乃是一位富有幽默感且喜爱读书的绅士，因而送给柯勒律治一张奇普塞德街区流动图书馆的借书证。从此，柯勒律治得以遨游在书海之中，一个未来的天赋诗人已经开始了其萌芽的过程。

《古舟子咏》是柯勒律治天才的杰作，是他与华兹华斯合作《抒情歌谣集》的一个组成部分。在华兹华斯的影响下，柯勒律治提出了自己对诗歌的见解，那就是诗歌不仅必须质朴无华，还必须有魔力。诗人必须发掘潜意识的深潭，用想象反映自然世界和超自然世界的景色，把晶莹清澈的汩汩流水送进阳光和健康的正常感觉的世界中去。为了说明这一点，他准备以通俗的古代民谣的形式创作一部长诗。

浮想连翩的柯勒律治在一个要塞的废墟上沉思了许久，凝望着布里斯托尔海峡的波涛，幻想着一个发生在象征着人类历程的海上的故事。其主角是一个古代的水手，他在一艘魔鬼充斥的破船上，因为射杀一个信天翁而受到可怕的诅咒。

对于这首极其怪诞的诗歌，许多读者都难以理解其意义。一个批评家说：简直是昏厥的人在手脚冰凉、冷汗淋漓的时候才会产生的噩梦。

在他自己的文章里，曾记载了这样的一件轶事：有一位业余写诗的人表示非常希望能经人介绍和柯勒律治结识，可是当柯勒律治的朋友立即答应给做介绍人的时候，这个业余诗人却迟疑起来，理由是他必须承认他写过一篇该死的讽刺短诗，猛烈地抨击过柯勒律治的《古舟子咏》一诗，那篇该死的东西必定给柯勒律治造成过很大的痛苦。柯勒律治对他的朋友说，如果那篇讽刺短诗写得很出色，那只会使他更加乐意和它的作者结识，并且请他的朋友把它朗诵给我听；然后，使柯勒律治感到既有趣又惊讶的是，它原来就是那首被他亲自送到《晨邮报》上发表的作品。

有趣的是，奥地利的抒情诗人莫里茨·哈特曼曾在一部题为《牧场番红花》的诗集中写过与《古舟子咏》相类似的一首诗。作者虽没有公开承认此诗是以前者为蓝本，但从其韵律的形式、故事的主题来看，简直就是对《古舟子咏》的直接模仿。诗的题目为《守贞鸟》。

与柯勒律治诗中的信天翁地位相当的守贞鸟，是中世纪比利牛斯半岛上家家户户都饲养的一种鸟。相传如果某家的妇女不守贞洁，其饲养的鸟就不会繁衍昌盛；只要主妇受到一点点的污损，这鸟就会死亡。出于迷信，人们对它非常地敬畏，总是将其高挂于门厅之上。在哈特曼的诗里，有一个疯癫的老头，如同柯勒律治诗中的老水手一样，也是到处流浪，向人们讲述自己的故事。他年轻的时候，曾给一个大户人家当仆童，对其主妇产生过疯狂的情欲，但却遭到她冰冷的拒绝。每当他从这位庄重的女主人面前跑开时，总能听到守贞鸟在为主妇的贞洁而歌唱，这让他很是恼怒。不久，主人远征归来，同时携来自己的朋友，一位英俊洒脱的行吟诗人和勇士。主妇对这位客人友好的礼待，使仆童十分嫉恨。气得发狂的仆童向主人诬告主妇与客人通奸，但主人却怎么也不相信，因为家中的守贞鸟正唱得欢快呢。仆童被嫉恨心驱使，竟狠心害死了家中的守贞鸟。受蒙骗的主人一怒之下便杀死了自己的妻子。而从那以后，备受良心谴责的仆童也就四处流浪，想寻求一个栖身安心之所，但他寻遍了天涯也没有这样的归所。

这个充满着荒诞幻想的诗人，由于备尝风湿之苦，便染上了鸦片瘾。因为鸦片可以奇妙地消除他的痛苦，而且还能将他带进一种销魂的幻境。有一次，由于鸦片的作用，他在椅子上沉睡了过去。三小时后，他一觉醒来便奋笔疾书，打算把梦中的所见所感记录下来。梦中他见到了忽必烈的宫殿：

> 在克沙纳杜，忽必烈汗
> 传旨造了一座宏伟的庙堂
> 在那里，圣河阿尔法，流经
> 人类莫测深广的洞穴，
> 直至不见阳光的海洋……

继而，他又描写禁苑和水泉、飘香的树木、古老的森林。其中的景致无不是见诸梦幻而遣诸笔端的。

突然有客来访，他不得不暂时搁笔，但经一小时的谈话后，等他回到书房，却是时间已过，鸦片的魔力也消失了，幻想不可复寻了，他也只能懊丧地面对着这部由梦幻而来的杰作的残章断篇了。《忽必烈汗》是柯勒律治在梦的灵感触发下的东方狂想曲，我们从中听到了柯勒律治的笛音和歌声，如同甜美的夜莺唱出了悠扬悦耳的欢歌。

柯勒律治的作品属于幻想的浪漫主义，它们既不是亲身体验的强烈感情的抒发，也不是对周围世界细心观察的再现。有一次他到南方作了一次

加斯密河

长途旅行，但这次旅行却丝毫没能为他的诗提供什么素材，而他回来的唯一一首诗《写在夏慕尼山谷日出前的赞歌》，描绘的却是他从未去过的地方。诗是借助于著名的丹麦女作家弗里得利克·布劳恩对当地景色的描绘写成的。他的历史感和地方感同样的缺乏。他自己就承认：在这方面，瓦尔特·司各特和他本人是一双恰恰相反而又彼此和谐的对立面，每一处古老的废墟，每一座小山，每一条小河，每一棵小树，都能在司各特的心里触发一系列的历史的或人物传记的联想……而他即使走在马拉松平原上，也像走在地貌相似的其他平原上一样，对脚下的土地不会有什么兴趣。查尔斯·兰姆写过一篇文章，谈一个靠回忆往昔岁月而生活的人。柯勒律治认为应该再加上一个人，这个人既不回忆过去，又不把握现在，也不展望未来，他根本不生活在时间上，而是生活在时间之外或者和时间平行的人。

柯勒律治的诗，那些被批评家们认为是最精美的诗就是在梦幻的诗境中写成的。从这一点来说，纵观英国诗歌的历史长河，还未有几人可与之相媲美。柯勒律治不愧为英国浪漫主义诗歌的先锋人物。

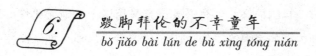

6. 跛脚拜伦的不幸童年
bǒ jiǎo bài lún de bù xìng tóng nián

在 19 世纪英国浪漫主义文坛上，乔治·戈登·拜伦（1788 — 1824）的名字如同茫茫黑夜中的一颗明珠，熠熠生辉。他的不朽诗篇波澜壮阔，洋洋洒洒，其风格独特、无与伦比。在每一行诗中，都跳荡着澎湃的激情；在每一篇作品中，都可以找到作者本人的影子——一位阴郁、悲伤却又自尊、孤傲的天才诗人。这种气质的形成和他不幸的童年生活是分不开的。

拜伦的诞生是不幸的。他是父母亲不幸婚姻的产物。父亲被人称为"疯子杰克"，他嗜酒、赌博，脾气暴躁，糊里糊涂地借债。当拜伦出生的时候，父亲却浪迹法国。贫困的母亲在伦敦一所租来的破屋子里流着眼泪生下了拜伦，那是1788 年 1 月 22 日。失败的婚姻使母亲悔恨莫及，而儿子的脚跛又令她大为恼火。这一切，使她变得神经质起来。她几乎把跛脚当做拜伦自己的错误，她斥骂他、怨恨他，

拜伦像

发泄着她内心的郁闷。拜伦从出生之日起就开始忍受母亲的斥责、喝骂。当他是无知的婴儿时，他只会哇哇大哭以示不快；而当他稍稍懂事时，他常有激烈的反抗。母亲的脾气是变化无常的。有时，她会把拜伦当做掌上明珠一样爱抚、关心；有时，她则会朝着他无端发火，勃然大怒，她羞辱他、骂他、打他，甚至顺手拿起盘子、火箸向拜伦投去；更让拜伦伤心欲绝的是母亲严重地伤害他的自尊心，她用"小臭拐子"这个最刺耳的绰号

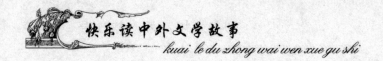

侮辱他。幼年的拜伦，从心底憎恨自己的母亲。他默默地忍受着母亲的脾气，内心却喷涌着火一样的愤怒。当有一天母亲又用这个让他无比伤心难过的绰号骂他时，他内心的愤恨终于像火山一样爆发了。他一把举起桌子上的小刀刺向自己胸口，仆人和母亲都吓了一跳，他们好不容易才抢下他手中的小刀，阻止了他的自杀。可见，小小的他对自己的跛脚是极度敏感的，他讨厌自己的残疾，讨厌神经质的母亲。他可以忍受她的斥责、打骂、惩罚，摔碟子摔盘子，神经质地撕衣服，却不能忍受她提到他的跛脚。

拜伦是极自尊、极敏感的。不论是侮辱抑或是怜悯，他都无法接受。当有一次女仆带他上街时，一位妇女经过他的旁边，同情而又遗憾地说："呀？多么漂亮的孩子！可惜是个瘸子！"在拜伦听来，这话像一把尖刀刺向他的心脏。他用燃烧着愤怒的眼睛盯住那位妇女，用手上玩的鞭子抽打她，并大喊道："不许你这样讲！"幸亏仆人及时阻止才没有惹下乱子。在他幼小的心灵里，跛脚是一个深深的伤疤，他害怕别人揭开它，他害怕别人提起它。他无数次地懊丧，无数次地痛哭，为什么自己不能像别的孩子那样正常地走路呢？

童年的伤害是深沉的，而恋人的伤害更是让他刻骨铭心。十五岁时，少年拜伦喜欢上了美丽的玛丽·安·查沃思。由于缺少家庭之爱，他渴望在异性身上找到真正的爱，于是他那富于想象的脑子把玛丽·安·查沃思想像成了中世纪传奇小说里的漂亮公主。他希望踏着月光下的小路去探访恋人的窗口，他希望获得像罗密欧与朱丽叶那般炽热而真挚的爱情。为此，他爱得热烈，爱得发狂。而其实，玛丽·安并不像拜伦头脑里所描摹的那样纯洁无瑕，她世故而轻浮。那时，她已经和临近的财主绅士订婚了，她没有拒绝少年拜伦的热情只不过是想多得几个男性崇拜者而已。那一晚，是敏感自尊的少年幻想破灭的一晚。那一晚，是纯洁的少年拜伦痛苦绝望的一晚。那天，拜伦像平常一样到玛丽·安家里去，在楼下的大厅里，他无意听到了楼上玛丽·安与使女的谈话："你以为我会喜欢上那个瘸子吗？"这声音像一把利剑，刺穿了少年脆弱的心，这声音又像一把大铁锤沉沉地砸在少年的心上。童年的耻辱，母亲的责骂，路人的同情，小伙伴的歧视……所有关于跛脚的痛苦的回忆涌上他的脑海。这些旧的伤痛越过时间的沧桑又回到他的心上，他被这歧视所淹没，四周只是黑暗，漫无边际的黑暗。他像一只飞鸟掉转身去，在夜晚的森林里逃奔，逃奔到自己孤寂的小屋。他把门关起，让那些悲哀和愤怒像狂风骤雨般在他体内发作。他绝望了，他想自杀……各种各样的念头在他的脑子里奔驰着。

跛脚，将永远伴随着他的生活。自尊和敏感是他性格中最显著的特征。为了弥补跛脚的缺陷，他努力培养自己其他方面的才能。他以严格的体育锻炼强壮身体的其他部分。他学习骑马、拳击、摔跤、击剑、射击和游泳，样样都很出色。虽然跛脚，他却是学校的游泳健将，还是棒球的选

横渡合里斯堡海峡后的拜伦

23

手。这些都让他颇为骄傲和自豪，他喜欢样样都走在别人的前面。虽然生性不爱酒，又讨厌赌博，可是他怕比不过别人，马上从伦敦买来各式各样的葡萄酒，又学会了打骨牌。他的天性是争强好胜的。对学校正规的科目他不大用功，对课外阅读他却有着浓厚的兴趣，加之天赋聪颖，他是博学而优秀的。虽然身为残疾，可他的健壮与好胜在全校颇有名气，没有人敢轻侮他。相反，他倒是常常见义勇为，保护低年级的学生。他的自尊造就了他的坚强。他像一个健全人那样干他们所做的事，并且做得比他们好。这种自尊让他坚强，也让他承受了常人无法忍受的痛苦。他的母亲曾听信了庸医的花言巧语用木板把拜伦的脚包扎起来，这让他非常痛苦。可是好强的他，一直忍受着这种痛苦。是的，这种肉体上的痛苦怎能比得上母亲的斥骂、初恋的失败？早熟的他，早已学会了去默默忍受这种命运。他以自己的好强，勇敢地反抗着、嘲笑着、蔑视着一切的打击。他是孤高的、坚强的、自傲的。为什么不呢？虽然他残疾，可他胜过健全人，更何况他是那样的英俊："月光般晶莹的皮肤，深蓝色的眼睛，棕褐色的头发，有贵族气派的鼻子，娇艳的嘴唇，机敏的微笑，简直是半人半神的少年。"他怨恨自己的足疾，欣赏自己的英俊。可是怨也罢，爱也罢，这二者相辅相成地融合在他的身上，跟随着他短暂的一生。

在拜伦身上，自卑和自尊、自信和自傲交织在一起，它们相互碰撞出浪漫主义的诗人气质。自卑带给他忧郁，忧郁使他深沉，深沉中带有细腻；自尊带给他敏感，敏感使他思索，思索使他成熟。就是这样，跛脚的美少年一步步走向文坛，成为了英国伟大的诗人。

《恰尔德·哈罗尔德游记》的巨大成功，最主要的还在于它自身所具有的艺术魅力。这部抒情叙事诗，叙写了诗人两次出国旅行的见闻和感受。1809年至1811年，拜伦游历了葡萄牙、马其顿、希腊、土耳其等南欧和西亚国家，视野大开，感慨颇多，为此写了《恰尔德·哈罗尔德游记》的一、二两章（三、四两章是后来写的）。诗人抒写了异域美丽的自然风光，介绍了各地的风土人情，最主要的是反映了希腊等地中海国家被奴役民族渴求自由解放的愿望，表达了反专制、反暴政、追求民主和自由的进步思想。

在这部长诗里，前后有两个抒情主人公。前半部分的主人公是恰尔德·哈罗尔德，他是英国一个年轻的贵族，一度过着花天酒地的荒唐生活。但是，在"踏遍罪恶的曲折的迷宫"之后，厌弃了上流社会空虚和庸俗的生活，产生了对社会的不满。可是，他又无力去反抗这个与之格格不入的社会，因此，他苦闷、彷徨。由于苦闷深重，无法排遣，他宁愿去做一个孤独的漂泊者。他怀着深深的忧郁，离开了自己的祖国，开始了孤单的旅行。随着他的足迹，他对欧洲现实的认识愈来愈深刻，人生虚伪，世态炎凉，加剧了他的忧郁和悲伤，他"孤单地翻山又越岗"，"向前赶他寂寞的旅程"，一切事物都不能减轻他内心的忧伤。所以"旅人的心是冰冷的，旅人的眼是漠然的"。

这样一个忧郁、孤傲的形象包含着深深的历史内涵，它形象地概括了拿破仑战争时期及"神圣同盟"初期西方许多资产阶级知识分子的典型特征。他们不满现实却又找不到出路，不愿与上流社会同流合污，却又不能和人民一起斗争，因此陷入苦闷彷徨之中。

但是，随着故事的发展，书中渐渐出现了另一个抒情主人公形象——"我"。这个主人公和恰尔德·哈罗尔德完全不同，他精力充沛，感情炽热，积极乐观，热情洋溢，完全是一个资产阶级激进民主派的形象。他追求自由、民主，反对专制暴政，支持被压迫被奴役民族的解放运动。为此他怀着痛惜和悲愤的心情描写了土耳其奴役下的希腊。这个古代文化的摇篮，如今却呻吟在土耳其的残暴统治下，抚今追昔，诗人悲不能已。他指出："谁要想获得自由，必须自己起来斗争。谁要想取得胜利，必须把右拳伸出来。"否则，只能一辈子做奴隶，任人压迫。同时，诗人对一切不公正的事情慷慨激昂地进行抨击。这两个性质完全不同的形象带有明显的自传成分，他们体现了拜伦思想中矛盾的两个方面。然而，这两者又互相联系、互相补充，融会在拜伦的身上。这正体现了诗人思想的复杂性。他既是一个狂放不羁的天才，又是一个善于斗争的民主战士。

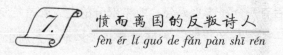

7. 愤而离国的反叛诗人
fèn ér lí guó de fǎn pàn shī rén

乔治·戈登·拜伦是一位独立不羁的天才，是一位伟大的反叛者，他终生都在与他所处的贵族社会战斗。

虽然身为贵族，然而他却一生都在与贵族为敌。他是本阶级内部的一位叛逆者。贵族上流社会的空虚和无聊早已被他看透，被他所厌弃。他热爱自由，向往自由，势必要对他所处的黑暗社会发起猛烈的进攻。1811 年"卢德运动"中，他勇敢地站出来为工人辩护，激烈地反对议会关于处决暴动工人的法案。然而，议会不顾拜伦慷慨激昂的辩护，通过了镇压工人的血腥法案。与此同时，拜伦在《晨报》上发表了题为《"编织机法案"编制者颂》的政治讽刺诗。他用挖苦嘲弄的口气抒写了自己的激愤之情：

人家要救济，他们却送来了枷锁。

这种蠢材的骨头该首先打断。

这些诗受到了民众的大力欢迎，却引起了贵族保守党的恐慌和憎恨，他们指责拜伦是"思想危险分子"。此后，他们不断寻找理由造谣中伤、诬陷拜伦，企图"埋葬"拜伦。1813 年，拜伦发表了《异教徒》、《阿比多斯的新娘》，更提高了他的声誉。然而由于这些题材描写的是男女私通、姊妹恋爱，后来便成了他的敌人攻击他的绝好口实。以资产阶级的道德观来衡量，拜伦是一位"不道德"的作者，然而，由于诗人在人民中的声望，贵族社会还不能将他打倒。但是，对拜伦的围攻和迫害却早已在酝酿之中了，他们在寻找机会。

1814 年 1 月 2 日，拜伦的长诗《海盗》出版。《海盗》的主人公康拉德是个剽悍孤独的豪爽男子。他为某种神秘罪孽所苦恼，却无忏悔之心。他专以掠夺杀人为生，但是他是一个专注于爱情的、有英雄气概的侠义之士。所以，这个故事一经问世，在伦敦立即获得了声誉，在出版的当天就卖出了一万三千册。这部长诗的主题讲的是个人与社会的冲突，这恰与当时的社会情绪相似。而且，拜伦在这本书的后面附印了一首与故事毫不相干的八行诗——《致一位哭泣的淑女》。这是一首攻击摄政王的短诗。"淑女"指的是摄政王之女奥古丝塔·夏洛蒂公主。公主的政治观点比较进步，据说曾因激烈地反对父亲的反动政策而同父亲发生争执、哭泣。拜伦的这首诗就是直接攻击摄政王的，从而大大地激怒了摄政王。拜伦的政敌们于是抓住这个机会大力地攻击他。

《海盗》交稿之后，拜伦就同自己的姊姊回纽斯台德庄园去了。那个月底，拜伦回到了伦敦，迎接他的却是铺天盖地的攻击。贵族绅士们攻击他的重要原因是那首小诗，但他们却在"道德"的名义下以卫道士自居，诽谤拜伦"生活放荡"，有乱伦行为。其实，那些贵族绅士们的丑事秽行又怎能算得清？所有这些诬蔑、造谣、中伤不过是借口罢了。他们憎恨他，因为他冲天的名声；他们害怕他，因为他锋利的诗句。于是，他们想尽办法迫害他。

各种各样的责难出现在报纸上面。他们不仅仅攻击他的诗，还攻击他的政见、他的人格，甚至嘲弄他的跛足。他的朋友为此愤愤不平，都怂恿他提出诉讼，控告这一伙卑鄙的诬蔑者。然而，拜伦毫不在乎地说："对于同类的人，我会感到愤恨；可是对于这些小虫，我却不会生气。"

这些造谣中伤，反而使拜伦的声名沸腾。对于民众而言，拜伦是一位英雄，像《海盗》中的康拉德一样勇于向一切凡庸道德和专横统治挑战，因此，人民热烈地声援他、拥护他。贵族绅士们精心策划的这次围攻并没有把伟大的诗人打垮，然而，这些卑劣的人是不会甘心的，他们千方百计地企图拔掉这颗眼中钉、肉中刺。

1816年，拜伦与妻子安娜贝拉分居了，统治阶级便利用这一事件对诗人发起了疯狂的攻击。舆论界的谴责如雪崩似的随之而来，整个伦敦都沸腾了。报纸上把拜伦说成是乱伦悖德、背信弃义的残酷丈夫，而把安娜贝拉说成是贞淑的妻子。在一般国民的头脑里，乱伦悖德，这是最大的罪行。所以，上一次贵族上流社会围攻诗人，而人民声援他；这次，连普通的国民都谴责拜伦。在他们简单的头脑里，怎么能理解超出资产阶级道德之上的这一切呢？

这一次的攻击，还有另外的一个罪名：国贼。因为拜伦做了一首赞美拿破仑从厄尔巴岛跑回来的短诗。这首诗中实际上把拿破仑当做了自由的象征，表达了对自由的热爱，但政治界在此诗上大做文章，打着"爱国"的旗号，大力围攻他。

这两件事情使拜伦无法继续在英国待下去了。

当他出席议院会议的时候，他遭到路人的嘲弄和侮辱；在议院里，除了他的朋友——荷兰德勋爵之外，无人与他讲话；各家报纸都齐声痛骂他，连自由党人也视他为魔鬼。当他进入舞厅，所有的男人就全都命令他们的妻女离开。这些伪善的贵族觉得这样对待诗人还不够严厉，他们一致认为，不能让这个"魔鬼"再呼吸英国的空气，否则，整个英国社会的风气就会被污染、破坏。

面临着这样的尴尬的处境，诗人的心情是悲愤的。他傲然地与之对峙："卑劣的家伙！这么恨我吗？而且想聚拢起来迫害我吗？要斗争就斗争！用我一个人的力量来和全英国的没骨气的人们战斗吧！看看谁胜谁败！"

在全社会抛弃了这位诗人之后，诗人觉醒了。他说："假如人们叽叽嘎嘎地议论着和咕哝着的一切全是真事的话，我就不配住在英国；假如这些全是造谣中伤的话，英国就不配让我居住。"

1816 年 4 月 25 日，拜伦愤而离国。从此，再也没有回来。

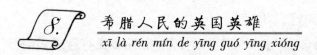

8. 希腊人民的英国英雄
xī là rén mín de yīng guó yīng xióng

在希腊的"英雄国"里，有一座拜伦纪念碑。直到今天，伟大的英国诗人拜伦仍然为希腊人民所崇拜和景仰。这是因为，拜伦活在希腊人民的心中，他是希腊人民的英雄。热爱自由是拜伦性格的基调。他的一生是为自由高呼而奋战的一生。作为一位独立不羁、才华横溢的诗人，他写下了若干诗篇歌咏自由，揭露和声讨一切专制统治者，鼓舞那些受奴役、受压迫的民族起来争取自由、进行革命。作为一位革命家，他以实际行动投入到意大利和希腊人民为争取民族解放的革命中，并为此献出了自己的财产、精力，直至宝贵的生命。

对于希腊，拜伦有着特殊的情意。这片土地是同荷马史诗、埃斯库罗斯的悲剧、修昔底德的历史联结在一起的令人神往的土地。青年时代的旅行书信中，拜伦对母亲说他最向往的土地是希腊。在游历了土耳其之后，他越过了阿尔巴尼亚的崇山峻岭，来到了西方文明的源头——希腊。他最先踏上的希腊土地是迈索隆吉翁，这也正是他后来为希腊人民的革命献身的地方。那次旅行，给了他极大的震撼。昔日繁荣昌盛、民主自由的希腊已不复存在，他看到的只是一个满目苍凉，在土耳其人的淫威下呻吟的希腊。雅典，那梦的都城和文化的摇篮，早已失去了昔日的风采。亚里士多德、苏格拉底、柏拉图的雅典难道会如此衰败吗？伟大的希腊精神到哪里去了呢？抚今追昔，感慨颇多，诗人悲愤不能自已。在这次游历中，他翻译了希腊革命烈士黎筛的《希腊战歌》，追怀古希腊的光荣历史，痛悼希腊衰落沉沦的命运。他借这首诗歌，抒发了自己的感情：

> 起来，希腊的儿男！
> 光荣的时刻已到来！
> 要效法我们的祖先，
> 不枉作英豪的后代！
> ……
> 让我们高傲地抗拒
> 土耳其暴君的强权！
> 让祖国眼见她儿女
> 站起来，砸碎她锁链！
> ……

这次旅行使他看到了像奴隶一样俯伏着的希腊，再也找不到希腊昔时的尊严。希腊是懦弱的，是让人失望的。拜伦对被压迫的希腊寄予了深切的关注，希望他们都能奋起抗争，摆脱土耳其暴君的统治。这种感慨和悲愤表现在了《恰尔德·哈罗尔德游记》里面，表现在《唐璜》里，表现在诗人的诸多作品里。

热爱自由的拜伦，不忍心看见伯里克利、亚里士多德、苏格拉底、柏拉图所在的有着无比光荣历史的希腊，竟被系在土耳其暴君的铁锁之下呻吟。他用他的诗歌表达了他对希腊这片土地的深情。《哀希腊》、《本国既没有自由可争取》、《凯法利尼亚岛上的日记》、《致苏里人之歌》、《这一天我满三十六岁》等都表达了这样的主题。

《哀希腊》选自拜伦的长诗《唐璜》。这首诗缅怀了希腊辉煌灿烂的文化历史：曾有过著名的女诗人萨福热情讴歌的爱情；曾有过伯里克利统治时期的繁盛；还有着广阔的马拉松平原；有着连绵起伏的群山；有着马拉松、温泉关和萨拉米的英雄史诗。同时，这首诗还哀叹今日的被欺凌境遇，召唤希腊人民振祖先之雄风，奋起抗敌，夺取自由。他在诗中写道：

> 争取自由别指靠法兰克人——
>
> 他们的国王精于做买卖；
>
> 靠本国队伍，靠本国刀枪，
>
> 才是你们的希望所在。

自由必须靠自己去争取，而不是别人所能赐予的。整首诗沉痛深挚而又壮烈高昂，使人感慨万千而又催人奋发。正是因为诗人怀着对自由的一片挚爱，对希腊的一片留恋，所以当希腊民族解放运动开始时，拜伦便搁笔毅然前往希腊，支援其反压迫反欺凌的伟大革命。

《本国既没有自由可争取》是拜伦写于 1820 年 11 月的一首短诗。这时拜伦已离开了他的祖国居住在意大利，并参加了烧炭党人的革命活动，投入到实际的为自由而斗争的活动中去了。

> 本国既没有自由可争取，
>
> 为邻国的自由战斗！
>
> 去关心希腊、罗马的荣誉，
>
> 为这番事业断头！
>
> 为人类造福是豪迈的业绩，
>
> 报答常同样隆重；
>
> 为自由而战吧，在哪儿都可以！
>
> 饮弹，绞死，或受封！

英国贵族绅士们的迫害逼走了狂放不羁、热爱自由的伟大诗人，诗人并不气馁，并没有放弃对自由的追求。他认为为自由而战，在哪儿都可以。

自由啊，你的旗帜虽破而仍飘扬天空，招展着，就像雷雨似的迎接狂风；你的号角虽已中断，余音渐渐低沉，依然是暴风雨后最嘹亮的声音。正是凭着对自由必胜的信念，在希腊解放斗争的召唤下，他抛下诗笔，中断了辉煌巨作《唐璜》的写作，奔赴希腊。

1923 年 7 月 24 日，拜伦踏上自己准备的帆船"赫拉克勒斯号"，向希腊出发。8 月 1 日，他到达希腊属地凯法利尼亚岛的阿哥斯托利翁。在那里他受到希腊人民的热烈欢迎。在这个岛上，拜伦在农家过着非常简朴的生活，每日忙于和希腊半岛派来的代表商讨各项事务，为战争做各项政治的、军事的准备工作。投入这实际的工作使拜伦热情高涨，在《凯法利尼亚岛上的日记》中表现了他渴望投入实际斗争的热情：

> 死者们全都惊醒了——我还能睡眠？
>
> 全世界都抗击暴君——我怎能退缩？
>
> 丰熟的庄稼该收了——我还不开镰？
>
> 枕席上布满了荆棘——我岂能安卧！
>
> 进军的号角天天鸣响在耳边，
>
> 我心底发出回声，同它应和……

在这个岛上住了四个多月之后，拜伦便于 1924 年 1 月 5 日早上到达迈索隆吉翁。他穿着火焰一样的绯红色军装，踏上了希腊本土。为了迎接拜伦的登陆，希腊人举行了隆重的欢迎仪式。街上隆隆地放起了礼炮，响起了当地土民的音乐，士兵和居民都聚集在广场上等待着这位年轻的统帅。从此，他过上了军人的生活。

他献出自己的财产帮助希腊人建立革命军。为了使士兵能够熟练掌握将由伦敦运来的武器，他出钱聘请了德国和瑞典的军官。士兵每天在沼泽地上进行军事训练，他也亲自参加。他身为统帅，能以身作则，和希腊士兵吃同样的饭菜。对于当地的贫民，他解囊相助。正因为这样，他受到了当地士兵和农民的爱戴。后来，当地人一致推举拜伦为全军的总司令，他所建立的迈索隆吉翁这支部队的声名远扬世界。他更加夜以继日地工作着。最终，他病倒了，但他在病情稍有好转的时候又投入了工作。4 月的一天，他在暴风雨将来临的时候骑马出去办事。刚走出村庄三四英里，突然大雨猛降。陪同他的人让他下马避雨，他不听劝告，倔犟地说："要做一个真正的军人，这点雨算得了什么？"当他们办完事，全身湿透了归来，被猛烈的严寒侵袭，发起高烧来。病情一天一天地加重，拜伦也意识到了。在病床上，他说："我的财产、我的精力都献给了希腊的独立事业；现在，连生命也一并送上吧！"1924 年 4 月 19 日的黄昏，伟大的拜伦去世了。所有的希腊人为之痛哭流涕，他们沉痛地埋葬了这位伟大的英雄。在拜伦精神的鼓舞下，1929 年，希腊终于摆脱了土耳其的奴役取得了独立。

希腊人民永远不会忘记这位英雄，这位为自由而战斗的伟大诗人。

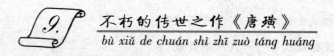

9. 不朽的传世之作《唐璜》

bù xiǔ de chuán shì zhī zuò táng huáng

长篇叙事诗《唐璜》（1818 — 1823）是拜伦的代表作，也是拜伦最后和最优秀的作品。这部诗体小说以其思想内涵的深厚和创作风格的独特，在世界文学史上占据着显赫的地位。

《唐璜》共有十六章，一万六千余行，其长度是世界诗坛上屈指可数的。主人公唐璜本是西班牙传说中的浪荡公子、色鬼、恶棍，屡见于西方文学，然而，在拜伦的笔下，这个放荡不羁的花花公子却被改造成了一个天真、热情、善良、正直的贵族青年。他由于缺乏人生经验，经不起贵族少妇朱丽亚的诱惑，也曾做了一些傻事。但是他心地善良，对人充满热情，遇到危难总是先慷慨无私地照顾别人，身为奴隶却并不屈从于土耳其王妃的淫威，勇敢地从哥萨克兵的刀下救出了十岁的小姑娘，而且热情激励希腊人民起来斗争，反抗侵略。这哪里是放荡的公子，甚至不是"拜伦式的英雄"。在拜伦所塑造的一系列典型中，这是一个崭新的形象。

在这首长诗中，一至六章描写唐璜的身世，因与贵妇朱丽亚的恋情暴露而逃离故乡西班牙，海上沉船，在希腊岛上与海盗的女儿海蒂恋爱，在君士坦丁堡的奴隶市场上被卖到苏丹后宫。七至九章描写唐璜从苏丹后宫逃走后参加 1790 年俄军围攻伊斯迈尔城的战役，因作战有功被送往彼得堡。十至十六章写唐璜作为俄国女皇的使节到了英国的所见所闻。由此，我们可以看出，拜伦的创作意图并不在于塑造唐璜的典型性格，表现他的人生命运，而是通过他的足迹——从西班牙到希腊，从希腊到土耳其，到俄国，途经波兰、德国、荷兰到英国，来展现这些国家的社会生活，讽刺"各国社会生活的可笑"。

作家瓦尔特·司各特说《唐璜》"像莎士比亚一样地包罗万象，他囊括了人生的每个题目，拨动了神圣的琴上的每一根弦，弹出了最细小以至于最强烈最震动心灵的调子"。的确，《唐璜》的内容是最广泛和最多样化的，它展现了 19 世纪初期法国资产阶级革命时期欧洲社会政治的广阔前景，涉及人类生活中的许多现象，是一部反映当时社会的宏伟的史诗。

正如拜伦自己所说："如《伊利昂记》之迎合荷马的时代精神一样，《唐璜》迎合着我们的时代精神。"拜伦以其最辛辣的讽刺，无情地挖苦嘲笑了封建专制的暴虐和社会道德的虚伪。诗人叹息，从欧罗巴到亚细亚到处散布着宫殿，宫殿里住着威严的女皇、淫威的皇后、谄媚的朝臣、骄奢

《唐璜》插图

专横的将军、堕落腐化的王公贵族……然而，世界上却没有一寸自由的土地。到处充满了黑暗、战争、凄凉、贫穷。贵族们过着骄奢淫逸的生活，广大人民流离失所。为此，诗人憎恶封建专制，高唱自由之歌，它号召人民起来斗争，改变那个不道德的人压迫人的旧世界。著名的《哀希腊》一诗，歌颂了希腊光荣的过去，哀悼希腊被奴役的处境，鼓舞希腊人民奋起反抗争取自由。他坚决地主张革命："如果可能，我要教会顽石，起来反抗人世的暴君；并且随时准备去当战士，不仅靠文字，也靠行动……"

长诗对英国的揭露和讽刺最为深刻。英国是诗人最熟悉的，所以他的剖析最有力。英国是欧洲资本主义最发达的国家之一，拥有雄厚的资本，在欧洲反动统治中起主导作用，充当了镇压革命、扼杀自由的宪兵。拜伦对这些大资产阶级做了穷形尽相的描写，讽刺了英国的方方面面。拜伦将英国首相比作奸诈的海盗，只不过海盗换成了首相，掠夺也就变成了捐税。那些陆上海上都占统治地位的英国资产阶级，从南极到北极到处贴出布告，"甚至要大海的波涛也付给他们通行税"。英国的贵族上流社会更是一个肮脏、虚伪、腐化、堕落的阴沟。贵族男女外表上彬彬有礼，其实都放荡淫乱，无耻至极，坏事做绝，内心空虚。拜伦的诗句像无情的长鞭，抽得他们体无完肤。

拜伦的笔锋是犀利的，韵律是优美的，《唐璜》的发表震惊了当时的人们。

英国维护资产阶级体面的报刊群起而攻之，指责它是对宗教和道德的进攻，是对"体面、善良、感情和维护社会所必需的行为准则的讥讽"，"令每个正常的头脑厌恶"，"粗暴地亵渎了人类最优美的感情"，"不可能欣赏它而不失去某种程度的自尊"。英国的上流社会攻击拜伦，是因为拜伦一针见血地指出了这个时代的弊病。

但同时，它也受到了高度的赞扬。一个署名"约翰牛"的读者在给拜伦的公开信中说："坚持《唐璜》吧，它是你所写的唯一真挚的东西。我认为《唐璜》是我所见到的你的最好的作品。它是远远超过一切的最生气勃勃、最率直、最有趣和最有诗意的；每个人都和我有同感，不过他们不敢说出来罢了。"诗人歌德说："《唐璜》是彻底的天才作品——愤世到不顾一切的辛辣程度，温柔到了优美感情的最纤细动人的地步。"诗人雪莱说，《唐璜》"每个字都有不朽的印记……它在某种程度上实现了我久已倡言要写的——一种完全新颖的、有关当代的东西，而且又是极美的。"

作为时代的批判者，拜伦高唱着自由，控诉着专制，批判着伪善，肯定着真诚，用无情的笔锋嘲笑着当时的贵族上流社会，战斗的号角激励着为自由而奋斗的人民。他歌颂自由，反对专制。他憎恶战争，憎恶侵略，提倡民权，提倡自由。因此，拜伦的《唐璜》是时代精神的结晶。

《唐璜》的不朽不仅在于内容的深厚，而且在于形式的独特。正如雪莱所说："这种独创的伟大，完全拒绝别人的模仿。"他的成功还在于他那夹叙夹议的风格找到了合适的诗体，即意大利八行体。八行体有一个显著的优点，即能够适应口语风格，在高明的诗人笔下更能做到庄谐并陈，伸缩自如，而同时它又有格律，有韵脚，保持了诗的形式和特色。拜伦驾驭这种诗体到了得心应手的境界，嬉笑怒骂，皆成诗篇，而且常常警句迭出，妙语连珠。时而谈笑风生，时而又静心沉思；时而故入歧途，时而折回曲径。像是山重水复，到了尽头，忽又站在山巅，俯瞰世界。正在歌咏花木缤纷，忽又悲风横扫，落花狼藉，令人不敢正视人生的凄惨；正在聆听爱国诗人慷慨悲歌，忽又踏入花街柳巷，弦歌高啸；正在高谈哲理，评论政治，忽又像滑稽演员似的插科打诨，嘲笑世间百态。总之，无论写事、写景、写气氛、讲大道理，拜伦都能做到异常出奇。在英国文学史上，拜伦是第一位运用口语体达到如此淋漓尽致的诗人。拜伦把闲谈、故事、议论、浪漫气氛结合得如此自然，形成谑而不陋、白而不俗，风趣中见隽永、轻松里显力度的风格。读他的诗，旋律美妙，妙趣横生。或忽庄忽谐，或欲擒故纵，感觉如泉水涌出，洋洋洒洒。整部长诗，就如一曲慷慨悲壮又缠绵悱恻的交响乐一般。

《唐璜》是一部天才的作品，不管在内容上还是在艺术形式上，它都是精妙绝伦、无与伦比的。所以，《唐璜》留给世人的影响是巨大的。

这本书不仅成为欧美各国文学家的典范和灵感的源泉，而且使拜伦成为当时在欧洲吹响了自由民主之歌的进军号手，指导了整整一个时代。

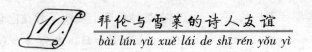

10. 拜伦与雪莱的诗人友谊
bài lún yǔ xuě lái de shī rén yǒu yì

拜伦与雪莱是英国后期浪漫主义文学运动中的两座高峰。他们之间有着深厚的友谊，历来为世人所传颂。同时，这两位伟大的诗人在生活经历、政治立场、创作倾向上也有着诸多的相似。

关于两位伟大诗人的友谊，向来是文学史上的一段佳话。

他们的初识是在 1816 年的日内瓦。在克莱尔—雪莱妻子的异母姊姊的介绍下，两位伟大的诗人会面了。这是 19 世纪资产阶级叛军中的魔王和大天使之间的会见，是伟大友谊的开端。在此之前，雪莱已读过了拜伦的作品，对他充满了崇敬。而拜伦呢，那时也读过了雪莱的杰作《麦布女王》，他是了解雪莱的诗才的。所以，雪莱一见到拜伦便从心底里敬重拜伦，完全承认拜伦的天才。而拜伦一看见雪莱便从心里觉得雪莱是胜过自己的伟大诗人。天才慧眼识天才，从这时候起，两位伟大诗人的友情就开始了。

他们两个人在美丽的阿尔卑斯山下莱蒙湖畔相聚。雪莱一家和拜伦的房子离得很近。他们都爱山、爱水，爱这美丽的风景。他们一同出去划船，享受拂面的清风，欣赏阿尔卑斯峰峦。他们交流着思想，讨论着人生。雪莱努力想驳倒拜伦那种嘲世而怀疑的人生观，拜伦努力想说服雪莱单纯的孩子般的想法。雪莱相信真、善、美，相信"美"存在于伟大的和谐之中，他主张用清纯的理想去教化和改善社会。拜伦认为，人类是恶的，社会是丑的。他憎恶这么恶的人，这么丑的社会。尽管两个人的性格是如此的相异——一个是狂放，一个是温和，一个是资产阶级叛军中的魔王，一个是游离于现实之外的大天使。但是，共同的生活经历、政治立场、创作倾向却使他们意气相投，不知疲倦地交谈着，互相了解，互相影响。雪莱虽伤心于拜伦那些刻薄的意见，但是又不能不陶醉于他所表现的美，发现其愤世嫉俗和冷若冰霜掩盖下的可贵的真诚。拜伦则听了雪莱的劝说，开始读英国"湖畔派"诗人华兹华斯的诗篇。华兹华斯是被他在年轻时候写的《英格兰诗人和苏格兰评论家》中痛骂过的。但是，这时在他饱尝了世道艰辛之后，在这幽静的湖光山色中，接触了华兹华斯的高雅温柔、恬淡宁静的作品后，他也体会到了内心的平和。在莱蒙湖畔的这段日子，他们都写了许多名篇。在此之后，他们一直保持着交往。

作为英国浪漫主义文学史上的两颗明星，他们一直被人们相提并论。这不仅仅是因为他们的伟大友谊，更多的是他们身上的相似性。

首先是生活经历上。他们都尝遍了人生的辛酸，了解到了世态炎凉，在婚姻问题上遇到过挫折，遭受到上流社会的攻击。他们被谣言诽谤所围攻，为上流社会所痛恨。最后都在上流社会的迫害下愤然离开了祖国。1816年，英国的上流社会趁拜伦和夫人安娜贝拉婚变之际，大肆渲染，掀起了一场毁谤拜伦的运动。所有的报纸都齐声痛骂他，骂他是悖德乱伦的丈夫。他的敌人拍手欢笑，认为终于打倒了骄傲的拜伦。拜伦被他所处的英国社会所抛弃，愤然离国。离开英国之后，他首先侨居瑞士。在日内瓦的同一个旅馆内，他结识了因同样缘故而被迫离开故土的雪莱。雪莱的第一桩婚姻是出于同情而非出于爱情的婚姻。婚后，他的妻子哈丽特露出了小酒店女儿的原形。她粗俗，没有教养，并且经常把不三不四的男子带回家中。这样，夫妇间发生了种种不快的事情，雪莱陷入了痛苦的深渊。因此，当另一位女子——美丽聪明的玛丽出现时，雪莱便以少年似的单纯告诉哈丽特说，他已经有了爱人，要和她离婚了。他认为"两人没有了爱情，分开来是很正常的"。然而，他的这种观点却是为当时的社会习俗所不容的，也是还没有对他完全失去爱情的哈丽特所难接受的。但是，雪莱觉得继续这种世俗夫妻关系是极不正常的。于是，上流社会抨击他，说他是不义乱伦的，并且不断对他加以激烈的迫害。所以，雪莱带着玛丽离开了英国。在日内瓦，两位伟大的诗人会面了。共同的不幸、共同的遭遇使他们一见如故，结成了知音。

其次表现在政治立场上。他们都激烈地反对以"神圣同盟"为代表的一切反动势力，热情地支持和歌颂当时在欧洲掀起的民主运动和民族解放斗争，而且无情地揭露了资产阶级对劳动人民的剥削和压迫，号召被压迫者起来反抗，争取自由。拜伦的诗歌充满了讽刺、嘲笑，对社会人生的批判是最为深刻和广泛的。他最早的长篇讽刺诗是《英格兰诗人和苏格兰评论家》。在这首诗中，拜伦攻击了骚塞等贵族浪漫主义诗人和杰弗里等评论家，初步显示出了巨大的论争力量。此后，他还创作了许多有名的政治讽刺诗，如《编织机法案编制者颂》，他痛斥反动统治者对卢德党人的屠杀，为工人阶级说话。他写了《闻摄政王谒陵有感》，刻画了摄政王（乔治四世）的荒淫残暴，把他比作17世纪资产阶级革命中被砍了脑袋的查理一世；在《审判的幻景》中，他揭露了英国的反动政权；在《唐璜》中，他嘲笑了欧洲各国社会的可笑方面。他揭露封建专制的暴虐和社会道德的虚伪，毫不留情，一针见血。这正反映出拜伦与一切反动势力为敌的民主与自由思想。

而雪莱，作为一个对未来具有无限信心的作家，他对丑恶的社会也是非常不满的。他认为，这个社会必须变革，而诗人应当是"号召战斗的号角"。因此，他在憧憬理想社会的同时，对现实社会进行了激烈的批判。在他的早期作品《麦布女王》中充分表现了他对当前世界和过去世界的批判，对未来世界的向往。在他的笔下，过去的世界是君主、教士、政客三位一体统治的世界，是黑暗的，在战争失败之后成为一片留着血迹的废墟。当前的世界是现金交易、一切都可以买卖的世界，是资产阶级剥削无产阶级的世界。他认为现实世界必然要变革，未来的世界是一个优于前两个世界的理性社会。他以未来世界的美映衬出了现实世界的丑。另外，在《伊斯兰的起义》、《致大法官》、《给英国老百姓的歌》中，揭露了统治者贪婪无耻、不劳而获的丑态，号召广大受压迫的工人农民起来改变自己的奴隶处境。显然，像他们这类的诗篇是必然要受到上流社会的攻击的。但是，他们却被广大人民所拥护。雪莱的《给英国人民之歌》，在19世纪40年代宪章运动中，被作为战斗的进行曲。《解放了的普罗米修斯》激励着人们反对暴政，追求民主与自由。《西风颂》里的"冬天已经来到，春天还能远吗？"成为对未来的"天才预言"。

再次，他们有着共同的创作倾向。在他们的作品里，体现出了强烈的主观抒情性。每一行诗句中，都反映出他们思想的矛盾、斗争，都跳荡着澎湃的激情。不管是政治诗、爱情诗、讽刺诗或者是描绘自然的诗歌，无一不是作者主观感情的自然流露，强烈感情的抒发。这些诗句洋溢着热情、飞腾着想象。在雪莱的笔下，"云"是快乐无忧的，自由变幻的，为他人创造幸福；"云雀"是欢乐的精灵，它的歌声是动听的，悠扬的；大自然是变幻多姿、生气勃勃的，从而与黑暗沉闷的社会现实形成鲜明的对比。对大自然尽情地歌咏，表现了作者对未来的美好憧憬。拜伦的诗歌，更是力与美的凝聚，是英雄性格与激情的体现。在他的笔下，高山大海无不雄奇、豪壮，无不表达了作者对自由的召唤。这正如他的名言"诗的本身即是热情"。在拜伦的诗歌中我们可以找到他本人的影子，看见他愤世嫉俗的外表下火热的内心和动人的真诚。

这些相似性促进了他们的互相了解，互相交流。在那个时代，当世人都严重地误解了雪莱时，只有拜伦在说："到今天为止我所认识的人里面，

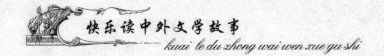
他是最善良而没有丝毫私欲的人，他是最完美而没有缺点的人。"当拜伦要把未发表的《唐璜》扔进废纸篓的时候，是雪莱认出了它的伟大价值，并鼓励他继续写下去。可见，只有天才认识天才，只有天才理解天才。

他们的友谊随着交往不断地加深，直至 1822 年 7 月 8 日雪莱逝世。这是一次沉痛的告别，拜伦为此悲恸欲绝。谁料，两年后，拜伦也为希腊人民献出了自己宝贵的生命。从此，英国文坛上，失去了两颗璀璨的明星。

11. 从不信神的"异类"：雪莱
cóng bù xìn shén de yì lèi : xuě lái

在法兰西共和国诞生的同一时期内，浩渺苍穹下的另一个国度里，一个骂自己的父亲和国王的英国小男孩正以其早熟的聪慧审视着周围的传统和常规。他有一种在别人看来古里古怪的习惯，常把对有关上帝、政府和国王的离经叛道的想法用书信的形式写下来，再四处散发给一些素不相识的人，希望得到他们的反驳，以便找到他自己无法找到的论据。这些信件最后由他整理成一本小册子《无神论的必然性》。这位天真的少年居然还将这样的一份小册子送给主教会议，其后果可想而知。他即刻被轰出大学校门，并且也被逐出了家门。他就是众人皆知的"疯子雪莱"，"不信神的雪莱"。

雪莱（1792 — 1822）。

雪莱出身名望家族，父亲提摩塞·雪莱爵士是一个家财丰厚的大地主，但却目光短浅，为人庸腐，是传统原则的忠实守护者。而雪莱则对一切卑劣、愚蠢、腐朽的事物

雪莱像

怀有先天的反感，他有着极其敏感的气质和灵敏的感受能力。1840年，进入伊顿公学后，年仅十二岁的他公然反对这座贵族学校的"学仆制"，否认高年级学生对低年级学生任意使役和凌辱的特权。虽然年小体弱，但是到忍无可忍时他也会坚决维护自己的尊严，比如用一只削铅笔的小刀刺穿来犯者的手背。

十八岁时他因散发一本名为《无神论的必然性》的小册子而被开除出大学，而且被赶出了家门。在他一生其余的十年里，外表上多了几分男子气，但人们常常还是能够感到一种孩子的稚嫩和女性的柔媚。英国冒险家特列劳尼曾为之颇感惊讶："这可能吗？难道那个只身空拳和全世界作战的怪物竟然是这么个嘴上无毛的孩子？被满怀敌意的文坛圣贤斥之为恶魔派开山祖的那个人居然会是他？"好友威廉斯的夫人谈起雪莱时曾说："他来去像个精灵，谁也不知道他什么时候来的，什么时候走的，从哪里来，到哪里去。"

雪莱自称无神论者就是"为了表达我对迷信的厌恶。我接过这个称呼，就像骑士拾起手套，显示我对不义的蔑视"。他不是，也永远不会是任何一种所谓天启宗教的信徒。他的这种自由精神无不体现于后来的天才创作中。

1812年到1813年间，雪莱游历了威尔士和爱尔兰，亲身体察了那里人民的痛苦景象，街上到处可见衣不蔽体、饥肠辘辘的人们。作为一个英国人，他为英国在爱尔兰犯下的罪行而深感羞愧，也对爱尔兰人民的悲惨处境大为震惊。雪莱将这一切的苦难归咎于英国合并的致命后果。他身体力行，参加了爱尔兰的民族解放斗争，直接了解人民的需要。爱尔兰事件的爆发直接触动了雪莱的创作灵感，这就是他的第一部大型诗歌作品《麦布女王》。

在一个宇宙性的幻景之中，麦布女王——英国童话中的魔法师，将一个沉睡中的少女艾安蒂的灵魂摄到了九天之外。梦中艾安蒂看到了三个不同的世界：过去的世界、当前的世界、未来的世界。过去的世界是君主、教士、政客三位一体统治的世界。在战争残破之后建筑的遗迹上到处都是

人类的斑斑血迹。当前的世界是现金交易、一切都可买卖的世界，幻景即刻变为现实，这是不平等和人对人施加暴力的时代。在幻景的另一方面，出现了一个未来的美好世界：冰川解冻，良田丰收，豺狼不再噬人，君主、教士、政客全都隐没。可恶的宗教也消失得无影无踪。新社会到处弥漫着光明、友爱、和平的气氛。在《麦布女王》幻想、怪诞的外壳之下，我们完全可以感受到人间真实的内容，其中概括地反映了爱尔兰人民的灾难和雪莱对人类光明未来的美好憧憬。作为雪莱最年轻最新鲜的著作，《麦布女王》首次问世仅印了很少的册数，而且还被禁止销售。雪莱也因其中透露出的无神论思想而受到指控，最终被迫离开英国。前妻赫丽艾特死后，她的父亲向法院提起诉讼，要求裁决谁是她所留子女的适宜的监护人。大法官艾尔登的裁决是：鉴于雪莱一向行为极不道德，且试图把其引以为豪的邪恶思想灌输给他人，因此非常有可能把子女也培养成无神论者，法律自当完全剥夺他对子女的监护权。诗人为着自己理想中的自由精神吃尽了苦头，可后来的人们谁不为此深感震撼、激情洋溢呢？

雪莱在诉讼案正进行审理时住在小城马洛。在这里他与下层人民有了更密切的接触，观其惨况，为其呼吁。英国政府所谓的"谷物法"、增税、工人工资的降低以及1815年战争结束后日益尖锐的失业现象导致工人们一再发生骚动。雪莱目睹了马洛地主花园的奢华和该地居民的贫穷境况，他把自己所有的一切都用来帮穷济困，还不时去访问市民的破居陋室。这种"朱门酒肉臭，路有冻死骨"的残忍现状促使他创作了他最优秀的诗作之一《伊斯兰的反叛》。

大地震动，狂风四起，雷鸣电闪，在一场预示着暴风雨即将来到的大自然背景上，正展开着一幅蛇与鹰残酷搏斗的图景。向往自由的蛇被鹰的凶狠魔爪击败，浑身血迹斑斑，被投进了大海。而站在荒凉海岸上注视着这场恶战的美丽妇女小心地将蛇拾起，救了它一条命，又把它送回去进行新的战斗。与此同时，黄金城伊斯兰的人民正在其暴政的压迫下呻吟。不堪重负和迫害的人民怎能久久坐以待毙，与其被残害致死不如奋起反抗求生。于是两位年轻的英雄人物莱昂和西丝娜从人群中挺身而出。他们是人类的解放者，是人类幸福的追求者。莱昂和西丝娜号召人民起来斗争，专制被推翻了，期望的曙光就要到了。但人民胜利的时间不长，在斗争中犯了一个致命的错误，他们怜悯被打倒的暴君，饶了他的命。新获自由的暴君立即又纠集雇佣兵卷土重来。莱昂和西丝娜被双双判处死刑。但他们冷静地出现在死刑场，微笑着走向火堆共同就义。莱昂说："呼吸，生活，抱希望，要勇敢，否则不如死。"他们没有白死，在象征性的自由神殿里，又以新的化身相会了。由自由神殿把大地上的斗争导向胜利！《伊斯兰的反叛》比起《麦布王子》来，在思想内容和艺术形式上又前进了一大步。斗争思想贯穿着整部作品，构成其潜在的意义。正如雪莱自己在序言中说的："我希望用自由与正义的思想，在我的读者的心中燃烧起高尚的热情，燃起暴力、歪曲的真理或偏见所没能在人类中完全消灭的对善的希望和信心。"

雪莱在严肃正剧方面的成就，足以与埃斯库罗斯抗衡。他的《解放了的普罗米修斯》是那位希腊悲剧作家所著《被缚的普罗米修斯》的现代姊妹篇。埃斯库罗斯的悲剧《被缚的普罗米修斯》是关于古代普罗米修斯民间传说的古典体现。别林斯基写道："普罗米修斯从天上窃得火种，给人间带来温暖和光明，宙斯认为这是对众神的叛逆，因此把普罗米修斯锁在高加索的山岩上，叫老鹰不断地啄食他的腑脏，在啄过的地方又不断长出新肉。宙斯希望他能屈服，但是普罗米修斯骄傲地忍受痛苦，并以轻蔑的态度答复他的刽子手。这神话是足以成为最伟大的艺术诗歌的起点和发展的土壤的……"

1819年4月19日，雪莱致书皮可克说，他完成了哲理诗《解放了的普罗米修斯》，然而，他却因这首诗背负了种种坏名声。当时的《评论季刊》说他的长诗是"枯燥乏味的一派胡言"。《文学报》说这首诗是"这位说梦痴人胡诌出的穷极无聊的蹩脚货"。就连《布莱克伍德杂志》这仅有的一家可称得上对雪莱一贯友好的杂志在评论他的《解放了的普罗米修斯》时也说"简直不可能再有比它的危害性更大的这种亵渎神明、蛊惑人心、放纵情欲的混合物了"。西奥多·胡克也添上了一句俏皮话："《未装

订的普罗米修斯》——这名字起得好，谁会愿意装订它呢?"

但在今天的英国，再没有一个人会这样说了。正是他给那个时代的诗歌文学打上了最后的决定性印记。他在前进的道路上超越他的时代太远，企盼精神革命的欧洲大陆正要求有一个个性坚强如雪莱之泛爱宇宙，粗野尖刻如雪莱之温文尔雅的诗人，要求有一个能以他的美德和恶行、优点和缺点同样赢得同时代人同情的人。雪莱用他对人类、对大自然的无限热爱及崇高的理想和天才的智慧为后人留下了一首首献给自由的诗歌，如美妙无比的天籁之音，永远回荡在世界诗歌的大舞台上。

12. 伟大诗人雪莱的旷野之恋

wěi dà shī rén xuě lái de kuàng yě zhī liàn

雪莱三十年短促的一生，多半是在露天的旷野中度过的，因为他爱造化所创造的一切。大海为他所爱，他常扬帆海上，躺在小艇里，任烈日灼烤，晒黑他洋溢着青春热情的面孔和身体；流云为他所爱，他常仰望灿烂的高空，目光随着朵朵云彩飘动游移，任心灵的翅膀随之飞向浩渺的天边；草木为他所爱，他常留恋于一草一木娇小而顽强的生命气息，为之惊叹，为之高歌；鸟儿为他所爱，他常静静地聆听它们唱出的每一首美妙的歌曲，快乐地寻找着他们在高空中疾飞的倩影；大自然为他所爱，他以自己生机勃勃的，具有原始气息的想象力把我们带回到一个业已神化的天地玄黄，宇宙洪荒的时代! 他写出了最美的诗篇。这是一种给他生命以欢乐也导致死亡的爱好。

那是 1918 年的一个秋天，诗人独自漫步于佛罗伦萨附近河畔的一片树林里，尽情呼吸着大自然的芬芳气息，静听这林中鸟儿们的欢乐笑语，天空并不十分晴朗，间或有几朵浓重的浮云掠过树梢，随之而来的是一阵疾驰的大风。那孕育着一场暴风雨的暖和而令人振奋的大风集合着常常倾泻下滂沱秋雨的云雾。没几时，雨从天而降，狂风暴雨里夹带着冰雹，并伴有阿尔卑斯山南地区特有的气势宏伟的电闪雷鸣。而诗人那看似平静的双

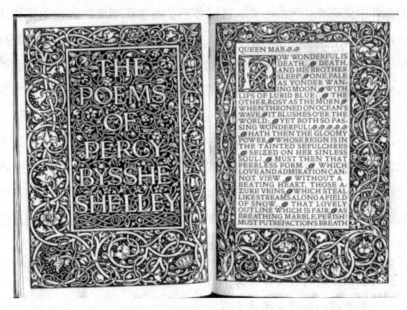

雪莱诗作封面

眸中闪烁着怎样不平静的心语啊！他那宏伟的杰作《西风颂》就在这里诞生了！

这西风是秋天的气息，它使"万木萧疏，似鬼魅逃避驱魔巫师"，而直到阳春它又"给高山平原注满生命的色彩和芬芳"。在它川流的高空中给乱乱的乌云"挣脱天空和海洋交错缠结的树枝"，高唱"暴风雨飘摇翻腾的发卷"在它拂过的波涛表面"漂流奔泻"，"似酒神女祭祀头上扬起的蓬勃青丝"。

我们的思绪也似被带到了古老的神话故事当中。它的呼啸之声"把蓝色的地中海从梦中唤醒"，让"海底花藻和树叶无计的淤泥丛林"一时都"惨然变色，胆怵而心惊"。诗人又何尝不想变成"一朵皎洁的浮云"能与之同飞，"一片落叶"能为之提携，"一头波浪"能在其无边的神威中喘息呢？因为此时的诗人正"倾覆于人生的荆棘！我在流血！"何等壮阔的场面，何等惊心动魄的神风啊，此中又掺杂着诗人多少的辛酸往事。背井离乡，子女夭折，双亲不认，哪一样不令人黯然神伤呢？但此时的诗人早已看透了这人生不定的起伏而变得坚定，充满了对生活的无限热情。伟大诗人的胸怀中更有着伟大的心灵，被"岁月的重负压制着的"诗人正如这西风一样"骄傲，不驯，而且敏捷"。它向着神威的西风请求"请把我枯萎的思绪向全世界播送"，"把我的语言传遍天地间万户千家"，"通过我的嘴唇，向沉睡的人境"发出一个伟大预言家发自灵魂深处的呼唤："如果冬天来了，春天还会远吗？"

1820 年的一个夏日，流落异乡的雪莱正徜徉在意大利蔚蓝色的天空下，沐浴在莱杭郊野夏日热浪似火的骄阳之中。远远的高空传来了一声声嘹亮婉转的云雀的欢呼，诗人的目光不禁随着那"欢乐的强音"，开始寻觅着这"快乐的精灵"。此时此刻诗兴大发的雪莱是否也在脑际掠过那位伟大的湖畔保守派诗人华兹华斯献给云雀的佳作呢？

> 把阴暗的树枝留给夜莺，
>
> 那光辉的清静空间属于你。

这是纯洁的自由精神，是朝气蓬勃、清新无比、快乐之至的音符。他的歌声"来自天堂或天堂的邻近"，欢乐而神圣；它升上晴空迎接朝阳，似星光的利箭、明月的清辉、彩霞降下的美雨。它"像一位诗人，隐身在思想的明辉之中"，而其神圣的使命则是要唤醒"普天下的同情"。这又何尝不是诗人真情实感的自然流露呢？他爱一切美好的事物，爱"全人类"，而这种爱又有几人能理解，知己知心之人又在哪里呢？此时诗人又难免感到寂寞，感到承担这种爱的苦痛。而诗中的云雀恰唱出了雪莱的心声，它像一位思春的少女。

诗人毕竟百折不挠，身处逆境而泰然自若，胸怀开阔，摆脱并摈弃了"憎恨、傲慢和恐惧"，"鄙弃尘土"而上升到崇高的精神境界，得到了艺术的升华！

雪莱对自然的热情从不曾冷却过，他是那么眷恋旷野对他的呼唤，所到之处无不留下他心灵与大自然碰撞出的美丽火花。诗人虽长期客居他乡，但却超然于痛苦之外，笑傲于诗海之中。因而也就是在 1820 年的某一日，当他正躺在沿泰晤士河漂流的小船上，眼看着云彩疾驰过苍穹的同

雪莱故居

时，心灵深处提示他写出了那首淳朴而充满激情的《云》。云"从海洋，从江涛"给我们带来"清新充沛的甘霖"、"冰雹的链枷"、"纷纷雪片"，他是朝阳初升时"翱翔的飞霞"，是黄昏日暮处"绯红的帷幕"，是月明星稀时天空中"羊毛般的地毯"；它"用燃烧的缎带缠裹那太阳的宝座，用珠光束腰环抱月亮，"让"横跨海洋的波涛汹涌"，让"湿润的大地露出笑容"。这多姿多彩的流云时而妩媚温柔，时而暴躁不定；柔得可爱，躁得怕人，似伸手可触及但却变化不定，恰似诗人复杂的思绪和丰富的情感。他渴望自己就像这旷野的流云一般"往来穿行于陆地海洋的一切空隙"，去默默地嘲讽这座由"清风和月亮用那凸圆的明光"建造起来的"虚空的坟冢"，然后"腾空再次把它拆毁"。他是一个真正的革新者，在他看来一切都是思想——万物就是一层层的思想；宇宙本身也无非是各种古老的思想、意向和观念凝聚而成的庞大集合体。所以，以创造能够产生有力印象的新的意向为己任的诗人，总是在不断搅动、骚扰和重新塑造着新的世界。《云》的字里行间无不跳跃着诗人的这种思想火花，明朗而又激扬，"变化，但是，不死！"

雪莱夜以继日地同拜伦一道泛舟于日内瓦湖，看湖光山色，赏行云流水，听百鸟啼鸣，咏千秋绝句。这位诗人对旷野的爱那么执著，那么淳朴，真是如痴如醉。但他却有一个不会游泳的缺点。有一次船几乎翻入湖中，雪莱拒绝任何援助，准备从容落水。几年后他曾心存坦然地考虑到要以这种方式来结束自己的生命。朋友在他落水死去之前几个月将他从一次溺水险境中救起时，他只是说："这是一种强烈的诱惑，要是老妈妈们讲的故事全都可信，再过一分钟我就会到另一个世界了。"他在意大利的日子基本上全都是在户外度过的，他曾同拜伦一道驰骋于威尼斯、拉尔纳或比萨的郊区旷野，偶尔也泛舟于阿诺河或赛丘河上，野外的风光景致赋予了雪莱无限的诗情和崇高的思想。

雪莱的一生心系自然最终回归于自然的怀抱，当他最后一次从莱杭泛海返回勒瑞奇时，狂风四起，汹涌的海浪将他卷入了曾与他朝夕相伴的大海的怀抱之中，而他也最终实现了结束自己生命的这种方式。旷野对他的诱惑始终都是强烈的，带给他无限的快乐却也结束了他短暂的一生。英国文坛此时，还不知道自己已失去一位伟大的天才！

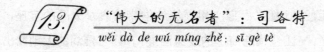

13. "伟大的无名者"：司各特

wěi dà de wú míng zhě : sī gè tè

瓦尔特·司各特（1771 — 1832）是 19 世纪杰出的诗人和历史小说家，在英国浪漫主义运动中占有特殊的位置。他的诗歌创作拓宽了英国诗歌的取材范围，以民间传说和历史故事为题材，"唤起国民的热情，第一次使浪漫主义诗歌得到真正的普及。"他曾获得大量读者的由衷喜爱，也曾得到诸如巴尔扎克、雨果、萨克雷、狄更斯、普希金等许多 19 世纪著名作家的尊崇和效仿。人们将永远记住他作为历史小说的创始者对世界文学做出的贡献。

司各特于 1771 年 8 月 15 日出生于苏格兰爱丁堡一个律师家庭。据司各特自己说，他的远祖巴克留公爵曾任苏格兰氏族社会的大酋长，祖上曾有的辉煌与荣耀使他对这段家族历史有着骑士式的眷恋。不幸的是，司各特不满两周岁就患上了小儿麻痹症，从此右足残跛。三岁时被送往祖父的农庄疗养。自我的不幸并没有使小司各特消沉，他将一切热情都倾注在大自然的怀抱中。他熟悉桑迪诺特威德河畔的一草一木，深谙那里独特的民族风情，更沉醉于古老的歌谣和传说之中不可自拔。在村中牧童嘹亮的歌声中，小司各特心旷神怡，幻想着自己骑上战马驰骋于疆场，为某个心爱的贵妇人奋不顾身。这一切激发了他探究祖先和苏格兰英雄历史的浓厚兴趣，唤起了他心目中强烈的民族自豪感。七岁时，司各特回到爱丁堡，开始学习生活。他似乎天生就是文学的骄子，博览群书是他的嗜好，莎士比亚、理查逊、菲尔丁……都是他涉猎的对象，他甚至把自己的第一部小说《威弗利》献给了曾让他倾慕的如痴如狂的苏格兰作家亨利·麦肯齐。1783 年，司各特进入爱丁堡大学深造，得到了许多著名学者的教诲，还有幸认识了他仰慕已久的伟大诗人罗伯特·彭斯。

1783 年，司各特的大学生活暂告一段落，他回到父亲的律师事务所当学徒。父亲对他沉迷于文学颇为不满，并嘲弄他说："我担心，我很担心，先生，你命中注定是一个沿门乞讨的流浪汉。"的确，他对学习法律漠不关心，最高兴的事就是父亲让他到苏格兰地区去办理委托案件。途中他不但可以尽情欣赏苏格兰地区的风物美景，还能接触淳朴善良的农牧民，体验他们简朴快乐的生活，并在那儿听到了许多美妙动人的逸闻趣事。这一切，都为他日后创作历史小说提供了珍贵素材。六年后，司各特重返爱丁堡大学攻读法律。当时在爱丁堡大学教授法律课程的教师都是英国或欧洲的知名学者，其中英国著名经济学家戴维·休谟的侄子休谟的"苏格兰法"课程对司各特的影响最大，使他对苏格兰的历史传统和风俗习惯有了更深入的了解。课程讲授中的那许许多多奇特复杂、具体生动的案例，为他后来的历史小说提供了大量历史和法律的依据。1792 年，司各特通过考试成为一名辩护律师，后来还担任过色尔卡克郡和爱丁堡高等民事法庭书记官、边疆地区塞尔扣克郡郡长等职。办案中，他接触到社会各阶层形形色色的人，为他塑造人物提供了逼真的生活原型。办案之余，他和知己好

友走遍了苏格兰的穷乡僻壤，和当地老百姓交朋友，采集民间歌谣。来到事务所的诉讼人常向他讲述他们的经历和有关苏格兰的历史掌故，司各特认真做了笔记。他还大量地阅读英国和其他欧洲国家的历史著作和文学作品。这时，德国狂飙突进运动波及到苏格兰，这些浪漫主义作家的作品深深吸引了他。他开始自学德语，并尝试发表译作。他在1795年把德国作家毕尔格的歌谣《莱诺拉》译成英文出版。1799年，他又译出了歌德的历史剧《铁手骑士葛兹》。后来，司各特对多年来收集的歌谣进行了整理，于1802年到1803年出版了三卷集《苏格兰边区歌谣集》。这部歌谣集的内容非常丰富，所以当时有个评论家惊喜地说，这部集子里包含着"上百部历史传奇的成分"。它们为司各特日后的创作准备了素材。

1800年起，司各特开始了创作尝试，他最早的一首歌谣《圣约翰节前夕》于同年出版。1805年，司各特的长篇叙事诗《最末一个行吟诗人之歌》问世，使他一举成名。从此，作为诗人的司各特迅速崛起于英国文坛。1808年，被认为是他最好的长诗《玛密恩》问世。这部富有戏剧性的长诗描写了16世纪苏格兰贵族玛密恩，为达到与贵族少女克拉拉结婚并吞没其财产的目的，不惜诬陷克拉拉的未婚夫拉尔夫叛国，并狠毒地杀害了钟情于自己的逃亡修女康斯坦斯。真相大白后，玛密恩在弗洛顿战役中负伤身亡，克拉拉与拉尔夫终成眷属。司各特长诗中最脍炙人口、最富浪漫色彩的要数《湖上夫人》了。1810年，它一经发表，立即打破了苏格兰以往所有诗歌的销售记录。这部描写16世纪苏格兰国王詹姆士微服出巡传奇的长诗，以国王与属下高原湖区部落首领间的矛盾与和解为线索，中间交织着感人的爱情故事和骑士惊心动魄的冒险经历，衬以峻岭幽谷、柔波粼粼的凯特林湖光山色，让人手不释卷、回味无穷。

1813年，司各特接到他素来崇敬的家族族长比克勒公爵的来信，说英国政府有意授予他桂冠诗人的称号。司各特出人意料地拒绝了此项殊荣，将称号让给了诗人骚塞。究其原因，除了司各特无意写那些宫廷酬和应景诗外，更重要的是由于拜伦的叙事长诗《恰尔德·哈罗尔德游记》发表了。它的诞生证明了新诗的强大生命力，也证明了拜伦无与伦比的天才，但却遭到当时权威文人的强烈不满。年轻气盛的拜伦为了对所遭受的恶评给予反击，紧接着发表了《英国诗人与苏格兰评论家》。这是一部极富战斗性的长诗，在其中他尖锐地嘲弄了司各特的诗歌艺术。对此，司各特泰然处之，他平静地指出："在拜伦更加有利的天才面前，我最好是谨慎地偃旗息鼓。"他承认拜伦"在描写强烈的激情方面，在洞察人的心灵深处的秘密的方面，都超过了我。"这位无冕的桂冠诗人从此在英国诗坛上销声匿迹了。

1814 年，一本匿名历史小说《威弗利》的出版受到了读者的普遍欢迎，人们在交口称赞这部小说之余纷纷猜测它的作者是谁。原来，司各特虽然退出了诗坛，但并没有放弃艺术创作。他开始向生命中第二座创作高峰——历史小说攀登，终于找到了属于自己的广阔文学天地。从 1814 年到 1832 年逝世，司各特共发表了二十七部历史小说。这些历史小说就其取材范围，大致可分为苏格兰小说和中世纪英国与欧洲小说两大类。

苏格兰小说取材于苏格兰的历史和传说，反映了古老的苏格兰民族的社会结构在英国资本主义势力入侵后逐渐衰退的过程，也揭露了在这种演进过程中英国统治者在经济、政治、宗教等方面对苏格兰人民的压迫和剥削，还揭示了苏格兰社会内部各种力量和势力的纷争给人民带来的灾难和损失。描写了苏格兰人民的悲惨遭遇和他们争取自由的反抗斗争。这类小说的代表作是《修墓老人》（又译《清教徒》）、《红酋罗伯》（又译《罗伯·罗伊》）和《中洛辛郡的心脏》（又译《爱丁堡监狱》）。

中世纪小说以中世纪英国和欧洲的历史故事为题材，展示了英国封建君主专制时期到资产阶级革命及封建王朝复辟时期的漫长历史。还包括法国革命和十字军东征中富有东方色彩、异域情调的故事。其中最著名的是《艾凡赫》和《昆丁·达沃德》。

司各特突破了 18 世纪以家庭为中心的小说传统，把个人命运与巨大历史事件结合起来，将家庭关系与历史转折交织在一起进行描写，使他的小说充满现实意义和时代精神。另外，作品中穿插的诸多诗歌和民谣增强了历史故事的民族色彩和诗意，充分体现了他浪漫主义的创作倾向。正如巴

尔扎克所说,他在小说里面表现了古代精神,他把戏剧、对话、画像、风景描写结合在一起;他把奇妙和真实——史诗的两种元素放进小说里面,使穷室陋巷亲切的语言和诗情画意互相辉映,从而把小说提高到历史哲学的地位。因此,司各特当之无愧地成为近代历史小说的开山之祖。

1825 年,司各特的出版社合股人破产,他独自承担起巨额债务,用写小说的收入还债,从而暴露了他历史小说家的真实身份。司各特无奈地在日记中哀叹道:"唉!伟大的无名者变得太知名了。"

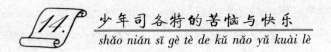

14. 少年司各特的苦恼与快乐
shǎo nián sī gè tè de kǔ nǎo yǔ kuài lè

中国有句老话叫做"从小看大"。很多历史名人的少年时代都拥有一段特殊的生命体验,这些体验对他们的人生道路产生了不可忽视的影响。作为英国浪漫主义运动中占有特殊地位的诗人和历史小说家,瓦尔特·司各特的少年生活充满着梦魇般的厄运。但塞翁失马,焉知非福? 时运不济使他得到了别的孩子所不能享受到的优待与自由,这个小生命顽强地生长着,贪婪地从苏格兰肥沃的土地中汲取养料,终于成为举世闻名的文学巨人。

司各特的父亲也叫瓦尔特·司各特,是一个农场主的儿子,同时也是一位性格特异的律师。他恪守原则,极端诚实,以致很多主顾从他身上赚到的钱,往往比他由于维护他们的利益而挣得的报酬还要多。他的母亲安娜是爱丁堡大学医学教授约翰·雷泽福德的女儿。她是一位娇小、质朴和性格开朗的母亲,喜爱诵读诗歌和研习历史掌故。在儿子司各特已经闻名遐迩时,她仍旧称呼他:"瓦尔特,我的小羊羔。"司各特对母亲有着深厚的赤子之情,他这样向别人说起他的母亲:"没有比我的母亲更慈祥的人了,如果说,我在这个世界上取得了些许成就,那么首先要感谢她从一开始就给我以鼓励,并且自始至终关心着我的事业。"司各特于 1771 年 8 月 15 日诞生于爱丁堡中学附近的学校街。兴许是历史的巧合,两年前的同一天，一个叫波拿巴·拿破仑的男孩在科西嘉岛呱呱坠地，后来他在历史上刻下了深深的一笔，正如我们叙述的这个苏格兰孩子在文学上那样留下的深深痕迹。从头几年看来，小沃蒂（司各特的爱称）似乎活得不会太长，他不断遭受无妄之灾，病魔缠身，而药物和治疗比疾病更有可能夺走他的生命。

他的第一个保姆患有肺结核，她隐瞒了真情。幸好她被及时发现而解雇了，否则孩子难逃厄运。小沃蒂一岁半时就表现出了独立精神，一天夜里，他从保姆身边跑掉了，好不容易才把他抓住，尽管他又哭又闹，还是被按回到床上。当时他正在长臼齿，烦躁不安，第二天清晨就发了高烧。在床上躺了三天后，家人才发现，他的右腿不能动弹了。医生起初用的是当时流行的治疗办法：熬贴斑蝥硬膏之类。后来按照外祖父雷泽福德大夫的建议，将孩子送到了凯尔索附近桑迪诺庄园，指望祖父罗伯特·司各特那里清新的空气比药物对孩子更有裨益。那段日子，小沃蒂被托付给一个保姆照管。这个保姆身体健康，精力充沛，只是由于爱情的不幸使精神受到了刺激。她渴望天天能同爱丁堡的情人幽会，可是为照顾沃蒂她不得不到乡下去。因此她对孩子恨之入骨，觉得只有除掉这个眼中钉才能获得自由。于是有一天，她把沃蒂带到池塘边，慢慢从口袋里摸出剪刀，多亏小沃蒂及时地甜甜一笑，方才使她打消了剪断孩子喉管的罪恶念头。她回到庄园向管家表示忏悔，于是她立即被准许获得自由，而一切并不像她所想象的那样困难。

小沃蒂的亲人们并没有满足于乡间新鲜空气的治疗作用，大家仍在为治愈他的腿出谋划策。有的建议甚至让人瞠目结舌。司各特在老年时还能清晰地回忆起那时的情景：每次桑迪诺宰羊时，大人们总是将赤裸着的沃蒂用还冒着热气的羊皮裹起来，刺鼻的膻腥味和身子贴着一种黏糊糊的东西的痛苦感觉，使司各特获得了第一次对人生的体验。他得的是小儿麻痹，以致右腿肌肉萎缩，终生跛足。身体的残疾使小沃蒂感到孤独，就连和亲兄弟们的关系也不尽如人意。男孩子们在一起嬉戏打闹，是不会顾及残腿弟弟的感受的。他们对当时已表现出智力优异的沃蒂更是倍加残忍。

由于他的跛足，他无法和兄弟们比跑步，比登山。他曾在晚年时回忆起童年的一段痛苦体验：在一个斜坡面前，保姆一边埋怨他无能，一面粗鲁地拽着他的手，把他从石头台阶上拖过去，而结实的兄弟们却叫嚷着一眨眼就跑上去了。他忘不了压在心头的这种委屈和又气恼又羡慕的心情，他气恼自己的跛足，羡慕结实的兄弟们的灵巧自如。

在初涉人世的小沃蒂为疾病而苦恼的时候，桑迪诺洁净的空气，以及祖父、祖母，特别是珍妮特姑姑的善良和耐心都显得特别可贵，他们抚平了孩子心头的创伤。珍妮特姑姑给他诵读一些古老的民谣，聪明的沃蒂很快记住了其中很多段落；祖母向他讲述祖先及历史英雄的传奇故事，小沃蒂常常在动人的故事中甜甜入睡。他的记忆力惊人，又极富幽默感，在别的孩子还刚刚懂得什么叫逗乐时，他的幽默感就与成人相去无几了。

四岁那年，好心的珍妮特姑姑带沃蒂到巴斯去，希望用温泉来治疗他的跛腿。途中他们参观了伦敦塔、威斯敏斯特教堂以及其他名胜古迹。在巴斯居住期间，最令他难忘的时刻是叔叔罗伯特·司各特船长的到来。船长带沃蒂到剧院去看了莎士比亚的《皆大欢喜》。徐徐升起的帷幕向他展现了一个新的梦幻般的世界，那一晚对司各特的一生有着不容忽视的影响。

光阴在不知不觉中流逝，一转眼沃蒂到了该接受正规教育的年龄。由补课老师补习了一段时间功课后，沃蒂进入了爱丁堡中学学习。他在中学的学习成绩并不突出。几年的学校生活对他来说简直是浪费时间，只是在同其他孩子的交往中使他摆脱了拘谨和爱脸红的毛病。正如那个年龄的所有孩子一样，他对陈词滥调的课文感到索然无味，对被迫完成而不用思考的作业更是忍无可忍。但是，聪明的沃蒂虽然没有博得老师的欢心，却很快在同学中赢得了声誉。在不能到户外去玩的日子里，他们最喜欢津津有味地听沃蒂讲故事。而且随着年龄和体力的增长，他的登山技巧超过了许多同学。他曾爬上过陡峭的九石崖，登上了索尔斯伯里丘陵的猫颈岩，后来竟成为全校最勇敢的登山运动员之一。他还参与过互相对立的孩子们在街头的厮打殴斗，他们用石块、木棒做武器，常常打得头破血流。这些骄傲的经历极大地弥补了司各特儿时的心理创伤，有时他竟也忘记了自己那条跛腿的存在。

不过，司各特中学时代最愉快的日子还是在珍妮特姑姑位于凯尔索的花园里度过的。在那里，他兴致勃勃地阅读斯宾塞的作品，初次接触了珀西《英诗辑古》中的古老诗歌，以至于这个十三岁胃口甚佳的小伙子常常忘记了吃饭。他还把《英诗辑古》中一些扣人心弦的片段背了下来，使得同学们大为惊讶。后来他又阅读了菲尔丁、理查逊、斯摩莱特的小说，一个人沉醉在文学的世界里不可自拔。

1783 年 11 月，司各特进入爱丁堡市立公学学习，不到半个学期，希腊语教师就声称司各特性情愚钝，不堪造就。这种宣判是很多杰出人物在少年时代都曾经历过的。不过，司各特生来胸襟宽广，只恨自己不能博得这位老师的赞赏。可不到一年，儿时的噩梦再次困扰了他：他因病辍学，又回到凯尔索。这在司各特眼里无异于因祸得福，因为他又可以在文学的天地里自由翱翔了。他继续阅读自己喜爱的书籍，而且在短短几个月内把希腊字母忘得一干二净。1784 年年末，他又患了大肠出血症，真可谓祸不单行。治疗这种病简直是活受罪：他被迫在隆冬时节赤身裸体躺在一条薄被里面，屋子四周窗户大开，放血疗法和贴斑蝥硬膏把他折腾得半死。他只被允许吃蔬菜，而且少到刚够维持生命的地步；又被禁止出声，刚一张嘴，坐在床边的护士就赶紧制止他。同窗挚友约翰·欧文常常去探望他，同他一连几个小时下象棋。当然，司各特最大的乐趣还是阅读骑士小说，诗集，莎士比亚、斯宾塞的作品和古老的歌谣。

为了进一步治疗，他来到凯尔索郊外特维德河岸边，叔叔罗伯特·司各特船长在那里买了一座名为"玫瑰岸"的精致住房。这里是司各特结婚以前的第二个家，因为罗伯特叔叔同样喜欢书，他能体谅侄子的爱好，鼓励他从事文学创作。叔侄俩儿之间没有任何秘密。身心舒畅的司各特很快恢复了健康，于1786 年 3 月回到爱丁堡，在父亲的事务所里当见习生，他声称自己走进了没有收获、只有履历表和法律公文的不毛之地。不过令他欣慰的是他有抄写法院公文的机会，他有时一口气能抄一百二十页，可以

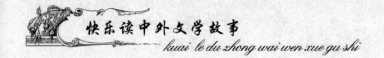
挣到大约一个半英镑，这意味着他可以自己挣钱买书了。

少年司各特也有过自鸣得意的非凡经历。一次，在同窗好友亚当·弗格森家里，他有缘结识了当时的伟大诗人罗伯特·彭斯。司各特清楚地记得：彭斯乌黑的双眼里闪烁着动人的激情，思维敏捷而又不失庄重，外表有些像旧时亲自扶犁的农场主。当时墙上的一幅版画令彭斯感动得落下眼泪。他向在座的人询问画上的题诗出自何人之手，司各特毫不迟疑地报出了答案。彭斯真心实意地向他道谢，并将目光在司各特的脸上停留了片刻。这使只有十五岁的司各特受宠若惊。多年之后，司各特把彭斯对自己的这种瞬间宠爱比作"一个绝代佳人当众赞美那位还不如她漂亮，因此才更受她垂青的姑娘"。

15. 历史小说《中洛辛郡的心脏》
lì shǐ xiǎo shuō zhōng luò xīn jùn de xīn zāng

《中洛辛郡的心脏》这部历史小说，无论就其反映历史真实的深度，还是作家艺术描绘的力度，都堪称司各特创作得最完美的小说之一。

中洛辛郡是苏格兰东南部一个地区的旧称。千百年来，勤劳的苏格兰人民在这片肥沃的土地上辛勤耕耘，品味着生活的美好和劳动的快乐。但是，自从 1707 年英格兰和苏格兰签署"合并"条约以后，这里的一切秩序都遭到了彻底破坏，高地氏族的土地被大片侵吞兼并，变成牧场和猎场；无数农民失去耕地，沦为盗贼，连氏族领袖也流离失所。在这个地方，耸立着一座古老阴森的爱丁堡监狱，它被当地老百姓戏称为"中洛辛郡的心脏"。

一天，这片古老的土地上传出了一条骇人的新闻：佃户大卫·迪恩斯的二女儿爱菲无辜被控告犯了杀婴罪。按照当时苏格兰的法律，杀婴罪要被判处死刑。但只要有人证明姑娘事先透露过怀孕的实情，她就可免于死刑。于是，姐姐珍妮的证词就关系到爱菲能否逃脱死刑。珍妮经受了来自各个方面的巨大压力：一方面是爱菲的情人斯唐顿黑夜相约，持刀威胁她作出有利于爱菲的证词；另一方面是爱菲在狱中对姐姐哭诉伤心事，恳求她搭救自己，连老父亲大卫·迪恩斯也顾不上自己恪守的不出席"异端"法庭的教规，吞吞吐吐、语无伦次地劝珍妮出庭作证。其中尤其是手足妹妹的哀求，使得身为姐姐的珍妮无法拒绝。她本可以答应他们的请求，随波逐流，胡乱做个假证，更何况爱菲并没有犯罪，这样做是会得到良心认可和众人谅解的。但是，珍妮在清教徒家庭的严格教育下形成了朴素的人生信条和严格的道德原则，她认定自己不应该违背良心说谎，哪怕说谎的动机是为了挽救她最亲爱的妹妹。珍妮在法庭上表现了坚定的原则，说了真话。爱菲因此被判死刑。珍妮并未因此而放弃营救妹妹的努力，她坚信妹妹是无辜的，认为只要讲清楚妹妹的不幸遭遇，国王是会赦免她的。她孤身一人步行到伦敦，靠自己的一片赤诚获得了苏格兰贵族亚盖尔公爵的帮助，安排她见到卡洛琳皇后，终于使爱菲的冤狱得以昭雪。

　　小说中与爱菲冤狱并行的另一条线索是 1736 年爱丁堡市民的反英暴动。故事一开始就把读者引到起义即将爆发前的爱丁堡监狱和刑场的场面里，把爱丁堡市民群情激奋的情景展现在读者眼前。这场起义爆发的原因是这样的：爱菲的情人斯唐顿喜欢追求冒险和刺激的生活，他逃出舒适的家庭，参加走私犯威尔逊的集团。当时，由于英国大肆向苏格兰倾销工业品，造成苏格兰经济凋敝，连葡萄酒都要从伦敦买回来，城市小手工业者更是濒临破产的边缘。于是，偷税和走私不但不被认为是什么罪恶的勾当，反而成为苏格兰人民对付英国当局经济剥削的有效手段。有一次，斯唐顿和威尔逊为了报复英国税务官的追捕，抢走了税款，在逃跑中不幸被捕。威尔逊奋力帮助斯唐顿逃走，自己却被判处死刑。行刑时警备队队长卜丢司肆意侮辱和虐待威尔逊，引起群众的极大愤慨和抗议。卜丢司悍然下令开枪镇压愤怒的群众，打死了许多人。迫于压力，苏格兰法庭判处卜丢司犯了杀人罪，应处死刑。但是行刑前英国王后又下令对卜丢司缓刑。于是，当天晚上斯唐顿和威尔逊的伙伴以及要求复仇的爱丁堡群众发起了暴动，他们打开了爱丁堡监狱，把卜丢司抓了出来，押赴刑场，在群众的呼声下当场处以绞刑，使这个屠杀人民的刽子手得到了应有的下场。这就

是苏格兰历史上有名的"卜丢司暴动"。

整个起义的画面，是通过珍妮的情人白特勒的视角描述出来的。在他的眼里，第一个印象就感到起义者很不寻常。他们有严密的组织，有明确的分工，对每一次小小的行动都有详细、周密的计划。他们最先占据交通要道，以防政府当局派来增援部队；再解除警备队的武装，用来装备自己，最后才进攻爱丁堡监狱。起义者有严明的纪律，一路上对老百姓秋毫无犯，不抢劫和侮辱被阻留在街上的路人和妇女，也不允许报复曾经作过恶的普通警备队队员。他们有一致的目标，那就是严惩屠杀群众的首恶分子卜丢司。起义者对卜丢司也不是私下刑讯逼供，而是举行公开的判决，行刑前甚至还允许卜丢司向牧师进行忏悔。起义者缺少一根绞索，于是便从一家店铺拿走了一根绳子，可第二天早晨，这家店铺的老板意外地在柜台上发现了一镑金币，原来这是起义者留下的买绳钱。他们神出鬼没，行动迅速，在惩罚了罪大恶极的卜丢司之后，立刻消失得无影无踪。当国王派的检察官到来时，纵凭他费尽心机，大肆搜捕，也没有抓住一个起义者。这些细节的安排颇具匠心，它洗刷了历代统治者强加在起义者头上的"暴徒"、"罪犯"、"贼寇"等诬蔑性的称呼，表现了充满勇气与智慧、具有严格的组织和纪律的群众力量，以及他们和普通苏格兰人民的血肉联系。

小说的第一女主人公珍妮和一般作品里的女主人公美好动人的形象不同。她相貌平平，也并不青春年少，既未受过良好教育，也从来没有接触过上流社会。她从小就开始帮助父亲打理生活：种地、喂牛、操持家务、照顾妹妹，是一个极其平凡的劳动妇女。司各特对珍妮淳朴的农民本色作了细致的刻画。当她站在王宫花园里，面对如诗如画的美景时，想到的是家乡山崖上葱郁的苍松翠柏，脑海里竟闪现出"这里料草丰盛，饲养牛羊真是再好不过了"的念头。她为会见亚盖尔公爵而特地穿上苏格兰民族服装，这样做是因为"爵士您远离家乡几百里地，见到这格子花呢披肩心里会感到热乎的"。珍妮相信幸福的生活只有靠劳动才能获得，当地主邓比代克斯为了求婚，将一大堆金币摆在她面前时，也丝毫没有打动她的心。

而她却对青梅竹马的情人白特勒钟情如一，对他体贴入微，临去伦敦前还从借来的路费里分出几块金币留给贫病交加的恋人，以供其生活。但是，在珍妮平凡的外表下，隐藏着劳动者正直坚定、淳朴善良的性格。妹妹蒙冤入狱的关键时刻，珍妮身上这些可贵的品质就以惊人的力量爆发出来。她没有一丝一毫的犹疑和退缩，而是立刻决定徒步只身前往伦敦，令身为男性的父亲和情人自愧不如。司各特没有过分细腻地描写珍妮在困难面前的内心活动和思想斗争，而是干脆把她置于一连串的戏剧性矛盾里，让珍妮用具体行动对困难处境作出响亮的回答，这和她单纯质朴的农民性格是相一致的。

为了和珍妮形成对比，司各特在爱菲这个形象身上写出了爱慕虚荣以至于丧失了劳动人民纯洁本质的反面例子。爱菲本来是个单纯的农家姑娘，虽然有点儿向往上流社会的浮华生活，本身却并不缺乏是非善恶之心。当暴动的群众攻下监狱时，她在极其悲痛的心情下拒绝与其他犯人一同逃走，因为她觉得"反正声名已经败坏了，就死了拉倒吧。"她在法庭上很有自尊，并不乞求审判官的怜悯。后来看见父亲因受刺激过度而昏倒在地，她声泪俱下，心如刀绞。这时的爱菲还是一个让人同情的受害者。然而后来她得到赦免，嫁给斯唐顿，成了养尊处优的贵妇人，就忘记了父亲和姐姐，甚至以自己的农民出身为耻。她偷偷寄钱给珍妮，希望买得她的沉默，不向外人泄露她出身的秘密。可是贪图虚荣是不会有好结果的。爱菲在上流社会里并不幸福，后来丈夫被别人杀死，私生子也不知去向，只落得在孤独中度过余生。

《中洛辛郡的心脏》故事情节迂回曲折、波澜起伏、疏密有致，从头到尾都紧紧扣住了读者的心弦。时而描绘波澜壮阔的群众起义场面，似剑拔弩张，一触即发；时而又把读者带到平静的田舍风光中，似小桥流水，沁人心脾，读来让人不忍释卷。司各特不愧是讲故事的能手，再现历史画面的巧匠。

16. 女作家奥斯汀与《傲慢偏见》

nǚ zuò jiā ào sī tīng yǔ ào màn piān jiàn

19 世纪初，英国的小说创作正经历着一个青黄不接的过渡时期：华特·司各特刚刚开始发表他的历史小说；与此同时，迎合市民阶层趣味，渲染恐怖、感伤情调的庸俗小说却大肆泛滥。就在这时，一部没有署名的作品《理智与情感》悄然问世。小说描写女主人公玛丽安把自己幻想为流行小说那种多愁善感的女主角，生活在虚幻的世界里，与现实生活格格不入，人为地成为"情感"的化身。直到最后头脑才清醒过来，结下了一门满意的亲事。小说的作者似乎有意使用最平凡的、丝毫未经雕饰加工的人物和事件来对抗这种绮靡奢华的文风，无情地戳穿了弥漫于这类作品中的虚伪与造作。人们不但被女主人公沉于幻想、不可自拔的心绪而弄得哭笑不得，还被小说通篇细腻的笔触、严谨的构思所折服。这部优秀小说的作者就是为今天的广大读者所熟知的简·奥斯汀。

简·奥斯汀（1775 — 1817）出生在英格兰汉普郡一个乡村牧师家庭，从小没有上过正规学校，所接受的全部教育是在父母及兄长的指导下阅读大量古典文学藏书和流行小说。她一辈子独身，生活圈子狭小，所有的社会活动仅限于士绅阶层和教会内部亲戚朋友之间的一点儿交往，正如她在自己的小说中所描写的那样。奥斯汀生活的那个年代，妇女还不能光明正大地从事文学创作。所以她只能躲在自己小小的世界里，凭借着女性的敏感与热情，观察着、酝酿着，为自己的文学创作积累素材。奥斯汀的文学创作生涯从来没有影响过她身为女人的"本分"——她针线活儿做得极好，还料理家务，书写大量信件，经常为家人朗读。自从 1811 年匿名发表了《理智与情感》，以后又陆续出版了《傲慢与偏见》、《蔓斯菲尔德庄园》、《爱玛》。在她逝世后的第二年，《诺桑觉寺》和《劝导》同时问世，并且第一次署上了作者的真实姓名。

一般来说，奥斯汀最受读者欢迎的作品是《傲慢与偏见》。但是她的其他几部小说也都各具特色，部部不乏推崇者。在奥斯汀一生的六部小说中，她集中笔墨描写了自己所熟悉的乡间有闲者的日常生活场景、身边琐事和茶杯里的风波，并始终把青年男女的爱情和婚姻作为作品的主线。

《爱玛》被视为奥斯汀同《傲慢与偏见》齐名的又一代表作，它的主题侧重在婚姻必须门当户对的问题上。小说女主人公爱玛是个任性娇嗔的地主小姐，她在无聊之中把一个邻近的孤女哈丽叶特置于自己的保护之下，主观臆想地安排她的恋爱。哈丽叶特很随和地一次又一次地"爱"上了爱玛为她选择的"求婚者"，但因门第悬殊，回回都不免失意。最后，哈丽叶特在爱玛不负责任的怂恿之下竟自以为"爱"上了本地最大的地主兼地方官奈特里先生。这时爱玛才大为震动，她发现原来自己一直深爱着奈特里先生。于是，她收起为她人做嫁衣的游戏，自己与奈特里先生结婚了，而哈丽叶特也心满意足地嫁给了与自己相匹配的一位殷实的农民。

《劝导》是作者进入四十岁后写出的最后一部小说，比以前的作品写得更有思想和感情深度，因而被许多评论家视为"奥斯汀的最好的作品"。这部作品描写了一个曲折多磨的爱情故事：贵族小姐安尼·埃利奥特同青年军官温特沃思倾心相爱，订下了婚约。可是，她的父亲沃尔特爵士和教母拉塞尔夫人嫌温特沃思出身卑贱，又没有财产，极力反对这门婚事。安尼出于"谨慎"，接受了教母的劝导，忍痛同心上人解除了婚约。八年后，在战争中升了官、发了财的温特沃思上校退休还乡，随姐姐、姐夫当上了沃尔特爵士的房客。他虽说对安尼怨愤未消，但两人不忘旧情，终于历尽曲折，排除干扰，结成良缘。

《诺桑觉寺》同《理智与情感》一样，是为讽刺和滑稽地模拟当时的庸俗小说而作的。诺桑觉寺是一座古堡改建的舒适的现代化住宅，只不过保存了古色古香的名称。可是被邀请前来做客的少女加瑟琳脑子装满了庸俗小说里那些令人毛骨悚然的恐怖情节，她住在诺桑觉寺时像堂吉·诃德似的疑神疑鬼，结果闹出许多笑话。

若问及最熟悉和钟爱奥斯汀的哪一部作品，大多数人都会毫不迟疑地回答——《傲慢与偏见》。

生活在英格兰哈福德郡朗博恩村的本内特太太拥有五个如花似玉、守闺待嫁的女儿：温柔敦厚、心无城府的大姐简；聪明活泼、干练果断的二姐伊丽莎白；另外三个分别是迂腐自负的玛丽、狂妄无知的凯瑟琳和虚荣轻佻的莉迪亚。这在当时的英国可着实是件令人头疼的事儿，因为没有一份殷实的嫁妆，再美丽的女子也是很难找到如意郎君的。因此，本内特太太的"毕生大志"就是把五个女儿都体体面面地嫁出去。

简·奥斯汀

小说主要描写了四桩婚事：伊丽莎白与达西；简与宾利；莉迪亚与魏肯；夏洛蒂与柯林斯。夏洛蒂是五姐妹的邻居，又同伊丽莎白是密友；达西是宾利的好朋友，他从小与魏肯一起长大，可两人却有着本质上的差别；柯林斯是本内特家的远房亲戚，还是他们家财产的限定继承人。既傲慢又谄媚、既自大又谦卑的柯林斯先生久闻本内特家女儿的美貌，决定从她们之中挑选一个做妻子，心安理得地继承他家的财产。于是他向伊丽莎白小姐求婚，但遭到拒绝；他马上转向二十七岁还未订婚的夏洛蒂。夏洛蒂虽然明白事理，但因家中没有财力给她办嫁妆，急于找"归宿"，就有了柯林斯三天向两人求婚、竟得到应允的笑柄。显而易见，这桩婚姻是讲实惠、找归宿的仓促结合。莉迪亚年少轻佻，又没有得到及时管教，只知道追求外表潇洒、给她献殷勤的男人，因此被表面看似风度翩翩，实际上生活浪荡、负债累累的魏肯所迷惑，与他私奔。经达西援救，实际上是达西花钱为本内特家买回颜面，促成了这桩没有真正爱情的表面婚姻。宾利与简情投意合，倾心相爱，但受到宾利妹妹的干扰和达西的劝阻，颇费了一番周折，有情人才终成眷属。达西与伊丽莎白的美满婚姻是全书的主线。达西正直善良、相貌出众、家财万贯，但高傲自大、目中无人，是"傲慢"的象征，因此遭到了人们的误解。伊丽莎白聪明活泼、颇有主见，她拒绝了愚蠢可笑、装腔作势的柯林斯牧师的求婚，但却听信了魏肯的谗言，拒绝了达西的第一次求婚，从而成为"偏见"的代名词。后来，真相大白：魏肯虽然多次受惠于达西，但他以怨报德，曾企图拐骗达西的妹妹。当达西成功解决了莉迪亚与魏肯私奔的家庭丑闻后，伊丽莎白对达西的偏见才彻底消除了。而达西也放下了傲慢的架子，两人最终结为伉俪。

从艺术手法来看，奥斯汀的创作并不追求情节的离奇，而以结构严谨、笔法细腻著称。小说中有很多细节描写，乍看平淡无奇，可是细细体会品味，却感到余味无穷。人们常常把奥斯汀的小说比作"二寸牙雕"，经过如此精雕细琢的作品，理所当然配得上这一美称。

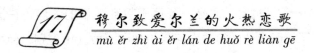

17. 穆尔致爱尔兰的火热恋歌

mù ěr zhì ài ěr lán de huǒ rè liàn gē

托马斯·穆尔（1779—1852）是一个性情温和并具有抒情天赋的爱尔兰诗人。然而，正是他第一个把一心沉醉于大自然之中的英国诗歌唤醒，使之为自由的事业服务，从而首开了政治诗歌的一代新风。

穆尔生活在爱尔兰备受蹂躏的时代，他向往当时的革命运动，同情爱尔兰的解放斗争，但并没有参加反对英国殖民主义者的爱国主义斗争。然而这一斗争对他起了巨大的影响作用，他在日记里写道："如果我不是受了'女客厅式'的教育，我的诗可能更要雄壮得多。促使我精神发展的唯一东西，是我少年时代在我周围沸腾并唤醒了我最热烈深刻的兴趣的伟大的政治热情。"

穆尔十五岁的时候便进入了都柏林大学当了大学生。那时正在鼓动着爱尔兰起来反抗其统治者残酷压迫的政治风暴也渗进了大学的院墙。一个感情洋溢、思如泉涌、才华出众的青年吸引了同学们和教授们的一致注意。他就是前文已经提到的罗伯特·埃梅特，一个性格淳朴的年轻人。他在"历史学会"会议上的演讲气宇轩昂，给穆尔留下了深刻的印象。虽然穆尔受到警告，不能让人在街上看见他和埃梅特作伴，但诚挚的钦佩和亲密的友谊很快使他们走到了一起。这是爱尔兰诗人和爱尔兰民族英雄在风华正茂的青春岁月中的相遇。

1802 年 11 月，埃梅特开始着手组织一次纵横爱尔兰全境的起义。起义者们在都柏林全城的不同地区租下了若干房屋，建立起了秘密的军火武器制造厂。不料在 1803 年 7 月发生了一次意外，一个这样的军火库爆炸了。第二天，一家新教徒报纸警告政府，说它正睡在地雷上。密谋者们也因此不得不做出抉择，要么立即起义，要么坐以待毙。7 月 23 日清晨，都柏林的大街上贴出来罗伯特·埃梅特起草的《告爱尔兰人民书》，语气激昂，措辞壮烈。但是，他伤心地发现他的同胞竟十分不可靠，起义最后以失败而告终。大多数的领导趁着最初的混乱，逃进了威克洛山区。有人建议埃梅特利用当时的一个好机会，乘坐一条属于叛乱分子的渔船逃往国外。但他却婉言拒绝了，因为他必须首先回都柏林和一位女士告别，他太爱她了，他必须和她再见一面，即使"为此而死上一千遍"他也心甘情愿。他终于被发现了。一颗子弹击中了他的肩膀，使他无法逃脱而束手就擒。

这个性格刚毅而又不失万般柔情的英雄人物的真实故事后来就成了穆尔杰出的长诗《拉拉·鲁克》的创作素材。《拉拉·鲁克》是穆尔经过了认真的考证和研究之后才完成的一部杰作。诗里没有任何一个人物形象、场景描写、人名地名、历史事件或引证与欧洲有丝毫的牵连，各个角度都反映了作者对东方风土人情的熟悉。即使如此，我们仍能从中看到他借拜火教徒和穆斯林之间的斗争这一题材，进而宣传他的一种容忍精神。相反，也只有人们开始从这些盖伯尔人身上及他们周围的异国风光中看出爱尔兰人及爱尔兰本国的影子时，也才会对这部作品发生强烈的兴趣。

穆尔的非凡才智很早就显现出来了；他会演剧，会写诗，也会朗诵诗，又有着特别甜美的嗓音，有着特殊的诗人的天赋，即那种属于真正抒情诗人和歌者的禀赋。他身材短小，比中等高度还要短许多，褐色的头发贴在头上，因此他小时候很像一个丘比特。他有一双漂亮的黑眼睛，一张秀美而总带着欢笑神态的嘴。而从整体上来讲，他又给人以生气勃勃和精力充沛的感觉；他总是兴高采烈，而且年轻时性烈如火，曾为了杰弗里针对他的诗歌所写的一篇评论而要求与之决斗。后来，因拜伦在《英国诗人与苏格兰评论家》长诗中嘲笑了他同杰弗里决斗而双方未见流血一事，又向拜伦发起了决斗的挑战。

然而，时代塑造了这位爱尔兰的民族诗人，他的命运早已注定了要为他热爱的祖国作做出别人不可能做出的贡献，甚至比彭斯对苏格兰做出的贡献还要大。他要把祖国的名字、悠久的历史、沧桑的苦难以及加诸其上的暴政的残忍统治，其儿女们的优秀品质都编织进他诗的瑰丽花环中去。

穆尔刚刚进入青年时代的那段岁月是一个充满反抗和纷争的时期。他目睹了苏格兰统治者对爱尔兰人民的反动政策和残忍迫害，目睹了"爱尔兰联合会"内部的纷争和决裂，也目睹了爱尔兰英雄儿女们无私奋斗、视死如归的豪迈精神，深受大学时好友罗伯特·埃梅特的影响。穆尔那部激动人心的《爱尔兰歌谣集》（1807 — 1834）中所蕴涵的力量和热情，绝大部分都是受这位民族英雄的激发而作。穆尔自己说过："在我认识的一切人当中，假如要我从中举出一些我认为是把纯洁的道德和智力最完美地结合于一身的人，我将在屈指可数的几个人当中把罗伯特·埃梅特置于最优秀的地位。"

1807 年，出现了使穆尔的名字永驻英国文学史册的那部《爱尔兰歌谣集》的第一集。我们从中看到了他那不幸祖国的辛酸历史。他的叹息和痛苦、火热的斗争、尚武的精神和透过泪珠闪现的微笑全都隐隐闪烁于穆尔的那部于快乐中夹杂悲愤而又带着些许轻佻的桃色格调的歌曲里。他的诗恰似一个以辛酸、热情和万般柔情织成的美丽花环被安放在祖国的额头上。但是，他在诗里尽量避免提到爱尔兰这个名字，因为当时印上这几个字是不安全的。诗人总是时而让诗里的歌者以一些一望可知是暗指爱尔兰的称呼来歌唱自己的情人，时而又让那个被热爱的情人讲话时带有一种非人间女性的庄严气派，这样的神秘主义表现手法倒增添了诗的魅力。

英国浪漫派诗人的一个显著特点就是对爱的讴歌，从花草树木到人文景观，从真实的自然到梦幻的超自然，从伟大的造物主到渺小的人类个体，凡我们目光所及，心灵所想之处无不可以从其诗中得以再现。而人类最永恒的话题——爱情也自然属于他们诵之不断、唱之不完的诗歌主题。因而，就有了恋情诗篇。浪漫主义大师们风格迥异的创作，使我们得以在风情万种的情诗之海漫游畅想。

托马斯·穆尔是一位天生的恋情诗人，是许多最优秀和最富于音乐性的抒情恋歌的作者。当大多数诗人着迷于他们爱的激情时，穆尔却喜欢沉浸于爱的幻想之中。他的诗歌曲调热情洋溢，虽不见得精美雅致，字里行间却无时不闪烁着别具一格的魅力。他爱一切美丽的、精致的、纤巧的、温柔的和光彩夺目的事物。他爱的是事物的本身，并不要任何背景来衬托。那让他着迷的事物往往是在他看第一眼时便把他迷住的，它们美丽且灿烂夺目，使人的感官迷惑，它们对耳朵和眼睛的魅力甚于对心灵的吸引。

穆尔的情诗有一种灼人的热情和浓情蜜意的温柔，通过那悦耳的语言旋律时急时缓地泼洒出来。他与拜伦不同，即使是在最严重的时刻，他仍常以开玩笑的姿态出现；而拜伦纵使开玩笑也总显得十分严肃，有时甚至是满面阴沉。穆尔轻抚他的题材，对之十分怜爱，而拜伦则欲要将其撕碎，而后再厌恶地弃之不理。这两个朋友都在用心观察大自然，使之得以诗的再现；但是拜伦目光所到之处似乎连太阳也变得暗淡无光了。穆尔则不同，他以自己对玫瑰的热爱、对光明和火花的热爱创造了一轮在中午升起的朝阳。雪莱的诗歌向来以纤巧精美而著称，但没有一番品味的读者却也难以领略其和谐的乐章，而穆尔的诗则充满了甜蜜的情调，如行云流水润湿了我们的心田。

面对着一个国势鼎盛、所向无敌的英格兰，华兹华斯献上了自己的颂歌；面对着一个崛起于其姐妹国之侧的繁荣的苏格兰，司格特赋予其崇高的礼赞；而面对着一个灾难深重，备受屈辱，正匍匐于折磨者脚下流着鲜血的爱尔兰，穆尔则唱出了发自内心的火热的恋歌！

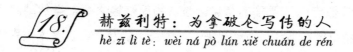

18. 赫兹利特：为拿破仑写传的人
hè zī lì tè: wèi ná pò lún xiě chuán de rén

威廉·赫兹利特（1778—1830）是一位雄辩的论战家，一位描绘人物的能手，而且还是一位能够创造充满悲剧和动作的雄伟群众场面的艺术家。他的论文在英国散文的发展过程中占有相当重要的地位。他在这些论文里，既有叙述家的艺术，善于简明而有表现力地叙述事件并加以分析，又有诗人的才能，善于表达情绪，刻画情感的复杂变动和感受的矛盾。

赫兹利特的父亲是一位唯一神教的传教士。威廉儿时习惯于每天跟父亲在一起亲密无间。他的姐姐在日记中写道："我们常常站在窗口，看着父亲沿着这条路走过去，威廉穿一身本色布衣服，走在他身旁，好像永远不会疲倦似的。"父子俩都认为，儿子长大后也去"传播真理"是理所当然的事。后来也果真如此，只是方式略有不同。赫兹利特所传播的是人间的普遍真理，是不能长期脱离政治而存在的真理。

赫兹利特在《公共事务随想或对爱国者的忠告》之中区分了真正的爱国主义和我们现在常说的"侵略主义"：

> 热爱祖国就是希望祖国好，把祖国的利益放在个人利益之上，反对不利于祖国福利事业的一切措施，为保卫祖国随时准备牺牲个人的安逸、健康乃至生命。但是有一种假的爱国主义，调子唱得很高，随时想窃取他人的爱国主义之名，以体面地掩盖自私的阴谋或盲目的热情，我是不会以拥有这种爱国主义自居的。

成名后的赫兹利特因为经常卷进激烈的政治争吵，所以往往被人们描绘成一个性情特别乖戾的人，很容易为个人琐事而生气。事实并非如此。他在原则问题上寸步不让，但在个人利害问题上，他却比谁都淡漠。从赫兹利特与查尔斯兰姆的哥哥发生的一次争执的可靠记录就可看出他在私生

活中性情是多么温和。

事情发生在一次画展上，约翰·兰姆和赫兹利特对霍尔拜因和范戴克的色彩的比较价值产生了严重的意见分歧。约翰辩输之后，竟然动起手来，把赫兹利特打倒在地。当他爬起来，掸去身上的灰尘时，美术馆里的人都围拢来，劝他与约翰握手，原谅他。赫兹利特高高兴兴地回答道："好吧，要我这样做也可以。我是形而上学主义者，除了思想外，其他一切均无损于我。"

赫兹利特在1826年写的一篇文章中很明显地道出了自己的心声："我常常因为单凭抽象原则考虑问题而遭受指责，为了与我毫不相干的事情大发雷霆而被恶语相加。如果有人想看到我心平气和，他们可以在做买卖时欺骗我或有机会踩在我的脚趾上。但是看到有人排斥真理，反复玩弄诡辩手法，我便忍无可忍，失去一切耐心。"当赫兹利特"失去一切耐心"时，他往往会有所行动。

尽管赫兹利特是一个才思敏捷、多才多艺、妙趣横生的作家，在称职作家仍供不应求的时代从来不会没有工作做，但他还是常常被迫匿名向报社投稿，收入微薄，要维持生活，就必须不断拼命写作。因为大多数政府报纸和保守的亲政府文人学士不断对他进行攻击，所以他的书在销售时受到影响，与出版商联系更多有意义的工作的计划常常落空，想得到更稳定的新闻工作或收入的希望无法实现。保守的亲政府文人并不受政府的直接雇用，但是他们巴结政府心切，也热衷于攻击赫兹利特。

这时，赫兹利特与妻子已分居两年之久。以前因为两人对儿子都牵肠挂肚，割舍不掉那份亲情，所以未能离婚。儿子到了上学年龄后，他们和睦分离的日子似乎也就确定了下来，后来也果真如此。1820年8月16日，赫兹利特搬到新租的住所，疯狂地爱上了女房东的女儿，一个十九岁的美丽姑娘。他破费大约五百英镑，几经周折，总算完成了困难而又丢人现眼的全部苏格兰离婚程序，结果发现萨拉·沃克根本无意与他结婚。有一段时间，他的确曾因暴怒、伤心和失望而发狂，写了许多轻率的无以复加的信件，更有甚者，只略加掩饰便轻率地作为小说发表。1823年见过他的朋友们说，1820 年以来他足足老了二十岁。玛丽·雪莱在 1824 年写道："他变得那么瘦，头发那么乱，颧骨那么突出。要不是他的声音和笑容，我简直认不出他来了。……他的笑像是照在最凄惨的废墟上的阳光，像是在漆黑之夜让你辨认出一个朋友废弃的住宅的闪电。"

赫兹利特一向特别关注法国革命，直到生命结束的前一个月，他还勉强挣扎下床，著文评论查尔斯十世被废黜："让他带上可观的退休金到他想去的地方去吧，但是不要以千百万人的生命为代价再把他送回来！……到那时我也不会绝望。"1830 年 7 月的三天革命好比死者复活，它清楚地表明自由也含有生命的灵魂，被压迫者的仇恨是"扑不灭的火焰，不死的虫！"当拿破仑战胜沙皇俄国的消息传遍英格兰时，赫兹利特也完成了他为父亲画的肖像，也是他最后画作中的一幅。多年后，他写道："我记得，但不能肯定。我作成这幅画（或后来的另一幅画）是在奥斯特利茨战役的消息传来的那一天。那天下午我外出散步，回来时看到晚星从一个穷人的茅屋上空落下去，我当时的思想是，今后永远不会再有了。"

第二年，拿破仑得到短时间的恢复，但最后在滑铁卢一战中还是惨遭失败。赫兹利特写戏剧评论、文学批评和一般时事的差事虽然还相当多，但属于政治性质的报馆工作却找不到了。此后几年中，赫兹利特开始在较年轻的自由主义者当中寻找一些新的同盟者。在打败拿破仑的"自由胜利"的呼声中，他们暂时受了骗。他们原来只知道拿破仑是皇帝，是侵略战争的发动者，但这时他们已开始认识到了维也纳会议骇人听闻的结果和英国在拿破仑战争中所扮演的真正角色。

1824 年 4 月，赫兹利特和一个年轻寡妇结婚。第二次结婚那几年是他一生中物质享受最佳的少数几个时期之一。也就是这期间，他开始着手于《拿破仑的一生》的创作。经济上的宽裕使他得以亲临法国去写波拿巴。这是自拿破仑死后赫兹利特最心爱的写作计划。他并不盲目崇拜。他不仅毫不犹豫地批评拿破仑的许多行动，而且还批评他的"我支持白人反对黑人，因为我是白人；我支持法国人，因为我是法国人"等言论，说他这样讲不是真正的爱国主义，因为"真正的爱国主义不会得出违背自由或博爱的结论"。但是，由于他长期几乎是孤立无援地反对英国在战争中所扮演的角色，洞察各种伪装反对暴君但却策划更残暴的专制统治复辟的更反动的意图，所以他把拿破仑看成是他为自由而斗争的象征。他最渴望的是写出一部内容充实详尽的拿破仑传，向英国官方计划一定要写的传记挑战。官方撰写拿破仑传的目的是为英国在战争和复辟中所扮演的角色辩护、美化。实际上该书是由沃尔特·司各特爵士写成并于1829年发表，取得了巨大成功。

赫兹利特靠他妻子的收入终于能维持中等水平的家庭开支，他的《法国和意大利游记》和两本散文集《普通演讲者：书评集》、《人与物》所得收入，足以维持他与前妻的儿子一年的生活，并可以分出一点给他的前妻了。在这之前，他一直没有时间从事这本书的写作。赫兹利特动身前往法国，开始写他的这部代表作。在法国，有大量有关拿破仑生平的记载可查，还有许多见证人。

遗憾的是，赫兹利特和他的妻子在法国住了十三四个月，他那十五岁的儿子竟然跑去找他们。儿子极力反对父亲再婚，并对继母粗言以待，从不宽恕。赫兹利特很喜欢他的妻子，也很感激她，但他对儿子的温情和热爱更深沉、更外露。无论如何，他于1827年秋带着写了一半的《拿破仑的一生》回到英国。尽管他害了一场大病，但还是埋头写作最后两卷。赫兹利特本人对写这本书的原因在该书的序言中作了如下叙述：

关于我写在此奉献给读者的《拿破仑的一生》的目的，关于贯穿全书的基调，为防止误会和错用，我提出一些理由也许是合适的。不错，我崇拜拿破仑，但是使我喜欢他的原因主要还是他的特质，因为他很早以前就被称为"革命的追随者和战士"。……他做过许多错事蠢事，但这些都是个人行为，只对行为者个人产生影响。……无论它们是在当时形势下成为国家所必需的东西，还是注定要受谴责的意志和暴行。不管它们有什么缺点，它们的行动准则不是"众人为我"，而是"我为众人"。进行革命就是为了确立这一准则，自由的敌人要推翻这一准则，只有通过血腥手段才能得逞。

《拿破仑的一生》的头两卷于 1828 年出版，赫兹利特得到三百英镑稿酬，但是后来出版商破产，他为了在 1829 年出版最后两卷反而花了三百多英镑。这一年，他病得很重，有一次在给出版商的信中写道："我已危在旦夕，遗憾的是我临终留下的还是一部草稿！"然而，他不仅完成了这部四卷本的巨著，另外还写了不少文章，以其稿酬来支付生活费和这部著作的出版费。

但是，1830 年夏，他已濒临死亡。他临终前躺在床上，脸色苍白，缩成一团，一筹莫展。他的思想似乎已经受到临终征兆的威胁，但仍像以前一样稳重和坚强。可他的肉体却可悲地衰竭了。为了不给亲友们增加负担，他在去世前几天还口授了一封很有个性特点的信，寄给一位最友好最慷慨的编辑："亲爱的先生，我已行将就木，你能给我寄十英镑，从而使你对我的友善达到尽善尽美的境地吗？"1830 年 9 月 18 日，赫兹利特死后几小时，那位编辑寄来一封热情的回信，还附了五十英镑。

赫兹利特生活贫困，情场失意。他生前看到自己最热切的希望破灭，许多最亲密的朋友与他反目为仇。他的政敌攻击他有个人恶行，在他生前就毁了他的声誉，而且直到他死还不肯罢休。胃癌断断续续地折磨了他三年，最后他筋疲力尽，贫困潦倒而死。但是他还是可以诚实地说："啊，我的一生过得真幸福。"

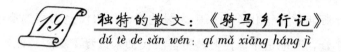

19. 独特的散文：《骑马乡行记》
dú tè de sǎn wén: qí mǎ xiāng háng jì

《骑马乡行记》是英国 19 世纪初期最著名的农民政论家——威廉·考拜特（1762 — 1835）的一部游记散文总汇。在这部著作中，作者既描绘了沿途的秀丽风光和人物风情，又抒发了自己的真实感受和深挚情感，还

加入了慷慨激昂的议论。这样的游记，在英国文学史上实属罕见。

　　这部作品不是作者有组织、有计划的一部巨著，而是考拜特多次出游的见闻和感受的总汇。作为游记散文，它的风格非常平易自然，如一股田野的清新之风扑面而来，写法别致，引人入胜。在这些游记中，考拜特时而骑马，时而坐车，从一个村子到另一个村子，观赏自然风光，了解风土人情，查看民间疾苦。他常常把今昔农村加以对比，抚今追昔，感慨良久。看到农民生活悲惨，而地主富裕满足时，他大声咒骂，揭露阶级压迫之深重；看到英国古老美丽的山山水水，热情好客的当地农民，他则流连忘返，大加赞美。在他的笔下，英国各地的景色各具异彩，优美奇幻。南部有着碧草如茵的丘陵地带，北部有着令人神往的原始森林。

　　在他眼中，英国是古老的、美丽的，有着连绵起伏的群山，有着波澜壮阔的大海，有着一望无际的草原……他或骑马穿行于缀满玫瑰花的乡间小路领略南部的浪漫气息，或拍马登上高山放眼远眺，让所有风景尽收眼底。穿越在英国农村的大雾中，常常雨雾湿衣；待云雾散去，灿烂的阳光则刺得人耀眼。考拜特一路尽情游去，哪管什么浓雾大雨。无数次冒雨出游，雨愈下他则游兴愈浓。沿途的小店颇多，使得考拜特可以在疲惫时随意地就近小憩。小店里熊熊的炉火和醇美的啤酒驱走了浓雾大雨带来的严寒和旅途的劳顿。当地乡民热情周到的招待让考拜特终生难忘，与他们的交谈又是那样轻松、愉快。

　　旅行增加了考拜特的见识，拓展了他的眼界，使英国的形象在他脑海中更深刻、更丰厚。怀着对英国的一片挚爱，他写山写水，抒发赞美之情。同时，他发现淳朴忠厚的英国劳动人民灾难深重，心里产生了痛苦和悲愤之情。这一腔悲愤之情化作他书中大段的议论，化作他大声的疾呼。他发现到处是小麦，遍地是庄稼，但是贫苦农民却永远食不果腹；他发现满山是膘肥的羊群，然而贫苦的农民一辈子却连一根羊骨头也没尝过；他发现地主的住处豪华奢侈，而贫农住的像是猪圈，吃的甚至不如猪。在泼赖斯顿，"有五百家以上的农苦人家连几条毯子也拿不出来"，很多美丽的农村姑娘"满身补丁，脸如死灰……手臂和嘴唇冻得发紫"。到处都有乞丐在流浪，到处都有穷人在哀号。富人不劳而获，越来越富；穷人辛辛苦苦，却越来越穷。大片的土地被有钱人圈去，农民则流离失所，四处漂泊。美丽的土地上生活着一群悲惨的人民，他们陷入贫穷、饥饿之中。于是考拜特悲不能已：

> 上帝呵！上帝呵！
>
> 这样的情形还要继续多久呢？
>
> 这些人在丰足的环境下饿肚子，
>
> 还要饿多久呢？

他不能眼见这种悲惨的现实。一边是地主们骄奢淫逸、饱食终日、空虚无聊的生活，一边是农民们饱尝艰辛、贫病交加的痛苦不堪的日子。

考拜特的笔犀利明快，铁面无私，点出了无数当代的坏人，揭露其统治的腐败。国王乔治四世、首相庇特和坎宁、大臣色瑞、大军阀惠灵顿等都是他笔下痛斥的对象。在游记中，随处可以找到考拜特对他们痛快淋漓的咒骂。他热爱英国，所以不能容忍它的腐败、堕落。他看到在英国的政治舞台上，虚伪的贵族绅士太多了，他们骗人的把戏也太多了。他要把他们都揪出来，暴露在公众面前。他痛恨这些不劳而获的统治者，说"他们就像某些人身上的虱子一样，把公众当成烂肉。世世代代爬在上面，吃个不停"。除了对贵族绅士的揭露外，他把笔锋也指向了大资本家。他看到了资本家残酷统治的罪恶，看到了资产阶级政党间钩心斗角、互相倾轧的一面。当贫苦青年查尔斯·斯密司因行猎"擅入"大臣巴麦斯顿勋爵的林子而被套上绞索时，考拜特一针见血地指出："为了保护阔人的猎物，贫民却命薄如纸。英国庄园主的残酷和法国革命前的封建贵族并无区别。"同时，他用讥讽的腔调说："可怜的查尔斯·斯密司，谁叫他不去猎取股票，而要去猎取野兔呢？他会发现矿洞不管多深，也比巴麦斯顿勋爵行乐的园林要安全得多！"像这样夹叙夹议的文字很多，也正是在这一点上才显示了考拜特游记的与众不同之处。

考拜特的散文有着他独特的风格，首先就在于他在景物描写之中夹带

着慷慨激昂的议论，使单纯的景物描绘转入到对时政的评析，带上了鲜明的时代特色。《骑马乡行记》的首页描写了英国的大雾，由大雾又谈到了英国政府1819年年底颁布六项法令的镇压措施。文中写道："大雾，从伦敦直到纽培利，一路都是大雾，浓得用刀都割不开。这雾并不潮湿，与其说是雾，不如说是烟。要不是由于那骇人的六项法令，我会有许多奇妙的比较，但是因为我至今都受到这些法令的'健康的约束力'，我只想说：英格兰的秋天绝对不同于美国长岛的秋天，世界上还没有任何其他两样东西，其差别是如此之大。"作者融情于景，但他铺采夸张、浪漫恣肆地描写景物的段落并不多。他所描绘的山水中总有人，有人就势必要写他们的生活、他们的处境。所以，他是借景抒情，借景而发议论。他一有机会就不惜笔墨抨击教会牧师的虚伪、资产阶级的贪婪、贵族绅士的骄横，把他们批得体无完肤。但是他的批判中总带着机智和幽默，常让人感到风趣生动。除了议论之外，他栩栩如生地叙写旅途的生活行程，也是非常成功的。但叙写之中常常会由轻松的笔调突转直下，由美丽的景物落到苦难的现实世界。

考拜特散文的另外一个显著特点是写景、绘物、议论，无不蕴涵着深挚的情感。这种真挚的情感是一个农民对土壤的厚谊深情，同时也是一位政治活动家对祖国、对人民的热爱之情。因此，他的游记既是山水画，又是流民图，而贯穿全书的却是对劳动人民的深厚感情。正是因为如此，他的散文被认为兼有笛福的文笔、阿瑟·杨的眼力、斯威夫特的平易风格。他是超出他们之上的，因而，他是独一无二的。他和笛福不同，这是因为笛福是个商人，他的出游，眼睛搜寻的主要是与商业有关的城市、交通情况，或者奇风异俗、历史掌故。而考拜特是农民政论家，他关心的是民生疾苦，注意的是农民的处境、生活。虽然内容不同，但他却和笛福一样可以把任何事写得有趣动人。考拜特和杨虽同为关注农村，但实质思想是对立的。考拜特支持变革，杨却反对革命。至于风格上，考拜特和斯威夫特的文笔一样通俗、锋利。考拜特这种深挚的感情寓于景物中，见于议论中。他的爱热烈，他的恨也强烈。对劳动人民的悲惨处境，他充满了同情，对资产阶级、贵族绅士的残酷剥削，他有着切齿的痛恨。正是出于一片深挚的爱，他才用情人的眼光来看英国，唯恐有人践踏她的一草一木，或对淳朴浑厚的民间习俗不作丝毫改变。因此，当他看到农民苦难深重，他的心里就充满了痛苦和悲愤之情。不管是赞美，还是揭露，都饱含着作者深厚的感情。

考拜特的散文以他的独特文风屹立在英国散文史上。正如赫兹利特所言："他不仅毫无疑问是当今最坚强有力的政论家，而且是英文中最好的作家之一。他的文章同他的思想一样，是朴素的、开朗的、直截了当的。我们可以这样说：他有斯威夫特的明白晓畅、笛福的自然流利、曼特维尔的逼真如画而又微言讽世，如果这一类的比较不算是不伦不类的话。一个真正伟大、创新的作家什么也不像，只像他自己。"

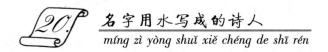

20. 名字用水写成的诗人
míng zì yòng shuǐ xiě chéng de shī rén

约翰·济慈是很早就出了名的英国诗人，短暂的人生中生活都极其不幸，文学生涯短暂而辉煌，灿烂夺目如倏忽而逝的流星，在"无声的挣扎中"终其一生。

济慈诞生在普通人家，他的外祖父是伦敦一家马车行的老板，生意兴隆。他的父亲本是这家车行的马夫领班，后来娶了老板的女儿为妻，继承了车行和一小笔年金。

约翰·济慈出生于1795年10月31日，兄弟姐妹四人中排行老大，父亲对于三个儿子寄予厚望，希望能让他们上大学。1803年，济慈开始在恩菲尔德上学，和其他的孩子一样，攻读拉丁语之余就在湖上泛舟。但他天性多愁善感，老师认为他是个"感情强烈的孩子"。在学校的头几个星期，他非常想家，晚上上床后常常流泪啜泣，为了不让别人听见，就把毯子塞进嘴里。然而，他最喜欢的还是书籍，不论什么时候，只要书一打开，便会如饥似渴，贪婪地埋头在书里。

但是，不幸却接踵而来。1804
年，也就是他入学的第二年，父亲
从马背上摔下来，受了致命伤。六
年以后，母亲因肺结核久治不愈，
撒手人寰，这时济慈还不满十五
岁。父母过早辞世的悲剧使济慈幼
小的心灵里萌生出强烈的家庭责任
感，他一生中一直对弟妹们照顾有
加，从无怨言。

济慈

济慈在学校除了喜好阅读外，
还是一个出色的运动员和好斗者。
他虽然身体瘦弱，个子矮小，但敏
捷活跃，天生好斗，生就一副天不
怕、地不怕的脾性。只要有人惹他，他会毫不犹豫冲上去，回敬一顿拳
脚。他很早就开始尝试做诗，曾准备翻译维吉尔的《埃涅阿斯记》，所以
博得"斗士诗人"的美誉。也是在学校的时候，他跟自己年轻的老师查尔
斯·考登·克拉克关系很好，过从甚密，克拉克是校长的儿子，常把父亲
订的利·亨特办的自由主义报纸《探究者》借给他看。年轻的克拉克在亨
特长达两年的监禁期中，每星期探访一次，从不间断，并给他送去新鲜鸡
蛋和蔬菜作为礼物。后来也是克拉克介绍年轻的济慈加入了利·亨特为首
的"伦敦佬派"文学团体。

1811 年，济慈十六岁的时候，因家庭的变故被迫离开学校。他的保护
人，一个名叫艾比的商人，让他去埃德蒙顿给一个外科医生当学徒。济慈
对这类工作毫无兴趣，但他从不抱怨，对不能继续上大学所带来的巨大失
望处之泰然，表现出极为通情达理的一面。济慈同彭斯、布莱克一样，深
切感受到贫困的威胁，觉得头等重要的是找个工作维持生存。于是他从事
自己所厌烦的行当，一直到取得外科"包扎师"的证书后，才向艾比宣
布，他并不打算行医。他信心十足，认为自己可以靠当诗人生活。艾比当

然又气愤又担心，当他看到济慈的第一本诗集后，仍苦口婆心地加以劝阻。但这丝毫不能改变济慈的决心。他对诗歌的着迷由来已久。他做外科学徒时，有一次，当他到一位好心的朋友家去借斯宾塞的《仙后》时，喜悦之情溢于言表，"活像一头在春天草地上乱蹦乱跳的小马驹"，完全陶醉在诗歌神奇美丽的世界之中。从那一刻起，他就下决心从事做诗这一伟大而又崇高的事业。

济慈对于自己的能力充满信心，他加入了以著名散文家利·亨特为首的文学团体，在和朋友的交往中，他深深感到友谊的温暖和必不可少的鼓励与支持。

其实在 1816 年 5 月，济慈还没有毕业，亨特的报纸《探究者》就发表了他的《哦，孤独》，并于翌年 3 月出版了济慈的第一本诗集。昔日的同窗密友克拉克说："济慈的第一本诗集是在他整个文学团体的喝彩声和热切期待中出版的。我们每个人都不无理由希望它能在文学界引起轰动，因为这样的第一流诗作极为罕见，出自一个新作者之手，是相当有分量的。"

正当济慈满怀信心希冀施展自己的才华时，悲剧却突然闯进了他的生活，弟弟汤姆染上了家庭的疾病——肺结核。毫无益处的放血和饥饿使他骨瘦如柴，形同骷髅。约翰热情地照顾着他，日夜守候在他的床前，看着他的生命渐渐流逝。弟弟身染沉疴，他关于生活的光辉前景全冲淡了。在给朋友的信中，他心情悲哀、凄凉地写道：我极少指望未来还有什么幸福……

尽管如此，他还是完成了一部雄心勃勃的长诗《恩狄米恩》和许多短诗，并且创作了一些戏剧评论。

但是《恩狄米恩》却招来了一片嘲笑、谩骂和攻击，那些年轻傲慢的批评家一哄而上，争相攻讦，他们称《恩狄米恩》是"伦敦打油诗"，指责作者"抛弃正当的职业而拣起这个忧郁的行当"，他们劝告济慈还是重操旧业，干他包扎师的老行当，或者回到他父亲的马厩。

这些文章发表在素负盛名的杂志《书评季刊》上，它们带来了极其恶

劣的影响，诗集几乎卖不出去。而每日为生计忧愁攻心，则大大困扰甚至缩短了济慈短促的余生。当济慈连续患病两年，病逝于罗马后，他的朋友们纷纷撰文利用这一悲剧性的机会对这些攻击者进行了无情的嘲笑。

济慈的另一好友赫兹利特也持相同的看法："……济慈先生被逐出了这个世界，是他的杰出天才和受伤害的情感促使他早夭。……他因冒犯君王付出了自己的健康和生命，虽然他的诗歌有如春之呼吸，他的许多思想有如鲜花。"

遭到围攻的济慈虽然极其失望，却毫不气馁，他决心继续从事诗歌创作，继续独立自主地依靠自身的情感、天性去追寻美的本质。在给出版商的信中他写道："如果我怀疑它是完美之作，并因此而征求他人的意见，在写每一页时都战战兢兢字字推敲，那么我会干脆不写，我要独立自主地进行写作。诗的天才必须自行择人依附，它的成熟不能依靠法律和训令，只能依靠自身的情感和警觉。创造性的东西必须创造它自己。……我从来不怕失败，为了进入最伟大的诗人行列，我宁愿尝够失败的滋味。"在济慈的心目中，诗歌的天才，必须经历艰苦的磨砺，从自己的失败中得到最终的解放和超脱。

在艰难的处境下，济慈立即开始了另一重要诗篇《海披里安》的创作，但他经常"咽喉发炎"，可怜的汤姆又久病不愈，因此进展缓慢。汤姆在刚刚过完十九岁生日就离别了人世。他必须独自承受这不幸的打击，在这以前，他的另外一个弟弟乔治已偕未婚妻移居美国。

在极度的悲痛中，济慈投身于社交活动，他没有勇气回到孤寂的房间里去，他接受了朋友布朗的邀请，住到了朋友家里。他喜欢和年轻美貌的女子交游。尽管他天性羞怯，但毕竟是个诗人。他自己曾这样谈到，只要一见漂亮女人的音容笑貌，就会"情不自禁地产生仰慕之情，也顾不上什么难堪和羞怯了。就仿佛忘记了自我，因为我生活在她们之中"。"伦敦漂亮女人的谈话美如珍馐"，他在享用着珍馐的宴席。在这些"伦敦女人"中，有一个名叫范妮·布朗的姑娘，虽然并非天生丽质，却正值豆蒙年华，天真活泼，后来济慈承认，尽管他当时心境凄凉，但一次偶然的相遇，仍然使他心中产生了不可抑止的爱情。在给远在美国的乔治的信中，济慈这样描写十八岁的情人："……她长得和我一般高矮，但不够多愁善感，她的嘴谈不上好看，可也不见得难看；她的侧面比正面要漂亮得多，手臂长得很美……她很任性，不顾礼仪，会朝任何人发火，待人接物不那么严肃，以至于我最后不得不使用'轻佻女子'这个字眼。"信中尽管使用了障眼法，但诗人对意中人的关注和倾慕溢于言表，济慈已经坠入了爱河。

诗人渴望与范妮·布朗早日成婚，然后去罗马度假，但这仅仅是他心中的一个梦想而已。他的健康状况时好时坏，反反复复，经济状况也是每况愈下，越来越困难了。他自己的一点小积蓄全用光了，所继承的财产被"冻结"。后来弟弟乔治在汤姆去世后从美国回来，以照顾少妻病儿为由，不仅顺利地分得汤姆少量剩余财产中自己应得的一份，还把汤姆的一部分钱也带走了。虽然他答应归还，但济慈从来没有收到他的汇款。济慈的生活几乎陷入困境，他不得不接受好朋友布朗最必需的生活资助。

这一年却是他创作力最旺盛的时期，在爱情的金色晨曦中，范妮·布朗朝夕陪伴在他身边，诗人沉浸在激情的海洋中，写出了大量最伟大的作品，其中包括《圣阿格尼斯节前夕》、《美丽无情的姑娘》和两首无与伦比的颂歌《希腊古瓮颂》和《夜莺颂》。

济慈不会感到死亡的威胁，但命运很快作出了回答。1820 年 2 月 3 日，

伊莎贝拉　插图

他因患感冒回到家里，准备躺下休息，可当他的头接触枕头时，一阵咳嗽，在昏暗的蜡烛灯光下，他对咳出来的血迹注视了一会，然后对当时碰巧在场的查尔斯·布朗说："我知道这血的颜色，是肺结核。"接着的表情是布朗永远不能淡忘的："这口血就是我的死亡证书啊。"

　　医生对他提出了警告，禁止他继续写诗，甚至不允许阅读诗歌——如果这样，济慈的生命中仅仅剩下对于范妮·布朗的爱情。像一个溺水待毙的人，他只有疯狂地抓住范妮。现在，她是他唯一的保护，是他的信仰和希望。他像个疲倦的孩子，渴望枕着母亲一样的胸膛入睡，感受着她心脏的跳动，或者这样地生活，或者痛苦地死去。范妮·布朗尽自己所能照料他，消除他的悲观和忧虑，但她心里明白，他的前途惨淡，看不到一线希望。

济慈故居

　　他的身体太虚弱了，朋友们劝他去意大利享受冬天的阳光。九月下旬一个凄清而寒冷的早晨，济慈强忍离别的痛苦，抱着渺茫的希望，在一位年轻画家——约瑟夫·塞弗恩的陪同下离开了伦敦。

　　地中海的阳光并没有给他的身体带来任何起色。在波光荡漾的海面上，他凝望中午的强烈阳光拥抱着的意大利，被自己的思想攫住了，眼前的是他梦寐以求的东西，是美，是真，是生活，是诗歌，而他却面对着自己生命过早陨落的夕阳。对他来说，每一个能够划船，能够轻快地步行和能够热情生活的人都属于另一个世界。有时他沉浸在哲学家的冥想当中，认为自己是在穿过一个奇异的痛苦的梦境。

到达罗马时，济慈已经是一个"没有双肺的人"了。他忍受着巨大的痛苦，以致当医生来看他时，喃喃自语："我这死后余生，还要熬多久啊？"约瑟夫·塞弗恩夺走了他暗藏的一瓶鸦片酊，后来约瑟夫回忆说："要不是把它抢走，他在船上就会喝掉的。"济慈指责约瑟夫残忍地让他活着："因为这一残忍行为，他受什么辱骂，什么虐待，什么惩罚都不过分。"可是塞弗恩毕竟是位品行高尚、意志坚定的伴侣，他必须面对不得不承受的巨大牺牲和代价。当他们起程来意大利的时候，他何尝想到竟是在陪同一具作最后旅行的尸体。命运开了一个多么可怕的玩笑。"唉，我们可得挺住，塞弗恩。你要回英国，我则要到宁静的坟墓中去休息了。"

当生命的夜幕降临时，诗人回想起一些怀念古代伟大诗人的诗句，"热情和欢乐的诗人呵，你们把灵魂留在人间……你们的灵魂也在天国，同时生活在两个世界……"

他心中的风暴终于停歇了。"扶我坐起来，塞弗恩，"他的声音含混不清，犹如进入梦乡中的孩子，"我要死了……我会安详地死去。"这时，他瞥见了画家惊恐的眼神："……用不着惊慌，谢天谢地，终于盼到死神了。"

在虽生犹死的痛苦中，济慈凄凉地离开了人世，时年不足二十七岁。根据他的意愿，他的墓志铭刻着："在此地安息的是一位名字用水写成的人。"

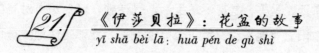

21. 《伊莎贝拉》：花盆的故事
yī shā bèi lā：huā pén de gù shì

1820 年 7 月，济慈出版了他的诗集《莱米亚，伊莎贝拉，圣阿格尼斯节前夕和其他诗歌》。当时诗人已明确知道自己身患不治之症，但这些作品大多写于 1818 年春和 1819 年早秋之间，是诗人创作活动极其活跃的时期。这里包括了济慈最重要的诗歌作品，书名提到的三首是叙事诗，"其他诗歌"包括诗人最著名的五首颂诗和 1819 年作者放弃写作，没有完成《许佩里翁》，五首颂诗分别是：《懒散颂》、《夜莺颂》、《忧郁颂》、《希腊古瓮颂》和《秋风颂》。

三首叙事诗中的第一首《伊莎贝拉》，最初是打算为根据薄伽丘作品而编写的诗体故事集而写的。《伊莎贝拉》即花盆的故事，是薄伽丘在《十日谈》的第四天讲述的第五个故事，这一天讲的全是感人悱恻、凄凉悲惨的爱情悲剧故事，而这一故事尤为哀婉动人。主人公伊沙贝拉，在父母去世后，和三位兄长生活在一起，父母给他们留下偌大一份产业。伊莎贝拉年轻美丽，文静善良，年已及笄，却还没有婚配。她后来和店铺中一个伙计——罗伦佐真心相爱，俩人幽会时不慎被哥哥发现，罗伦佐惨遭杀害。哥哥们欺骗妹妹说罗伦佐被派往远方打点生意。伊莎贝拉毫不知情，又不敢过多追问。只是每天晚上可怜巴巴地反复呼唤着罗伦佐的名字，痴心期待有一天远去的爱人能回到自己身边。分别的日子如此惨淡，她整日以泪洗面，直哭得肝肠寸断，备受离别相思的煎熬。

极度的哀伤中，有一夜，她梦见情人形容枯槁，诉说了事情的真相，并向她指点自己被掩埋的地方。伊莎贝拉第二天带着自己的奶妈，来到幽暗的森林里，发掘出罗伦佐的尸体后，把他的头颅带回家，埋在罗勒花盆里，朝夕面对着花盆呆望痴想，伤感流泪，用痴情的泪水浇灌着美丽的罗勒花。

她的秘密终于被凶残的哥哥们发现，他们夺走了花盆，又因害怕罪行败露，把家产席卷一空，逃之夭夭。只剩下可怜的伊莎贝拉孤独一人在病中哭泣，不断地追问她的花盆，就这样伤心欲绝，哀恸而死。

关于这一对情人悲惨的爱情故事，济慈加入了复杂有序的自然意象、插入式的社会和道德评论以及某些哥特式文学的要素，对原作进行了出色的发挥，从而增强了作品批判的力度和哀艳忧郁的情愫。据济慈自己讲，"这首诗变得过于让人上瘾了，……是一首有弱点的诗歌，在它周围有着有趣的淡淡的忧郁气氛。"其实这种"忧郁的气氛"是如此浓郁强烈，如此哀伤悲切，以至于今天读来，依旧具有感人至深的艺术魅力。

正像诗人在淡淡的忧伤中所吟唱地那样，"爱绝不会死，而是永生，是不朽的主宰"，爱情在伊莎贝拉心中，是足以与残忍不义、与命运及死亡相对抗的胜利法宝。爱情在诗人的笔下化为了不朽的神奇。在济慈看来，爱的力量同美的本质一样，是抗拒黑暗、悲惨世界的有力武器，是人们心目中光明与希望的灯塔。在《伊莎贝拉》中，我们还看到了萧伯纳所关注的诗人对于"牟取暴利者和剥削者的滔天罪行"的杰出描绘，萧伯纳热情洋溢地赞誉到："布尔什维克使用'资产阶级'这一致命的名词时的全部含义和感受，在这首诗的其中三个诗节中全都有力、淋漓尽致、优美地表现出来了。"萧伯纳认为，济慈的这首诗"文笔华丽，措辞之优美简直无与伦比"。

22. 英国浪漫主义文学的伟大殿军
yīng guó làng màn zhǔ yì wén xué de wěi dà diàn jūn

查尔斯·兰姆（1775—1834），19世纪初英国著名的散文家，也是英国散文史上最负盛名的杰出作家之一。他的《伊利亚随笔》包括了今天看来仍是写得最好的散文佳作，历代读者最喜爱的散文也绝大多数出于该书。

在英国本土和西方各国的评论家看来，兰姆的散文早已成为不朽的经典，关于这一点早有定论。人们称誉他是"英国最富于独创性的散文大师"、"具有惊人的创作天赋和独特的风情魅力"。和兰姆同时代的著名浪漫主义评论家威廉·赫兹利特热情洋溢地称赞道："没有一个人能像兰姆那样将前一代的风习描绘得那么出色，那么精致而又那么认真，那么朦胧而生动，那么泼辣而俏皮，那么奇异而瑰丽，那么哀伤忧郁而又令人笑口常开。"赫兹利特的评价部分道出了读者喜爱兰姆的主要原因。

兰姆的散文自成一格，通俗清浅中透出凝重典雅的情调，亲切平易中又兼具古色古香的魅力，加之题材之广博，令人惊叹：谈书、论画、评戏、说牌、叙旧、访友、记梦、怀古、寄语、写病、言情、修传、拾轶、钩沉……涉及人生、社会的各个方面，几乎无所不及、无所不谈。其中有民风习俗的描摹，有文化传统的积淀，有诗情、画意的沾润……所有这些使兰姆命定去做一个文体作家，成为英国作家中文人味最浓的作家。

更令人惊奇的是，兰姆并非专业为文的职业作家，他终生与账本和数字打交道，繁重单调的会计事务给他的健康与文学活动带来了不可估量的影响。兰姆死后不几年，19 世纪美国著名作家梭罗就说："大多数人都是在无声的挣扎中生活的"。他主要指的是白领阶层中的下层队伍——职员、簿记员、教师、雇佣之人以及兰姆在文章中为之辩护的所有脑力劳动者。兰姆为什么在终生忍气吞声的境遇中，依然保持独立的见解，透彻的观察力和强烈的同情心，并以年轻人一般的热情、真诚，在人生的中年创作出最优秀的文学作品，没有因自我克制而丧失独立的人格？也许从他的生平中，我们可以找到答案。

1775 年 2 月 10 日，兰姆出生于伦敦内殿法学院内，他的父亲是个仆人，当时主要受雇于学院一位要人撒缪尔·索尔特，负责料理各项杂务兼文书工作。兰姆一家就住在索尔特住的双套间的几间屋子里。查尔斯有个姐姐叫玛丽，比他大十一岁。还有一个哥哥，名叫约翰。

索尔特没有妻室，为人厚道，和兰姆一家关系极其友善、融洽。这是一处非常幽静的所在，在第二次世界大战空袭以前一直是喧闹、拥挤的伦敦市区中一片幽静、可爱的绿洲。兰姆就在这样的环境中长大。并且懂事起就得到文学的滋养，培养了耽爱文学的癖好，至死不倦。索尔特先生本人喜爱藏书，却不甚阅读，他那内容丰富、古老巨大的藏书室就成了兰姆姐弟俩的乐园，是他俩经常光顾，寻找乐趣的地方。在兰姆的一篇文章中，我们可以看到他对这段时光的怀恋：

> 家庭很少关心她（指玛丽）青年时期的教育问题，而她则很乐意不去学那些称为女子才艺的玩意儿。从幼年起，她就有意无意地栽进了一个藏有优秀古英语作品的宽敞密室之中。她阅读书籍没有精挑细选，也没有多少禁忌。她在这片美丽、清新的牧场上，随意汲取着自己需要的养料。

玛丽一人身兼二职，既是兰姆的保育员，又是他的启蒙老师，当他们在古老的庭院中玩耍时，玛丽就教导兰姆如何朗读，而小兰姆总会问一些连玛丽也不知如何回答的问题。姐弟两人自幼建立起的深厚情感一直维系到兰姆去世。

由于索尔特先生的影响，兰姆七岁时进入了一所慈善学校。他后来在《三十五年前的公立学校》一文中，以妙趣横生的笔触对这一段经历有所忆及。因为学校离住所很近，于是兰姆享有其他同学所嫉羡的温馨和事业。他的合作者后来回忆说："我们俩就像《仲夏夜之梦》里的赫米娅和海丽娜那样合用一张桌子（可是并没坐在同一个垫子上），我闻着鼻烟，他呻吟着，说实在写不出来。他总是这么说着，直到写成了又觉得还算过得去。"

这部著作把深奥的古典文学作品通俗化，使莎剧走向了少年儿童，也使那些本来没有可能接触莎翁原著的广大读者，得以领略世界文学宝库中最奇异的艺术珍品。

两位改编者一开始就树立了一个高标准，不去对莎剧故事情节做机械的重复，而是在忠实原著精神的基础上，栩栩如生地再现莎剧的艺术魅力。所以，他们创作时间尽可能使用 16 世纪、17 世纪的语言，努力把莎剧的语言精华，糅合到故事中去，以引导读者进一步研究莎剧，并且充分发挥了原作的教育意义。使青少年更加热爱一切美好的思想和高贵的行为，培养他们善良、慷慨、富有同情心的美德，更加憎恨丑恶的言行和黑

暗的现实。在改编的过程中，他们精心剪裁、选择、整理和概括，时刻没有忘记创作的对象。于是，在处理每个诗剧时，他们往往略掉次要的人物、情节，突出主要人物和主要的矛盾冲突，力争使每个故事清晰、简洁。在《哈姆雷特》中，一开始就推出哈姆雷特与克劳狄斯之间尖锐的对立和矛盾冲突，而没有像原剧那样先由次要人物出场，进行烘托。在《奥瑟罗》中，作者又紧紧抓住悲剧的每一个环节，把人物错综复杂的心理矛盾逼真、有力地展示在读者面前。在必要的时候，他们又不惜笔墨对剧情作一些必要的说明，以帮助小读者对剧本的透彻理解。

　　《莎士比亚戏剧故事集》发表于 1808 年，立即获得成功。不仅孩子们非常欢迎，大人们也竞相购阅，自此成为盛名不衰的文学名著。它曾被译成几十种文字，许多卓越的"莎学"研究专家，著名的莎剧演员，还有千千万万喜爱莎剧的读者，都是通过兰姆姐弟俩笔下活灵活现的人物，从而步入莎剧这一博大精深、光彩四射的神圣殿堂。

　　20 世纪初的 1904 年，著名翻译家的林纾和别人合作，以《吟边燕语》为名把这本书译介到中国，后来也陆续出版过几种英汉对照的《莎氏乐府本事》。解放后，当代著名作家、翻译家肖乾进行重译，并于 1956 年面世。1978 年，中国青年出版社重新刊印，数量已逾三十万册。近年，外语教学与研究出版社又相继推出和肖乾译本相配套的《莎士比亚戏剧故事集》，其影响之大，可见一斑。

　　如此巨大的成功无疑源于兰姆早期在索尔特的图书馆，就培养起来的对莎士比亚时代伟大戏剧作品的热烈爱好和高度的艺术鉴赏能力。在创作完成《莎士比亚戏剧故事集》后，兰姆又发表了《莎士比亚时代英国戏剧诗人撷英》，这部书显然更重要得多，书中保留了极其宝贵的介绍和评论。对 18 世纪莎剧被篡改得面目全非表示了极大的不满和愤慨，他评论当时流行于英国舞台的伪版《李尔王》所设计的大团圆结局时谈道："大团圆结局！——仿佛李尔王所经历的活生生的磨难，——对他那深厚感情的剥夺，没有使他公正地离开生命舞台，而生命舞台对他来说是唯一正儿八经的东西。"

这些都给兰姆带来了不少的声誉，后来他在利·亨特的鼓励下甚至出版了《兰姆全集》两卷，一卷散文，一卷诗歌，但是在这两本集子里，真正浑成的有分量的作品则是一篇也没有。

1820年8月，他应《伦敦杂志》之邀，写出了著名《伊利亚随笔》的第一篇。"伊利亚"的笔名是他借用许多年以前，在南海公司与之共事的一位老职员的名字。这是兰姆在创作上的一大转机。这些散文共六十余篇。后来分别被收入《伊利亚随笔集》（1825）和《伊利亚随笔续集》（1833），这些文章是兰姆一生中最好的作品，也使他一跃成为英国文学史最负盛名的散文大家。

生活的重压依然没有丝毫减轻，可是读者从兰姆生动活泼、风趣幽默的文章中，看不出他所深恶痛绝的办公室日常生活和玛丽的病给他带来的巨大压力。作者只有在书信中才袒露自己的心扉。

每天重复同样的工作，"……日复一日，……没有轻松，没有娱乐"，他浪费的不仅是每天的黄金时间，而是生命中最宝贵的金子般灿烂的年华——从十五岁一直干到五十岁。有一段时间，兰姆"已十分厌倦，完全听天由命"，"有机会时甚至愿意用生命一搏，改变困境或者摆脱困境"。

还是在没有着手改写莎剧以前，兰姆就开始喝酒，有时喝得酩酊大醉，借以麻醉自己，发泄内心强烈的感情。但令人惊异的是，不论他第二天早上情况如何，他一定按自己的时间赶到办公室。

他报到的时间显然是不太合适，有一天早上，一位好友的上司用悲哀的语气责备道："兰姆，你为什么老是来得最迟？"没想到兰姆的回答使他吃惊得讲不出话来："可是你得承认，我总是走得最早。"

也许兰姆真的感到了奋斗的艰辛，1923年1月的《伦敦杂志》发表了他的《伊利亚君行状》，兰姆在文章中宣布了伊利亚的死讯，并写下了这篇关于自己的行状，亦真亦假，褒贬赞抑，嘲讽戏谑，兼而有之。但有趣的是，文章发表后，《伦敦杂志》对伊利亚的死讯却加以否认，兰姆无奈，只好重新拿起笔，继续他的伊利亚之旅。

最终解脱的一天终于来了！兰姆终于可以退休，这一天可能是他一生

中最快乐的一天。他在回家的路上往朋友鲁宾逊的信箱投了一封短信，信中说："我已经永远离开印度大楼那鬼地方了！"

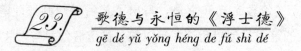

23. 歌德与永恒的《浮士德》
gē dé yǔ yǒng héng de fú shì dé

一提起歌德（1749 — 1832）这个伟大的名字，人们立刻会联想到《少年维特之烦恼》、《浮士德》等一系列旷世不朽的文学巨著。年轻时期的歌德创作了大量激情饱满的抒情诗歌，充分展示了这位文学巨人对生活的热爱和非凡的艺术才华。其实世人很少知道，晚年的歌德，除了以一位饱经沧桑的长者创作出不少睿智的作品外，仍旧保持了年轻时期的生活热情，写下了许多激情洋溢、充满浪漫主义情调的作品。他的抒情组诗《东西合集》便是这样的一部作品。

歌德创作《东西合集》开始于 1814 年，1819 年这部作品首次问世，以后又经过诗人不断补充完善，到 1827 年最后定稿出版，前后经过了十几年的时间。这部诗集融东西方文化为一体，熔艺术与生活为一炉，展现了歌德晚年的艺术成就。最初给予歌德创作灵感的是 14 世纪著名的波斯诗人哈菲兹（1320 — 1389），他的《诗歌集》也是歌德在晚年春情复苏的重要契机。1812 年，哈菲兹的《诗歌集》被奥地利诗人约瑟夫·冯·哈莫尔—普格施塔尔译成德语并发表，歌德从他的出版商科塔那里得到了这部诗集的译作。他细心通读了整部作品，心灵感到震撼，为之动情，并立刻对哈菲兹表示由衷的崇拜和敬仰。他怀着一种特殊偏爱研究哈菲兹，从中吸取灵感，创作了大量优美的诗篇，抒发了他对艺术与生活的全部热情。他1814 年和 1815 年的两次莱茵之旅既是他晚年的回乡之旅，也是一次漫长的东方精神之旅，并对他晚年的创作具有决定性的影响。

《浮士德》是德语文学中最重要的诗作，也是歌德对世界文学最重要的贡献。

这篇诗作起源于众说纷纭的民间故事。1480 年，符腾堡的小城克尼特林有一个叫约翰内斯·浮士德的天文学家，他年轻有为，是个江湖医生，他声名遐迩，是个牛皮大王。他令人惊骇，又叫人们钦佩，于是他的故事广为流传，家喻户晓。民间口头文学将他变成了一个通俗的传奇故事，这说明宗教改革、文艺复兴时期已日益关注于个人的成就。有关浮士德的传说，也是科学对抗宗教神学的束缚的结果，尤其是化学研究的科学领域所取得的不可思议的成就，使浮士德的故事普遍受到人们欢迎。1570 年，用拉丁文写的浮士德博士的传说以手抄本的形式在符腾堡大学生中流传，1587 年手抄本正式出版。为了防止人们误信邪道走火入魔，佚名作者补充了大量新材料，将此书命名为《著名魔术大师江湖术士约翰·浮士德博士的生平故事》，书中已具备了《浮士德》诗剧的故事雏形，魔鬼靡菲斯特粉墨登场。

16 世纪，这个扣人心弦的故事传入英国，克利斯朵夫·马娄将这些松散的故事演绎成一部扣人心弦的悲剧作品。马娄将敢与魔鬼结盟的浮士德变成了神权的反叛者，他追求神奇的认识能力和人世间的最高权利。不久，巡回剧团把剧本移植本带回欧洲大陆，引起强烈反响。移植成功的大型歌剧中增添了小丑的角色，他开始是浮士德滑稽可笑的侍从，很快变成了他命运的主宰。小丑的角色使戏剧增色不少，也使戏剧失去了不少感人的内在力量。在古典主义时期此剧大受欢迎。在启蒙主义时期，这出备受关注的戏剧一度沦为木偶剧院的节目。莱辛试图将这个素材搬上舞台，他的悲剧构思也仅完成了几幕。浮士德是一个难以驾驭的神秘人物，是民间传说中有数不清异想天开的新奇念头的人，怎样才能写得理智而冷静呢？到了狂飙突进的年代，诗人们重新拿起了浮士德的素材，他们喜欢塑造反抗现存制度的艺术形象，克林格尔、马勒、米勒、歌德都创作了《浮士德》。

歌德几乎用了毕生精力从事《浮士德》的创作，他为这本书倾注了生命的全部智慧和才华。早在斯特拉斯堡求学期间，歌德便想创作一个浮士德的剧本。大约在 1773 — 1775 年，歌德在法兰克福写成了诗剧的几个部分——"地神的咒语"，"靡菲斯特与学生的谈话"，"奥尔巴赫酒店"，

"甘泪卿的悲剧";诗剧写得多姿多彩,才华横溢。几幕诗剧以宫廷女官路易丝·格尔豪森手抄本的形式传世,被后人称作《原浮士德》。在意大利,歌德又成功地写出了几幕——其中包括"魔女之厨"和浮士德在"林窟里的独白"。但他越来越感到创作的力不从心,1789 年,他决定以"未完成稿"出版这部著作。

席勒提升了歌德继续写《浮士德》的信心和勇气。耶拿会议后,席勒恳请歌德告诉他尚未发表的部分,并热情洋溢地赞美他所付出的辛勤劳动:"我承认,我所得到的这一部分对我来说已经是一个未完全成型的赫尔库勒斯,在这幕里充满了力量和天才,明确无误地显示了作者是卓越的文坛巨匠。我希望能够尽可能多地继续领受其中包含的伟大和勇敢的精神。"然而歌德却没有勇气重新振作精神。1797 年 6 月,在席勒不断地敦促下,他重新开始了《浮士德》的写作。他重新构思诗作结构和写作技巧,1806 年春,他终于将第一部作品的最后缺漏处补齐。

时隔二十年,歌德再没写下只言片语。爱克曼再次燃起歌德重新创作的希望之火。六年时光,歌德天天伏案,笔耕不辍,终于在生日前完成了这部作品。一个月后他将手稿加封盖印,决定在他去世之后公之于众。1833 年,《浮士德》悲剧第二部作为他遗著的第一卷出版。

自从 1770 年构思写作《浮士德》到 1831 年夏季第二部脱稿,歌德历时六十一年完成了这部巨著。《浮士德》综合了近代欧洲诗歌体裁的三种主要类型——抒情诗、叙事诗、诗剧——形成了独特的艺术形式。这是歌德在资本主义上升时期对欧洲,特别是对德国生活精心研究而得出的思想总结和艺术总结。

《浮士德》共有 12111 个诗行,结构庞大复杂。第一部有二十五场,没有分幕,卷首分成"献诗"、"舞台上的序剧"、"天上序幕"三个小部分。第二部分五幕二十五场。全剧没有贯穿首尾的故事情节,以浮士德的思想发展为线索,作者将其称为——"灵魂的漫游"。

卷首《献诗》作于 1797 年 6 月 24 日,是作者的自我抒情,表达了作者对"离散在世界的中心"的朋友的缅怀。作者在《舞台上的序曲》中说明了创作意图："诗人以何物感动人心？诗人以何物征服世界？岂不是以这由衷横溢的吞吐太荒的和谐？"这种和谐是宇宙永恒的规则，因此"人生之力全由我们启示"。诗人告白世间："我向现实猛进，又向梦境追寻。"《浮士德》不仅是现实生活的写照，也是对虚幻梦境和理想世界的憧憬。

《天上序幕》是整个诗作的总纲。上帝与魔鬼靡菲斯特打赌，上帝认为浮士德是一个善人，在他的求索之中不会迷失正途，暗示了上帝对虽然误入迷途，但本质上仍然是好的人类并没有丧失信心；而靡菲斯特似乎是一个怀疑论者，他自信可以迷惑浮士德，使之走火入魔。在浮士德的书斋里，魔鬼与浮士德签订了一个出卖灵魂的协议。靡菲斯特表示愿意用他的魔法妖术尽力帮助浮士德去寻找真理，他可以满足浮士德的一切欲望，但是如果浮士德有一天由于饱尝感官的欢乐或自我的满足而停止下来——"你真美啊，请停留一下！"他的灵魂就归魔鬼所有。故事的开端是一个预示，悲剧中所发生的一切都是靡菲斯特企图用生活的满足使浮士德放弃自己的追求。

借助魔道神力，浮士德上天入地，处处如愿以偿，他追求得越多就越感到失望。他在物质享受、吃喝玩乐、恋爱、高官厚禄、科学研究、古代艺术等活动中不断追求，直到最后在生产劳动中体会到心灵的真正满足，于是溘然长逝。浮士德终于寻求到了美的极致，即"智慧的最后断案"。

> 要每天每日去开拓生活和自由，
> 然后才能作自由和生活的享受。

一心只读圣贤书不是美。浮士德博士博览经典，通晓古书，常做试验，却无法直接造福人类。失望之余他想饮鸩自杀。这时复活节的钟声敲响了，他重新燃起希望之火，继续对真理进行探索。他漫步在城门之前，明媚的春光解冻了河水和溪流。人们走出矮屋陋巷寻找春天，共庆"更生"，春意盎然、万物更新，欣欣向荣的气象振奋了浮士德，他与魔鬼靡菲斯特订下了共同寻美的契约。

物质享受不是美。靡菲斯特带浮士德走进"魔女之厨"，浮士德喝了

"魔汤"后返老还童，变成了朝气勃勃的青年，他新生了，有条件去努力奋斗，寻求理想。在莱比锡市的欧伯赫酒店，他看到醉酒的大学生丑态百出，在"瓦普几司之夜"和"瓦普几司之夜梦"里，他非常厌恶地看到裸体舞蹈的男女妖魔。浮士德认识到庸俗的舞蹈音乐没有什么价值，吃喝玩乐的物质享受不能使人得到真正的满足。

恋爱不是美。浮士德与市民的女儿甘泪卿相恋，却遭到女方家庭的反对。浮士德将魔鬼配制的安眠药交给甘泪卿，她的母亲服后便长眠不醒。甘泪卿的哥哥华伦亭斥责浮士德不该诱惑妹妹，在决斗中被杀死。甘泪卿惧怕流言飞语，竟将新生的婴儿溺死。她被关进监狱，浮士德和靡菲斯特前去营救遭到拒绝，甘泪卿情愿受刑，以求灵魂皈依上帝。无可奈何的浮士德只得于破晓前随魔鬼远遁。

荣华富贵、高官厚禄不是美。浮士德遭受了情感打击，身心交瘁，痛不欲生。他躺在大自然的怀抱里，精神重新振作起来。如果说浮士德以前只是在小我、小宇宙或个人小圈子里打转转，那么在第二部中他走进"大世界"，去从事政治活动与社会活动，浮士德当了皇帝的嘉宾，这使他有机会一睹朝廷的内幕。"灯火辉煌的大厅里"，皇帝和朝臣纸醉金迷，日夜狂欢，政局腐败，减少财政凋敝，贪污贿赂成风。为了挽救经济危机、财政赤字，靡菲斯特让皇帝滥发纸币。这种饮鸩止渴的方式加速了国内通货膨胀和金融危机。昏庸的皇帝沉溺声色，通宵达旦，他异想天开地要见见荷马史诗《伊利亚特》中的美女海伦，靡菲斯特用魔法召来海伦的幻影。浮士德见海伦与情人巴里斯调情，妒火中烧，用钥匙去碰巴里斯，巴里斯和海伦顿时烟消云散，浮士德倒地昏迷过去。

科学实验不是美。浮士德重返书斋，他的瓦格纳在实验室里制造了一个"人造人"，取名何蒙古鲁士（意为小人儿）。小人儿只能生存在他所诞生的玻璃曲颈瓶里。他坐着瓶子在空中飘浮，浮士德带着他神游希腊。这小人儿也有情欲，他爱上了海中仙女迦拉德拉，便用玻璃瓶去撞她的贝车，砸破了玻璃瓶，毁灭了自己。"人造人"的破灭使浮士德想借科学之光、幻想之光探索真理成为泡影。

　　古代艺术不是美。浮士德爱上了海伦，借助于靡菲斯特使海伦重返人间，与海伦结合，生下儿子欧福良。欧福良狂热而冒险，他因去参战，被天火打死。海伦的躯体消失，只剩下衣服和面纱留在浮士德怀里。由此浮士德领悟到古代艺术不是美，暗示人不要迷恋于古代，应重视现实生活，珍惜今生今世。

　　浮士德用毕生的时间来探寻，发现只有劳动才是美。浮士德借魔鬼之力，平息了贵族的内讧，打败了伪帝的军队，给皇帝立了大功。皇帝把海滨一块地封给他，让他当总督。他已经快到一百岁了，双目失明，饱经沧桑，他以为他听见了几万人在海岸劳动，用填海造田的方式扩大耕地面积。浮士德听到了劳动者欢快的歌声，感悟到劳动热烈的气氛，终于感悟到他已实现了他的宿愿：“要每天每日去开拓生活和自由，然后才能作自由和生活的享受。”“我愿意看见这样熙熙攘攘的人群，在自由的土地上住着自由的国民。”在这一刹那他不禁喊道：“你真美啊，请停留一下！”“我在这洪福的预感之中，将这最高的一刹那享受。”说完他便停止了呼吸。魔鬼靡菲斯特急忙来收取他的灵魂，天帝却派来几个天使，将他的灵魂和尸体一同抬往天国。代表善的天帝和浮士德战胜了代表恶的魔鬼靡菲斯特。在天堂，光荣的圣母和他爱过的女友甘泪卿来迎接他，庆祝他的胜利。

　　《浮士德》思想深邃，想象丰富，表现了知识分子追求与探索的心路历程。现实生活构筑了诗剧的奇异情节，从天堂到人间，曲折丰富的经历无一不是生活慷慨的馈赠。歌德是天才的诗人，也是伟大的思想家，他博采众家之长，形成了冷静客观剖析自己和事物的独特风格。他的长达六十万字的《诗与真》是对自己人格的历史考察，他的辩证思想充满在《浮士德》中。歌德以自己的人生观贯穿于诗剧全文，唯有为事业而奋斗，才使人生显得充实；只有不懈地追求和永无止境地探索，才是人生的真正幸福。歌德从未停止过生命跋涉的脚步，虽举步维艰，却永不停息。他用生命的精粹结集而成了《浮士德》，《浮士德》使歌德的生命成为了永恒。

24. 布伦塔诺与美妖罗雷莱的传说
bù lún tǎ nuò yǔ měi yāo luó léi lái de chuán shuō

　　德国境内有一条流经南北的大河，叫莱茵河。很久以前，德国人就把莱茵河称为"父亲莱茵河"，这足以说明这条大河千百年来在德意志民族文化中的地位。19世纪以来，世界上许多著名的诗人如拜伦、歌德、海涅等，在他们的文学名著里一再提及这条大河，莱茵河的名字便传遍了全世界。在莱茵河岸一个风景秀丽的地方，有一座百米高的陡峭山冈，人们给它取了一个美丽的名字，叫罗雷莱。这个名字出自一段古老而优美的传说：相传在古老的莱茵河上，这里是一段水流湍急且富有魅力的区域，不少交通运输的船只和捕鱼的船只都要经过这里。不知从什么时候起，每当夕阳西下、晚霞映红天边的时候，就从这个山冈上传来美妙动人的歌声。歌声越过莱茵河的波浪，一直传到远方。过往的船夫一听到那美妙的歌声，都会情不自禁地把船驶近，想看个究竟。原来在那高高的山冈上，坐着一位天仙般的少女。落日的余晖洒满了山冈，她就好像坐在一张金色的地毯上。她一边梳理着她那浓密的金色长发，一边轻轻地唱着那动听的歌曲。船夫们听得心旷神怡，被歌声迷住了，全然忘记了脚下的急流旋涡。摇桨的不知不觉放下手中的木桨，掌舵的也忘记了把握航向。他们争先恐后地走向船头，屏息观看那奇异的景象。就在这扣人心弦的一刹那，悲剧发生了：船触礁了，沉没了，船上的人都葬身鱼腹。而这位美貌的少女依然坐在那里，梳着她的长发，唱着她那优美动听的歌……后来，人们在这座有名的山冈上塑起了一尊女妖罗雷莱的雕像。今天，这里成了莱茵河岸一处有名的观光胜地，每年吸引着许多游客。

　　说起罗雷莱的传说，不能不提到几位伟大的德国浪漫主义诗人的名字：克莱门斯·布伦塔诺、约瑟夫·封·艾辛多夫、海因利希·海涅。这个美丽的传说因最初创于布伦塔诺的诗歌《罗雷莱》而出名，后来被同时代众多的浪漫派诗人所效仿，其中最有名的诗篇被多次谱曲，至今还广泛流传于民间。

18 世纪末到 19 世纪初，是德国浪漫主义文学的鼎盛时期。浪漫派诗人的一个显著特点是注重个人感情的强烈抒发，以个人的理想和感受来突出自我，通过描写大自然的美丽来反衬现实生活的丑陋，把无限的大自然和遥远的中世纪作为自己的精神依托。此外，拿破仑战争的影响和异族的侵略促使众多文人强调民族精神，从而把整理"国故"、发掘中古德国文学看做是本时代的使命。尤其到了浪漫主义中期，他们对德国民间文学和民间题材的故事、民歌等表现出浓厚的兴趣。例如，中古以来的德国民间童话由格林兄弟收集整理为《儿童与家庭童话集》而闻名全世界；约瑟夫·格勒斯整理出版的《德国民间故事》也蜚声德国文坛；阿尔尼姆和布伦塔诺合编的著名民歌集《儿童的奇异号角》出版后成为浪漫派诗人取之不尽的艺术创作源泉。简言之，这场整理"国故"运动赋予了德国民间文学新的活力。

布伦塔诺是德国海德堡浪漫派的重要成员，一生很富有传奇色彩，尤其是许多风流韵事使他经常遭人耻笑，因而很早就从文坛上消失了。其实，布伦塔诺是一位充满才华的抒情诗人。他的诗歌朴素自然，极富音乐性。他常应朋友之邀，由朋友当场命题后即兴赋诗，并博得喝彩。1802 年，布伦塔诺根据民间传说写出了叙事诗《罗雷莱》，充分展示了他的生活激情和艺术才华。

布伦塔诺的《罗雷莱》一经发表，立即轰动了文艺界，许多浪漫派诗人争相效仿，著名的浪漫主义诗人艾辛多夫便是其中之一。艾辛多夫的同名诗是他的抒情诗中的名篇，诗人还为这首诗起了另外一个名字：《林中问答》。德国著名的作曲家舒曼还为他的诗歌谱了曲。

海涅是歌德之后享有世界声誉的德国诗人。他一生贫困，生活在欧洲政治生活动荡多变的年代。他早期的创作充满了浪漫主义的情调，代表作《诗歌集》奠定了他在世界上的诗人声誉。《诗歌集》主要歌颂爱情、月光、夜莺和美丽的大自然，语言清新自然，质朴可爱，毫无神秘色彩，充满了诗人对生活的热情。诗歌极富音乐性和民歌风味，许多作曲家都为诗集中的名篇谱了曲，有的甚至被谱曲百种以上，在这方面歌德也不能与海涅相比。优美的《罗雷莱》也是其中的名篇之一。

与布伦塔诺和艾辛多夫的同名诗相比，海涅的诗歌最为著名，最受人民大众的喜爱，经过作曲家的谱曲，很快就变成了一首脍炙人口的民歌，一直到今天还有许多人能唱这首歌。

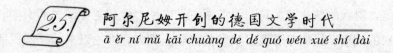

25. 阿尔尼姆开创的德国文学时代
ā ěr ní mǔ kāi chuàng de dé guó wén xué shí dài

在德国浪漫主义文学的鼎盛时期，活跃着一位德高望重的人物，他就是著名的浪漫派诗人路德维希·阿希姆·封·阿尔尼姆（1781 — 1831）。这位不为中国读者所熟知的作家在当时的德国文坛上有着很高的声望。不论是他在创作方面的艺术成就，还是他坚毅的品格与豁达的气质，他几乎代表了一个时代。甚至在他仅五十岁离开人世之后，他的功绩仍给后世留下了深远的影响。

阿尔尼姆出生于柏林的一个贵族世家，从小受到普鲁士容克贵族的传统教育。他一生路途平坦，早年学习法律和自然科学，1801 年在格廷根结识了伟大的诗人歌德，从此对歌德景仰不已。在艺术创作方面，他是德国浪漫派中最具有创造性的语言幽默大师。他的作品丝毫不拘泥于当时成规的叙事模式，在他写出的那些有趣的童话、荒诞滑稽的故事以及古老的民间传说中，他总是以巧妙而独特的语言融入自己的生活感受和丰富的想象力，使读者从字里行间感受到一个新奇的世界。为此，评论界对他有如下的评价：他的创作处于睡梦与清醒的徘徊之中。从表面上看，他是一位严谨的贵族绅士，也是一位慈祥的父亲，而实际上作为一个艺术家，他生活在一个孤独的诗的国度里，步入了极高的艺术境界。

1810 年，他发表了第一部长篇小说《多罗勒斯伯爵夫人的贫困、富有、过失和忏悔》。这是一部以现实为依据的婚姻小说。阿尔尼姆利用幽默的语言和自由想象表现了多重题材，从而使这部小说成为一部多线条的叙事作品。在这部作品中，他融入了自己年轻时代周游维也纳、瑞士、意大利、法国和英国等地的感受和印象。在小说的第一章里，阿尔尼姆本人便以一个象征性的人物出现在作品里。他把自己描写成处在一个堕落的新时代的诗人，俨如一个占星士，站在破败的门柱旁边，预示着不祥之兆的到来。他看到两座完全不同的建筑物：一座是古老而阴森的城堡，耸立着尖塔，令人不寒而栗；另一座则是漂亮的意大利式宫殿。远远望去，这两座建筑物似乎代表着两个不同的时代：一个破落的旧时代和一个充满欢乐的新时代。其实走近一看并非如此：那座阴森的古城堡结构坚实，尽管历经风雨但仍然稳固如初；而这座新式宫殿粗劣不堪，已经剥落坍塌了。正是在这座新式宫殿里居住着小说的主人公多罗勒斯伯爵夫人。阿尔尼姆在作品的环境描写中总是为不同的建筑物赋予特定的象征含义，并以它们之间的反差来表现他的现实感受。多罗勒斯伯爵夫人要在 7 月 14 日解除她的婚姻，这一天正是法国大革命爆发的日子。她的宫殿后来被一场大火焚烧一空，而那座古城堡被清晨的红霞衬托得更加辉煌无比。阿尔尼姆这种突出反差和对照的描写手法不仅超越了德国早期浪漫主义的中世纪情结，而且更重要的是，他为浪漫主义的艺术理想赋予了一层极为深刻的美学内涵。

　　1817 年，他创作了长篇小说《皇冠护卫》。这部小说没有完成，但是代表了他的最高艺术成就。小说以德国 16 世纪的魏布林根、奥格斯堡和普福尔茨海姆等城市为背景空间，展示了一幅广阔的德国社会生活画面。在这部作品中，阿尔尼姆叙述了几个神秘的皇冠卫士为迎接未来的皇帝而守护着皇冠的故事，同时，他还插入了大量的自身经历，并凭借丰富的想象力杜撰了许多机智幽默甚至荒诞的故事和传说，使这部小说成为一部饶有风趣的、不同于一般浪漫主义小说的写实性作品。尽管有些题材取自民间的古老传说，但他总能进行创造性的艺术再加工，表现出自己的独创性。例如，曼德拉草的故事出自德国巴罗克时期著名作家格里美豪森的小说《西木普里切斯木斯的绞刑架小矮人》，阿尔尼姆让它吃下了会蹦跳的草根，学会了蹦跳，同时又让它变成一棵会说话的草。还有，犹太民间关于粘土人的传说被雅科布·格林收集发表后在德国民间广为流传，阿尔尼姆把这个传说改编后纳入到他的作品中。此外，小说中的懒汉形象也出自格里美豪森的手笔，阿尔尼姆改编了懒汉的故事。在格里美豪森的笔下，这个人物是一位伯爵，有三个女儿。阿尔尼姆则把他改变成一个教皇的形象，他的三个女儿都是象征性的人物，分别代表着过去、现在和将来。再有，作品的主题也可以说是阿尔尼姆的杜撰：书中预示，千百年来苦难深重的吉卜赛人将由一位吉卜赛公主和一位强大的王侯所生的儿子带回他们的家园定居，从而结束他们流浪漂泊的生活。在此，阿尔尼姆把吉卜赛人和犹太人对立了起来。犹太人自称是吉卜赛人，吉卜赛人把前来求宿的玛利亚当成犹太人赶出了门外。阿尔尼姆感到自己生活在一个正在走向堕落的社会，因此，他想借助于艺术歌颂一个古老的、历尽沧桑而不失高贵的民族作为本时代希望的象征。为此，他选择了吉卜赛人和犹太人这两个民族。本来他可以同时歌颂这两个民族，但是他最终决定让这两个古老的民族相互对立，因此便杜撰出了吉卜赛女人贝拉和犹太族的黏土女人贝拉这两个相互对立的人物。总之，长篇小说《皇冠护卫》是一部非常成功的作品，它奠定了阿尔尼姆在德国文学史上的重要地位。

阿尔尼姆的艺术风格、叙事技巧以及所表现的题材无不显示出他独特的创作个性。虽然他处在浪漫主义文学最为鼎盛的时期，但他绝不墨守成规，而是不断地创造新的艺术题材。尤其是在他对古老的神话和传说进行整理的过程中，他自己独创的东西随处可见，这一点和其他的浪漫主义作家有着明显的不同之处。1812 年，他发表了一部中篇小说集，其中有《埃及的伊莎贝拉》、《皇帝查理五世的第一次爱情》等不朽的名篇。不论是长篇还是中篇，阿尔尼姆都不看重史料的真实性，而是凭借自由想象对史料任意改编，用艺术来表现真实的哲理性。在这一点上，他和雅科布·格林忠实原创的观点截然不同，为此，两人之间还发生了一场友好的理论争执。格林在 1812 年 5 月 6 日写给阿尔尼姆的信中指出，神话和传说是不能任意杜撰的。他批评阿尔尼姆把真实的历史人物写进了他随意杜撰的故事之中，并强调真实的东西是不允许随便夸张和改变的。为此他写道："我

一直无法摆脱这种感觉，我要说，这一切都是不真实的。"阿尔尼姆对此
则泰然处之，他写了一首轻快的诗回敬格林：

> 你的思想里，传说
>
> 构成了一个封闭的世界，
>
> 我的书相反，相信许多传说
>
> 在我们的时代才重现辉煌。

阿尔尼姆在文学史上的又一贡献，是和布伦坦诺编辑出版了民歌集
《男童的神奇号角》。他们广泛收集了德国古代和当代的民歌，其中有许多
是他改写和创作的，也有的出自前辈著名诗人奥皮茨和格里美豪森之手
笔。这部民歌集不仅提高了德国人民的民族意识，也丰富了德语诗歌宝
库。许多诗人，包括海涅在内，都从这部民歌集里汲取了灵感。不少民歌
还被著名的音乐家谱了曲，至今仍受到人民大众的喜爱。

阿尔尼姆和布伦塔诺是亲密的朋友，两人之间的默契成为德国文坛上
的美谈。早年阿尔尼姆在格廷根上大学时就认识了布伦塔诺。他们志趣相
投，在艺术创作方面相互切磋，一直合作得很成功。后来，阿尔尼姆娶了
布伦塔诺的妹妹贝蒂娜为妻。贝蒂娜也是一位著名的浪漫主义作家。她的
书信体小说《歌德和一个孩子的通信》是根据她早年在法兰克福与歌德及
其母亲之间的往来书信写成的，是一部歌颂伟大诗人的佳作。这部激情洋
溢的作品一经问世，便以优美的语言、诗化的意境和丰富的思想而取胜，
使得同时代的人为之倾倒。1802 年，阿尔尼姆和布伦塔诺一起在莱茵河地
区作了一次长途旅行，饱览了莱茵河两岸优美的自然风光，也加深了他们
的友情。就像蒂克和瓦肯洛德当年的纽伦堡之行标志着德国早期浪漫主义
的开始一样，阿尔尼姆和布伦塔诺的莱茵之旅标志着德国海德堡浪漫派的
开始。1809 年，阿尔尼姆和布伦塔诺到了柏林，在柏林组织了一个基督教
德国聚餐会，吸引了当时一大批文人骚客，其中克莱斯特、沙米索、艾辛
多夫等都参加了这个聚餐会。阿尔尼姆具有高贵豁达的品质，他在文坛上
从未有过树敌。在魏玛，他受到歌德的赏识；在卡塞尔，他同样受到格林

兄弟友好而热情的接待。在他的身边总是聚集着一批当时最著名的作家，使他成为德国文坛上的一位核心人物。

阿尔尼姆去世之后，他的妻子贝蒂娜花费了多年心血将他零散发表在许多杂志上的作品整理出版，使得这位文学家的作品终于能以完整的面目问世。伟大的诗人海涅在他的论文《论浪漫派》中对阿尔尼姆的文学功绩予以了高度的评价。1842 年，剧作家弗里德里希·黑贝尔在他的日记中也对阿尔尼姆的艺术成就发出了感慨。这些都充分说明了阿尔尼姆在德国文学史上不可忽视的重要地位。

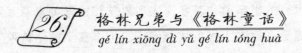

26. 格林兄弟与《格林童话》

gé lín xiōng dì yǔ gé lín tóng huà

在海德堡浪漫派里，格林兄弟引人注目。

雅科布·格林（1785 — 1863），威廉·格林（1786 — 1859），曾在诺丁根大学担任教授。兄弟俩不仅在文学史上，而且在德国语言史上都有重要的地位。

格林兄弟是日耳曼学的奠基人，他们整理德语语言，编写德语语言史，出版《德语字典》，是德语语言研究的创始人。

雅科布·格林独自完成了《德语语法》。这是一本语法史，探究语法的演变，探讨词源和语音规律。在这本书中，雅科布·格林确定了换音和变音的区别，以及强变化和弱变化的区别。阐明、发现印欧语系中的辅音转移规律是这本书最大的学术价值，雅科布·格林准确的论述，使《德语语

格林兄弟画像

法》一出版就得到了学者们的重视，语言研究权威威廉·封·洪堡 1824 年 6 月 28 日致函格林，称赞这本语法书在表达的优美和真实性上都非常吸引人。格林的《德语语法》是日耳曼学的奠基性作品。

格林兄弟共同编纂了《德语词典》。当时格林兄弟因得罪汉诺威公国国王被解除教职。诺丁根属汉诺威公国，1837 年国王违背了颁布汉诺威宪法的诺言，兄弟俩曾激烈抗议，抗议的结果是国王免除了他们的教职，同时被免除教职的有七名教授，因此被称为"诺丁根七君子"。

格林兄弟采纳了出版商的建议，着手编一本大型德语词典。当他们深入工作时发现词典工作犹如汪洋大海，工作一年后，他们感到负担沉重，几乎后悔自己做了这件困难的工作。在这本词典花费了二十年心血之后，雅科布·格林在致友人的信中仍后悔不已，说如果从事别的研究这二十年早已结下成果了。直到他们去世，这本词典仍未完成，后人按他们的体例继续编纂，直到 1961 年才全部完成。《格林词典》历经了一百多年的时间，对每个字都有考证，词目下先

《格林童话》封面

写这个字的演变过程，证明该字的词源变化，例举其词义变化，大量例举从路德到歌德时代该词在文学作品中的应用，但却没有释义。此书不是一部大众化词书，却是一本极有价值的语言史科学著作。全书共三十一卷，卷帙浩繁，编撰艰难，工程巨大。《格林词典》也是日耳曼学奠基性著作。

　　最使格林兄弟声名远播的是他们作为语言学家，同时又收集了德国中世纪以来的德国民间童话和传说，这显然是受了浪漫派的影响，他们鼓励身为学者的格林兄弟及时出版了《儿童及家庭童话集》第一卷，并帮他们联系了出版社。1812年书在圣诞节前问世，从此《格林童话》成为世界妇孺皆知的儿童文学作品。格林童话甚至被编入教科书，成为后世文学创作的素材。

　　《格林童话》产生于19世纪初的德国，故事经常发生在黑黝黝的森林中和茫茫的原野上，带有浓重的地域色彩、民族色彩和时代色彩。德国几百年来战火不断，一直充当欧洲的战场。因此《格林童话》中国王、王子、公主难以尽数，反映了分崩离析的国家状态。在《蓝灯》、《魔鬼的邋遢兄弟》等作品中有许多退伍老兵的故事，手艺人、农民、看林人都是作品中不可缺少的主人公，这些人是适应当时社会经济发展而产生的。还有幻想中森林里的巫婆、强盗以及各种各样的小精灵、小侏儒，都带有鲜明的德国色彩。

　　《格林童话》歌颂正义、善良、勤劳、勇敢、诚实等优秀品质，具有这样优秀品质的人往往会有美满的结局。童话中最脍炙人口的有《白雪公主》、《睡美人》、《灰姑娘》、《小红帽》等。

　　《年轻的巨人》写一个身强力壮的农民，有一天到村里去做工，和主人约定不收工资，年终是打他三拳。吝啬的主人很高兴。但到年底时夫妇俩想尽办法逃避这三拳。最后农民找到夫妇俩，要取他一年的报酬。他一拳把村长打得无影无踪，剩下的两拳要村长太太承担，但只有一拳，就把她打上了半空。童话中塑造了有独立意识、自主精神的农民，他们不听富人的摆布，开始进行反抗。童话歌颂了农民的正直，讽刺了富人的可笑。

　　《荷勒太太》写一个寡妇有两个女儿，一个漂亮勤劳，一个丑陋懒惰。丑陋的是寡妇亲生的，十分得宠；漂亮的不是亲生，常受虐待。一天，漂亮女儿不慎将纺线梭子落入井中，被后母逼进水井去寻找。没想到井中却有个神奇世界，不幸的姑娘在那里遇到一个丑陋的老太婆叫荷勒太太。荷勒太太留她在家工作，姑娘干得十分努力。时间一长她想家了，荷勒太太便下了一阵金雨送给她。姑娘告诉后母她载金而归的经历。后母见财眼红，叫亲生女儿用同样的方法闯入仙境。懒惰的女儿不干什么工作，三天后就想回家。荷勒太太不挽留她。出门时，她也希望下一阵金雨，雨下了，却是柏油雨，她染了一身漆黑，回到家，连小母鸡都嘲笑她。这篇童话歌颂了劳动和善良。

童话运用单线情节，没有倒叙和伏笔，只有情节向前发展时会出现一个或两个波折、反复；故事开头往往是一个人面临难题、困境和强烈的不可抑制的欲望等。例如必须把美丽的公主送给凶龙做妻子，必须去为重病的国王寻找长命水，急欲去世界上冒险、发财，娶一个好妻子；然后是主人公一而再、再而三地努力奋斗，不畏艰险，不怕挫折，终于获得成功或者胜利，一律以善有善报、恶有恶报的光明结局。

故事的人物包括动物，善恶分明，内心好坏黑白一目了然，而且始终如一。人物大致可分三类：一、主人公多为大好人；二、主人公的对立面总是大坏蛋，例如恶毒的继母、巫婆、凶龙、狼等；三、主人公的助手或是嫉妒者，或是失败的竞争者，他们在故事中起陪衬和对比作用。故事极少人物心理和自然环境描写，没有时代历史背景的交代。当困难无法克服时，往往出现外来神奇力量的帮助，诸如善良的小精灵、小动物、仙女和忠心呆傻的巨人，当需要抒发感情时，往往插入简单的民歌、儿歌、而且反复使用……

童话语言简单优美，易于阅读。

童话的艺术特点来自民间文学口传易记的需要，适合儿童幼小心灵的接受能力。这本书的故事，很容易归纳出某些德意志民族的特点。《格林童话》是世界上流传最广的欧洲童话，它以单纯、明晰、稚拙这些符合儿童心理特征的特点表明了文学是超越疆界的。

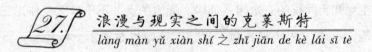

27. 浪漫与现实之间的克莱斯特
làng màn yǔ xiàn shí zhī jiān de kè lái sī tè

亨利希·封·克莱斯特（1777—1811）是德国浪漫派中成就最大的作家之一。他的作品题材广泛，思想深刻，充满着浓郁的浪漫色彩和现实特征。作品所表现的内容十分复杂：有浪漫的，有不满现实的，也有歌颂普鲁士至上的；有的反对异族侵略的国家主义，也有的宣扬悲观的宿命论。克莱斯特生前不为人重视，也不享有声誉。百年之后，他的艺术才华逐渐被人们承认，名声越来越响，当今已被公认为德国最杰出的戏剧家。

克莱斯特出身于德国一个有名的军官世家，早年入伍，本可以继承家族传统，走出一条辉煌的军人仕途。然而他的兴趣并不在此，他的品性中有一种崇尚人性、追求真理的冲动。二十一岁时，他毅然决然地离开了军队，并称这一段军人生涯浪费了他宝贵的七年。随后，他致力于文学创作。

克莱斯特的精神世界是非常极端和复杂的。他早年失去父母，生性孤僻，与多数家人不和，经常受到歧视。成年后，他对贵族阶层表示不满，同时深深厌恶宗教的伪善；但另一方面。他又从贵族的立场出发来建构他的社会理想。他反对法国对普鲁士的入侵，对拿破仑充满敌意；但是另一方面又对巴黎充满了向往。他崇尚真理，曾致力于哲学研究，试图借助于启蒙运动的理性原则为自己规划出一套生活准则。但是当他读了哲学家康德的不可知论之后，他的精神受到极大的震动，生活的信仰随之破灭了。为此他说道："我们无法判断我们所认为的是真实的或者只是假想的。"克莱斯特的一生失意潦倒，一直徘徊于理想和现实的矛盾之中。在残酷的现实生活中，幸福美好的理想对他来说是一个"失落的天堂"。他在生活中找不到精神支柱，不论是宗教信仰，还是军队生活和公务员的职业，或者在普鲁士这个社会里，他都是一个悲惨的失败者。他信奉法国思想家卢梭的回归自然的思想，崇尚心灵的美和震撼力，然而这又使他在理想与现实的矛盾中陷得更深。于是，现实对他来说是一个灾难，在这个灾难的世界里，幸福、爱情、财富、荣誉、地位等一切美好的事物都将被撞得破碎不堪。正是在这种思想的支配下，他的精神状态非常危险，一直处于崩溃的边沿。1811 年，他与女友一起在柏林近郊自杀，离开了人世。长期以来，他的死一直是人们议论不休的焦点。

克莱斯特从 1801 年开始写作，创作生涯不过短短十年，但给后世留下了丰富的文学遗产。20 世纪以来，他的作品日益受到重视，由此成为举世公认的剧作家和小说家。他的戏剧有《施罗芬史泰因一家》（1803）、《彭提西丽亚》（1808）、《海尔布隆的凯蒂欣》（1810）、《弗里德里希·封·洪堡亲王》（1810）等。他的中篇小说《米歇尔·科尔哈斯》（1810）、短篇小说《O 侯爵夫人》（1808）和《智利地震》（1807）等都是世界文学中的不朽名篇。不论是他的戏剧还是小说，其表现主题都达到了震撼心灵的艺术效果。其中最为重要的主题之一是美的破碎，这一主题是与他的生活经历息息相关的。他不满现实，追求真理，可是他的理想在现实生活中一一破灭了。他相信偶然的因素，认为偶然的突发事件会使人间美好的事物遭到毁灭。因此，他的悲剧作品所表现的内容常常是把人间的美撕裂开来给人看，这一点与其他浪漫主义作家截然不同。克莱斯特早期的爱情戏剧表现了人纯洁的感情和本能的情欲在命运面前遭到毁灭而酿成的悲剧。主人公完全为感情所控制，狂热的情感发展到极端和变态的程度，最后成了感情的牺牲品。

戏剧《施罗芬史泰因一家》表现了德国中世纪骑士时代两个家族中一对青年男女的爱情悲剧。阿格娜斯和奥托卡尔是两个侯爵家族的孩子，他们相互爱慕，定了终身。他们的父辈共同遵守一个关于遗产继承的合同，即两家中若有一方死亡，其家产便归于另一方。后来死亡事件发生了，被认为是谋杀。于是他们之间互相猜疑，最后导致了一场恶斗，阿格娜斯和奥托卡尔这一对情侣被他们的父辈杀害了。克莱斯特写这部剧的起因是受了康德不可知论的影响。主人公的悲剧在于他们过分追求感情，把美好的感情当做可信赖之物。而克莱斯特认为，感情不能替代现实，因为真正主

宰人幸福的不是感情，而是命运，命运是阿格娜斯和奥托卡尔惨遭厄运的真正原因。这种宿命论的思想也同样表现在克莱斯特的其他作品之中。

戏剧《彭提西丽亚》也是一部悲剧，是根据古希腊的一个传说写成的。故事情节是这样的：彭提西丽亚是亚马孙王国的女王。这个王国有一项严格的规矩，即女子要选择伴侣时，必须要亲自战胜与自己交手的青年男子后方可成亲。这是因为，在远古的时候，埃塞俄比亚部落曾侵入斯克什尔，杀死了那里的所有男人，并强占了他们的妻子。这些女子为了报仇，一个夜晚杀死了入侵者，建立了一个女人国。为了继续生存，她们便与别的部落打仗，俘虏一批青年男子回到她们的王国举行盛大的欢宴。等这些女子怀孕后，再把俘虏放回。她们这样做的目的是为了繁衍后代，扩大王国势力，抵御外来侵略。彭提西丽亚参加了特洛伊战争，并在一次战斗中与希腊英雄阿契里相遇。她希望能生擒阿契里，而这位英雄也为彭提西丽亚的美貌所动心。但是双方经过交锋，彭提西丽亚被阿契里打败，昏迷不醒。阿契里为了能与彭提西丽亚相爱，听从了彭提西丽亚的挚友波洛托埃的建议，在女王苏醒后佯装自己是失败者。彭提西丽亚信以为真，便向阿契里倾吐了爱情，于是两人沉浸在幸福之中。可是正在这一刻，亚马孙人前来解救他们的女王。彭提西丽亚这才明白了真相，于是恼羞成怒。这时，阿契里假意提出与女王再进行决斗，然后假装战败，以便能按亚马孙人的规矩与女王结婚。可是彭提西丽亚误解了阿契里的意图，感到荣誉受到伤害。于是，炽烈的爱情变成了愤怒的火焰。在决斗时，她一箭射中了阿契里的脖子，还让她的狗把阿契里的胸膛咬得撕裂开来。彭提西丽亚杀死阿契里后才明白真情，她悔恨交加，也跟着自杀了。克莱斯特在此类命运悲剧中表现了宿命论的思想。人的情欲与本能会使人发狂而失去理智，但是爱的愿望能否实现最终还要靠命运的安排。因此，他的作品常常让美好的事物在赤裸裸的现实中惨遭毁灭。这一点也表现在他的小说之中。

从克莱斯特著名的中篇小说《米歇尔·科尔哈斯》中不难看出，他把在戏剧里所表现的宿命论的观点转移到了对社会的批判上来，因此这部作品具有鲜明的现实主义色彩。《米歇尔·科尔哈斯》的素材取自德国中世纪的民间编年纪事，所以作品的故事是有历史依据的。米歇尔·科尔哈斯是 16 世纪勃兰登堡地方的一个为人忠厚耿直、生活安分守己的贩马商人。一天，他赶着马匹到邻国萨克森的市场上去卖马，半路上经过大地主特龙卡的领地，他的两匹马被大地主手下的人抢夺而去。科尔哈斯先通过法律手续向萨克森邦法院起诉，但是官官相护，致使他到处碰壁而一事无成。他神情沮丧，一筹莫展，看到伸张正义无望，便纠集了几个人，放火焚烧了大地主的庄园，成了强盗。他专打大地主，救济穷人，因而声势日盛，响应者云集，很快便组织起了一个四五百人的造反队伍，并多次击退前来镇压的官兵。当时以宗教改革闻名的马丁·路德害怕事态进一步扩大，便想借他的影响帮助统治者平定暴乱。他劝告科尔哈斯放弃武力，表示能用法律手段和平解决纠纷，为他伸张正义。科尔哈斯听信了路德，便放下武器，解散了队伍。然而，在他重新去法院提出申诉时，官方拘捕了他，最后被送到高级法院判处了死刑。这里，尽管作者让科尔哈斯在临死前亲眼看到无赖的大地主也受到了应有的惩罚，而且被抢走的马匹也得以物归原主，但是必须看到，克莱斯特在这里表现了一个深刻的社会问题，即社会法制的问题。从这一点来说，克莱斯特虽然也与其他浪漫主义作家一样取材于中古，但是他并没有美化中古，而是从美的破碎这一角度揭露中古封建社会的阴暗和丑陋，达到了批判社会的目的。

《智利地震》是克莱斯特的一部非常杰出的短篇小说，叙述了一出感人的爱情悲剧。这里，作者把现实批判的矛头指向了虚伪与罪恶的教会。在智利圣地亚哥的一个贵族家庭里，贵族的女儿约瑟弗与她的家庭教师耶洛尼墨借上课之际互生爱慕之情。贵族对此十分不悦，不得已把女儿送进了修道院。可是这一对恋人仍然私自幽会，约瑟弗怀了孕，在修道院里生下一子。这在封建礼教社会是一件罪大恶极的事。按照当时的习俗，私生子的母亲要被处以火刑，后经总督开恩改判为斩首。1647 年的一天，也就是约瑟弗走上断头台的那一天，耶洛尼墨也在监狱里服刑。他伤心欲绝，正要上吊自尽之时，突然发生了一场剧烈的大地震。无数人死亡，楼屋坍塌，连监狱的牢门也被震开了。刑场上一片混乱，人们都在仓皇逃命。耶洛尼墨和约瑟弗各自都幸免于难，在逃命的途中偶然相遇。约瑟弗从修道院里救出了生下不久的儿子，两人欣喜若狂，与众人一起在一处安全的地方歇息下来。在天灾面前，人们似乎忘记了彼此等级的差异，他们友爱互助，共渡难关，表现出了人类崇高和善良的天性。后来，人们听到唯一没有倒塌的大教堂作弥撒的钟声，于是纷纷前去教堂感谢上苍的保佑。大主教亲自主持隆重的弥撒，他痛斥一对男女私相往来，结下了恶果。他要求人们不要姑息这种伤风败俗的丑事，并煽动说，干这种丑事的人正夹在人群中听道。此时，有人认出了约瑟弗和耶洛尼墨，愚昧的信徒被煽动起来，无情地将这一对可怜的情侣活活打死。这篇动人的小说向读者展示了人类最崇高、最纯真的感情在虚伪和愚昧的压力下惨遭泯灭的悲剧。在此，克莱斯特那种强烈的现实批判精神见诸笔端。

克莱斯特是德国浪漫主义时期一位值得研究的作家，在他的创作生涯中，浪漫与现实、理智与情感、理想与社会都是永远无法解决的矛盾，他的生活始终处在理想与现实的矛盾之中徘徊不定，整个精神世界一直处于极度紧张的边沿。因此，当他再也无法承受内心愈演愈烈的矛盾冲突之时，他终于选择了自尽的道路。许多年后，伟大的诗人歌德对他这种结束生命的做法还表示厌恶，但是却对他的艺术才华非常赞赏。他称克莱斯特是"新的文学天空中一颗重要的、但却令人不悦的流星"，"一个时代最奇异的标志"。这可以说是对克莱斯特的一个贴切的评价。

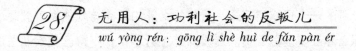

28. 无用人：功利社会的反叛儿

wú yòng rén: gōng lì shè huì de fǎn pàn ér

翻开德国浪漫主义的小说，人们很容易发现，大多数主人公都是些游手好闲的浪子。表面上看，他们往往是音乐家、画家、诗人等，这些人行为懒散，不思劳作，爱好漫游，热爱大自然，整日在无所事事中靠幻想度日。晚期浪漫主义诗人约瑟夫·封·艾辛多夫（1788 — 1857）的中篇小说《一个无用人的生涯》中的主人公便是这样一个典型角色。其实，此类人物形象的产生是与当时特定的历史文化背景相联系的。

18 世纪末期和 19 世纪上半叶，是整个欧洲社会急剧动荡和变革的时代。法国资产阶级大革命之后，人们普遍对现实感到不满和失望，尤其是德国浪漫主义文人。他们极力反对社会变革，因为变革带来了动乱，而浪漫主义者则渴望宁静。他们在动荡的现实生活中无法找到这种宁静，因而把理想追求寄托于远远逝去的中世纪。此外，浪漫主义者反对启蒙运动提倡的理性，因为理性不仅禁锢了人们的感情和想象力，而且也切断了人与大自然之间的联系。他们认为，破坏了世界原本的和谐，理性导致社会变革，促使社会变得丑陋、混乱、虚伪和庸俗，使人类失去了最纯真的感情。因此，他们蔑视现实，摈弃社会的功利性，主张用艺术来描写人的内心世界，表现内心的追求和理想。他们注重描写大自然的美丽，以大自然的美来反衬现实的丑。于是，他们塑造了一个超脱而虚幻的理想世界来抗拒现实世界。例如，早期浪漫主义诗人诺瓦利斯（1772 — 1801）在他的长篇小说《亨利希·封·奥弗特丁根》里塑造了一朵"蓝色花"，成为浪漫主义理想世界的象征。表面上看，他们这个虚幻的理想世界充满了浓厚的神秘主义色彩，大有脱离现实之嫌。但实际上，他们的意图在于用这个理想世界来表现他们对艺术和美的追求，并以此来反对现实，摈弃市侩，抨击功利观念。从这个意义上来说，艾辛多夫笔下的"无用人"则是当时功利社会的反叛儿。

艾辛多夫的小说《一个无用人的生涯》是德国浪漫主义文学最出色的一部作品，至今仍为人们所喜爱。小说以第一人称形式叙述了一个磨坊主的儿子青少年时代的奇特经历。作品一开始就把主人公描写成一个"无用人"的形象。他整日在森林中游荡，与鸟兽为伴，除了唱歌和拉琴以外无所事事，只沉湎于幻想之中。为此，每天辛勤劳作的父亲气愤不已，指责儿子懒散无用，将他赶出了家门。主人公离开了家乡，带着他唯一心爱的小提琴到处流浪，寻找幸福。他走过美丽的田野，看到大自然一派春意盎然的景象，情绪立刻欢跃起来，很快把一切尘世间的烦恼甩到了脑后。此时此刻，他眼前只有大自然的美景：大地、森林、小鸟、溪流、月光……这一切都是他渴望已久的。在这里，他摆脱了城市与市侩，可以尽情地歌唱，尽情享受大自然的春意。最初，他在维也纳附近的一个贵族城堡里做园丁帮工，倾心于一位娴雅动人的姑娘。当他看到这位姑娘对他来说高不可攀时，他感到失望和愤恨。失望的是得不到他心爱的人，愤恨的是尘世间充满了市侩和不平。于是他离开了城堡，前去意大利寻找幸福。路途中，他在一座古堡客栈里过夜，经历了一连串奇异的冒险，然后与两个画师同行到了罗马。在罗马他也同样感到失望，因此又返回维也纳，回到他曾经住过的那座城堡，终于如愿以偿，与他心爱的姑娘结了婚。

艾辛多夫笔下这个所谓的"无用人"实际上是一个很有才华的音乐家和诗人，这一点和其他浪漫主义诗人的手笔是相同的。主人公在这个充满市侩、蔑视艺术、重视金钱和功利的社会里没有容身之地，只有脱离尘世，浪迹天涯，在大自然里寻找满足和快乐。为此，艾辛多夫以他轻快的笔法描绘了一幅幅美妙的自然画面，以此作为主人公抒发感情和展示艺术才华的空间：广阔的田野、色彩斑斓的花朵、皎洁的月光、欢快的小鸟、晶莹的流泉、幽雅的古堡、淳朴的百姓……这一切充满着诗情画意，与城市的功利观念和市侩风气形成了鲜明对照。从一方面看，这部充满浪漫色彩的小说使主人公完全脱离了现实生活，但是从另一方面看，主人公之所以浪迹天涯，达到了"无用"的程度，是因为作者要用一种"无为"的方式来表达浪漫主义的艺术境界，以此来反衬理想与现实之间的矛盾。因此，"无用人"在一般的市侩眼里是无用的，而在诗人的眼里则是真正的艺术家，因为他们所追求的，是抛开一切功利观念的、人间最真实的感情。在这种情况下，他们必然与现实格格不入，扮演着尘世孤独者的角色。正如"无用人"所说的："我是被世人嘲笑和遗弃的穷光蛋，我再也控制不住自己，扑在草地上痛哭起来。"他的心情就像他遇到的那位画家对他说的那样："我们才子根本不理睬世人，而世人也不理睬我们。"最后，当他在回维也纳的途中听到一群大学生的谈话后，他不由感伤道："不知怎的，在他们讲话时，我心里感到很悲伤，因为像这样有学问的人在世界上竟然是孤苦伶仃。我同时想起了自己也跟他们差不多，于是泪水夺眶而出。"主人公的孤独和忧伤表达了作者对现实的不满；他与那些才子一样，"根本不理睬世人"，无疑是对功利社会的反叛。

在艾辛多夫所有的小说作品里，都有像"无用人"这样漫游世界的"快乐小子"，也都有田野、森林、月光、小鸟构成的优美的自然景色，其表现的意境在德国浪漫主义文学作品中是独一无二的。艾辛多夫这种浪漫的写作手法与他自身的生活经历是分不开的。

艾辛多夫出生于上西里西亚（现波兰境内）卢博维茨府邸一个古老的贵族家庭。在这里，他度过了幸福愉快的少年时代。家乡古朴的自然景色和宁静淡雅的乡村生活成为他终生不忘的美好回忆，也是他以后从事文学创作的重要契机之一。可以说，他的全部文学作品反映的并不是一个凭空设想的虚幻世界，而是他对自己青少年时代的无限追忆。艾辛多夫生活在一个动荡变革的时代，一个旧世界走向衰落的时代，而他的家乡地处偏僻乡村，依旧保留了传统的古风。他成年后来到柏林、海德堡等城市，看到社会变革给城市社会带来一片昏庸市侩的风气，更激起了他对少年时代的回忆和向往。他看到，"那古老而美好的时代"一去而不复返，随着社会的变化，他的家乡卢博维茨那往日的宁静也将永远结束。为此，他借用文学创作来寄托他怀旧的感情，以此表达他对现实的不满。在他的书信、日记和小说中，都有大段的对家乡的描写。自从1805年他和兄弟威廉离开家乡外出上大学以后，卢博维茨便成为他生活中的一个梦，这个梦始终贯穿在他的创作体验之中。他在一个自传手稿中写下了这样一段文字，足以表明他对家乡的依恋之情："那古老的卢博维茨——府第和花园的地方，兔子的乐园、漂亮的房间、林荫路、皇冠树、壮丽贝母、丁香等。放眼望去，越过奥德河，能看见蓝色的喀尔巴阡山脉和左边郁郁葱葱的森林。——那个时代和那种宁静的生活，父亲在花园里静静地散步，爷爷都不愿意和国王交换。"在他以后回忆起他们一年半后又踏上家乡土地的情景的时候，他那强烈的乡恋之情更是溢于言表："第二天清晨，我们早早乘上等待我们的马车从克拉皮茨出发了。越是接近卢博维茨，我们的心就

跳得越厉害。我们看见左边的安娜山被昏暗的云雾笼罩住了，天开始下起雨来，空气阴冷，可是我们的内心却燃烧着一团扑不灭的火焰。过了施特布劳，我们总想看看是否能看见父亲，然而总是徒劳。我们穿过罗瑙朝布拉齐奥维茨方向驶去，还是看不见他。在这里，我们下了车，徒步走过一段糟糕的山路。当我们向上走了一半的时候，看！那边山顶上白色的马匹，父亲正朝向我们迎来。我高兴得快要晕倒了。"

艾辛多夫一生中从未停止过对家乡的思恋，然而他也看到，家乡的一切随着岁月的流失都变成了过去。岁月的流失也使他的回忆渐渐演变成了一种理想——一个逝去的美好世界。为此，他在创作中塑造了像"无用人"这样的人物表达他对昔日的追忆，力图修复和拯救那个失落的世界，与现在这个贫乏的功利社会相对立。这样看来，他笔下的"无用人"形象并不是真正的无用，而是他的社会反叛意识的生动体现。

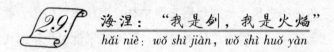

海涅："我是剑，我是火焰"

hǎi niè: wǒ shì jiàn, wǒ shì huǒ yàn

亨利希·海涅（1797—1856），1797年12月13日出生在杜塞尔多夫城一个犹太商人家里。美丽的莱茵河映着他童年的梦，虽然他的家庭不富裕，但是这并不妨碍他的成长。

当时的德国十分落后，在封建贵族的统治下，分裂成十六个邦。法国大革命和拿破仑的入侵，只冲击了莱茵河左岸的德国封建势力。德意志最大的两个邦：普鲁士、奥地利和沙皇俄国勾结，组成"神圣同盟"，镇压欧洲革命。德国封建势力对内加紧控制和压榨，"封建土地所有制差不多到处还居于统治地位"。1848年虽然爆发了革命，但贵族地主阶级掌握着政权，德国没有统一。

海涅出生后，家境日渐衰落贫寒，海涅的童年生活过得很艰苦。十八岁的时候，他不得不投奔居住在汉堡的叔父萨勒蒙·海涅。他的叔父是当时汉堡的一位富商，海涅在经济上一直受到这位叔父的资助。海涅的父亲希望儿子继承父业，学习经商，于是海涅得到叔父的资助，开了一家店铺，做起了生意。可是这位才华横溢的青年没有做生意的天才，因此经商失败。海涅居住在叔父的家里，深深体验到仰人鼻息的屈辱。他对那种金钱独尊的商人环境非常反感，但是又对叔父的长女——他的堂妹阿玛丽亚——深深地钟情。因此，年轻的海涅一方面承受着贫穷和寄人篱下的屈辱，另一方面对未来充满着渴望和憧憬。《诗歌集》里最早的爱情诗就是在这个时候写成的。他的诗倾注了他对爱情的热切渴望和痴心追求，他以细腻的手笔，以悠扬动人的韵律，倾泻了他心中那梦幻般的憧憬和委婉轻柔的感情，宛如山涧溪水缓缓流动，令人回味不已。

由于经营不善，不久商店倒闭。海涅不在意商业的成败。从幼年起，他便一心向往法国革命，爱好民间文学。商店倒闭后，他开始了文学创作。

1819 年，海涅进入波恩大学学习法律。后来又进入柏林大学、哥廷根大学学习。无论学习什么专业，海涅的兴趣始终集中在文学、艺术、哲学等方面。他不停地进行文学创作，曾一度陷入对阿玛丽和台莱赛的不幸情感中。

海涅

年轻的海涅才情勃发，从 1820 年到 1824 年，尽管他在学习法学课程，他的作品却不断问世：论文《论浪漫派》，剧本《阿尔曼曹》，诗集《少年的烦恼》，剧本《拉特克立夫》，诗集《抒情插曲》。1825 年，海涅获得哥廷根大学法学博士学位。

1824 年，海涅开始了由哥廷根到哈尔茨山的徒步旅行。1826 年他完成了著名散文《哈尔茨山游记》、诗集《北海》，第二部游记《观念-勒·格朗特文集》。《哈尔茨山游记》描绘了 17 世纪 20 年代的德国社会生活，揭露了反动阶级对矿工的残酷剥削。1825 年到 1830 年，得到博士学位的海涅，为了谋生走遍欧洲。他经过诺得奈岛的渔夫的小棚，在伦敦观察了英国新贵族与资产阶级上层社会的腐败，在慕尼黑编过杂志，在意大利欣赏了南欧的风光，瞻仰了罗马的古老文明，他写出了第二部游记。1827 年海涅的早期抒情诗集《歌集》在汉堡出版，获得很大声誉。《歌集》是在浪漫主义风靡文坛时问世的，其积极的精神、浪漫的情调、优美的诗意震惊文学界，许多诗篇被音乐家谱成脍炙人口的歌曲，是当时德国文学中仅有的浪漫主义作品。

1830 年法国七月革命的消息传来，海涅欣喜若狂，满怀激情地写出了著名诗篇《颂歌》，以"我是剑，我是火焰"的铿锵誓言表达了他投身革命的决心。

1831 年 5 月，海涅定居巴黎，受到法国进步思想界和文艺界的欢迎。他经常和雨果、巴尔扎克、乔治·桑、肖邦、罗西尼等人讨论彼此关心的问题。在讨论中，海涅开始关注法国空想社会主义的学说。为了沟通德法两国文化，海涅既为德国奥古斯堡的报纸撰写通讯，向德国人介绍法国情况，介绍法国的进步思想，又在法国报纸上发表了一系列介绍德国文学、哲学和宗教的理论文章。这一年，他完成诗集《新春集》，出版了《英国片断》。

海涅不断推出力作。1832 年，他辑录介绍法国情况的文章为《法兰西现状》一书。1833 年，海涅的革命民主主义思想渐趋成熟，他完成了重要的论文《论浪漫派》。1834 年完成了重要论著《论德国宗教和哲学的历史》。在他的著述中，揭露了消极浪漫主义的反动性，阐明了德国古典哲学的革命意义，论述了地主资产阶级注定要灭亡，批判了小资产阶级激进主义的空谈。海涅的进步思想和文章引起了德国当权者的仇视与惊恐，德国联邦议会公然决定，禁止海涅的著作在德国出版发行。

海涅并没有停止战斗的步伐。他是利剑，直指黑暗社会的弊端；他是火焰，燃烧起争取自由的希望；他的著作，是勇敢斗争永不屈服的檄文。1840 年，他撰写长篇政论《论路德维希·别尔纳》，对篡夺了法国七月革命胜利果实的大资产阶级表示愤怒。1842 年，他的著名叙事长诗《阿塔·特洛尔》问世。

1843 年 10 月到 12 月，经过了十三年的流亡生涯，海涅第一次返回祖国，到汉堡去探视他年事已高的父母。在历尽种种苦难和迫害后，海涅对德国的社会本质有了进一步的认识，他在酝酿一部长诗，对德国的社会进行深刻的反省和思考。12 月，他在巴黎认识了马克思，两人一见如故，建立了深厚的友谊。

海涅以极大的热情关注着德国社会。1844 年 6 月，德国的西利西亚爆发织工起义，纺织工人不堪忍受封建统治阶级和工厂主的双重压迫，到处掀起了罢工和暴动，数以千计的工人同前来镇压的武装军警展开搏斗。马克思高度赞扬了这次起义。由于马克思的影响和德、法两国阶级斗争的激化，海涅在思想上逐渐接受了无产阶级世界观。这一年，他创作了杰出的政治诗，其中最有代表性的是《西里西亚的纺织工人》。该诗于 6 月 10 日发表在马克思编辑的《前进报》上。9 月，恩格斯谈到海涅的这首诗，立即引诗人为同志。11 月，恩格斯在写给英国《新道德世界》杂志的通讯中，翻译并介绍了全诗，指出："这首诗的德国原文是我知道的最有力的诗歌之一。"他称海涅是"德国当代最杰出的诗人"。

《西里西亚的纺织工人》表现了工人阶级反抗剥削和压迫的革命义愤，他们"忧郁的眼里没有眼泪"，"坐在织机旁，咬牙切齿"地诅咒封建的老德意志，认为他们的工作就是织老德意志的裹尸布。诗篇强烈批判基督教会，诅咒上帝，指出宗教这个封建势力的支柱，是欺骗人民的工具，是压迫人民的一座火山。诗篇宣传了德国工人运行的正义性和自觉性，鼓舞了德国无产阶级，也教育了其他国家的工人。

同年，他发表了叙事长诗《德国，一个冬天的童话》。

《德国，一个冬天的童话》是一部"诗体旅行记"，是诗人流亡法国十三年后，回汉堡探亲时，在德国沿途各地的所见所闻、所感所想。长诗深刻揭露了德国社会各方面的腐朽和黑暗，提出德国反动封建制度必然没落、灭亡的趋势，表达了诗人对建立新德意志的美好向往。

长诗二十七章，没有统一的故事，以诗人入德国国境，过亚琛，游科隆，跨莱茵，过密尔海木，在哈根小歇，穿条顿堡森林，经帕得博恩、宿明登，北折经汉诺威抵汉堡，横穿德国领土为线索，对德国整体的政治、经济、文化等各个方面进行了反思。粉碎了古老反动的德意志，建立了新的自由的德意志，是全诗的主导思想。长诗命名为《德国，一个冬天的童话》，象征德国像冬天一样阴冷，像童话一样荒唐，必须进行改革。

诗人把讽刺、批判的矛头指向以普鲁士为代表的德国封建反动统治。普鲁士反动统治者对内实行专制主义，操纵联邦议会，参加神圣同盟镇压革命，激起了诗人对它的强烈仇恨。长诗对普鲁士反动统治的猛烈抨击，不仅表现在对普鲁士的愚昧与顽固的无情揶揄，以及对封建统治的精神支柱——教会各种罪行的深刻揭露上，而且突出地表现在诗人对普鲁士的象征——普鲁士国徽上大鸟的强烈憎恨中。诗中写道："一旦你落在我手中，你这丑恶的凶鸟，我就揪去你的羽毛，还切断你的利爪。"

海涅批斗基督教会。揭露了教会的腐败、虚伪、凶残。在神圣的科隆大教堂里僧侣和尼姑跳淫荡的堪堪舞，反动神学家写告密信，火刑场上焚书烧人，同时却敲钟唱"圣主怜悯"的歌。海涅在批判教会的同时，深刻揭露了宗教意识的毒害。宗教无处不入，"用这把哀泣的人民当做蠢汉催眠入睡"。在诗人笔下，教会是"精神的巴士底狱"，是麻醉人民的精神鸦片。

长诗对德国的自由主义者进行了尖锐的批判。自由主义者们把统一德国的希望寄托在普鲁士君主身上。传说中的红胡子大帝，原本是中世纪封建帝王，成为他们梦想复兴德国的英明皇帝。诗人把红胡子大帝写成卖弄古董的可笑角色，借与红胡子的谈话，表明"没有你，我们也将要解放自己"、"根本用不着皇帝"。这不仅对自由主义者宣扬的民族主义和国粹主义作了严厉批判，也痛斥了封建统治者妄想通过普鲁士王朝战争统一德国的反动企图。

长诗强烈谴责德国资产阶级和小市民的市侩习气，讽刺了他们的动摇、自私、守旧。在资本主义发达的汉堡，灯红酒绿，风气奢侈、腐败，德国市民"像动着的废墟，心情忧郁，意志消沉"。汉堡守护女神莫尼亚是市侩习气的化身，她竭力为封建制度辩护，并为它的逐渐没落而惋惜，对新的变革感到厌恶与恐惧。她吹嘘只要禁止写作自由，通过法庭剥夺"煽动犯"的公民权，监狱不再饿死人，就是"美好的现象"。她让诗人看她祖传椅子坐垫下的圆洞里所显示的德国未来。德国未来像有人扫除三十六个粪坑那样散发着恶臭，而资产阶级反而感到舒适。他提倡"我们要享受现在，我们喝美酒，吃牡蛎，忘却那黑暗的将来。"诗人以女神与诗人的狂想婚礼作结，极风趣地嘲讽了资产阶级市侩、狭隘、自私、庸俗的理想。

诗人在长诗中歌颂了美好的未来。《德国，一个冬天的童话》是诗人为德国，为欧洲人民的自由的放歌。诗人的新歌，唱的是在大地建筑起人人幸福的天国。他坚信：伪善的老一代必定消逝沉入坟墓，而"新的一切正在生长，完全没有矫饰和罪孽，有自由的思想，自由的快乐"。

在这些诗歌作品中，最能表达诗人浪漫情怀的是他早年发表的《诗歌集》。这些诗歌感情质朴，凄婉动人，咏唱出了诗人对爱情的渴望，堪称世界上最美妙的爱情诗。

海涅的爱情诗是发自内心最诚挚的感情，诗歌的语言简洁流畅，使感情如潺潺流水一般自然地流露出来。他的诗歌充满了渴望和梦幻，流溢着诗人满腔的衷情。他借用百合花、蔷薇花、夜莺、月光、幽深的山谷、松林的芳香等勾画出了一个奇妙无比的世界，使他的诗篇情景交融，感人至深，达到了一个令人神往的艺术境界。直到今天，他的诗篇仍旧令人陶醉。但是一百多年过去了，人们敬仰这位诗人杰出的诗才，而对他生命中一段痛苦辛酸的爱情经历则知之甚少，或者说渐渐地淡忘了。其实，海涅的爱情诗是与他自己的感情经历紧密相连的，他在诗里歌颂的爱情正是他在生活中梦寐以求而又求之不得的爱的理想。

1845年起，海涅的身体健康状况不佳，病情日益恶化。到1848年，他已全身麻痹，双目几乎失明。6月，马克思回国办《新莱茵报》，约海涅加盟，海涅已力不从心。

海涅在病床上仍没有停止战斗。1851年，他用口授的方式写成了谣曲形式的故事诗集《罗曼采尼》。1853年，他写了《自由》，称颂马克思、恩格斯"无疑是德国最能干的头脑，毅力最充沛的人物"，"将来属于他们"。

海涅在病床上生活了八年，他用顽强的毅力坚持写作。1854年他出版通信集《路苔齐亚》。完成《1853—1854的诗》。1855年写成《＜路苔齐亚＞法文本序言》。他已听到了死神的脚步，却仍然像剑一样锋利，像火一样燃烧。在《决死的哨兵》里，他表示："我的心摧毁了，武器没有摧毁，我倒下了，并没有失败。"

1856年2月，海涅病逝于巴黎。

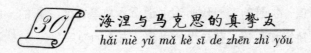

海涅与马克思的真挚友
hǎi niè yǔ mǎ kè sī de zhēn zhì yǒu

海涅生活的时代是欧洲政治生活动荡多变、社会矛盾错综复杂的时代。他不仅经历了以梅特涅专制政权统治下的欧洲封建复辟时代，而且还经历了1830年的法国七月革命、1844年德国的无产阶级起义——西里西亚纺织工人起义和1848年的欧洲资产阶级革命。经过时代的造就，这位早期享有世界声誉的抒情诗人到了晚期便加入到民主革命的行列中来，成为一位具有革命民主主义思想的政治诗人。1831年，海涅迁居巴黎，在这个充满民主和自由气息的大都市里度过了他的一生。海涅在侨居巴黎期间结识了比他年轻近二十岁的马克思，并和马克思结下了深厚的友谊。

19世纪中叶，是欧洲资产阶级革命的时代，也是无产阶级登上历史舞台的时代，同时也是马克思主义诞生的时代。海涅中期以后的创作特点是政治性和抒情性的相互渗透和融合。他的作品表现出对封建势力和德国分裂、落后的强烈憎恨，对民主和自由的歌颂和向往，具有不妥协的批判精神。海涅从三十多岁起身体状况就已经显示出瘫痪的征兆，这疾病后来使他完全卧床不起达八年之久。1830年，海涅在北海小岛黑尔戈兰疗养。当他听说法国七月革命推翻了复辟的波旁王朝时，兴奋不已。他向往法国民主和自由的社会，同时更感到德国的落后。于是，他于次年侨居巴黎，一直到 1856 年去世。

1843 年，马克思因主办《莱茵报》被禁，从德国流亡到法国，办起了《前进报》。两年后，《前进报》又一次遭禁，马克思便流亡到了比利时。马克思在巴黎流亡期间与海涅相识，两人志趣相投，从此建立起了深厚的友谊，这对海涅一生的创作产生了极大的影响。1843 至 1845 年间，海涅与马克思交往非常密切。马克思夫妇经常倾听海涅朗诵他的诗篇，同时也对他的诗提出中肯的意见。从马克思那里，海涅接受了不少无产阶级革命的思想，接受了马克思对资本主义社会以及对整个人类社会发展基本规律的精辟见解，从而获得了人类的未来属于共产主义这一崇高的理想和信念。由此，他憎恨德国的分裂和落后，反对普鲁士的封建专制，主张德国人民也应该像法国人民一样为争取民主与和平而斗争。与马克思的交往，使海涅写出了他在政治上最成熟的诗篇。直到 1845 年马克思被法国政府驱逐出境，他们才中断了几乎每天的晤面。

1843 年，海涅第一次回到了他阔别十三年的祖国，在汉堡见到了他日夜思念的母亲。这次回乡旅行的印象促使他回到巴黎后写出了不朽的政治讽刺长诗《德国，一个冬天的童话》。这部长诗发表在马克思当时主办的《前进报》上，记录了海涅从巴黎返回德国时的路途观感。尽管诗中描述的一些时间和事件与他的实际旅行日程不完全相符，但这并不影响作品的表现主题和思想内容，相反这更显示了诗人在艺术构思方面的匠心独具之处。很显然，海涅在创作这部长诗的时候也受到了马克思的影响。他把这部作品称为"极其幽默的旅行叙事诗"。海涅在民主自由气息浓厚的法国生活了十三年之后，见到祖国依然封建割据，受普鲁士军国主义的统治，不禁感触丛生。他以鄙夷的态度，大力讽刺德意志国土上虚伪没落的宗教势力，同时表达了进步的民主自由思想。他主张消灭剥削，人民共同劳动创造幸福，表现出早期的空想社会主义思想。他把自己当成了一名反对普鲁士统治的战士，希望能"唤起莱茵区的射鸟能手，来一番痛快的射击"。

他期盼德国的革命早日到来，捣毁这个封建落后的旧社会。整部长诗是对普鲁士德国封建落后状况的讽刺和抨击，表达了海涅渴望和平和进步的心情。海涅的长诗博得了马克思的高度赞扬，他欣赏海涅犀利辛辣的文笔和高昂激越的革命热情。恩格斯也曾在一篇文章里把海涅看做是德国最积极的社会主义者，并说："德国现在活着的所有诗人中，最杰出的诗人亨利希·海涅参加了我们的队伍，发表了一部政治抒情诗，其中也有几首宣扬社会主义的诗。"这是对海涅极高的评价。

19世纪40年代，德国工人运动蓬勃发展，革命斗争已经成为不可阻挡的潮流。海涅为之精神振奋，他用自己的聪明才智和艺术灵感写出了充满激情的战斗诗篇。这一时期，他的创作达到了顶峰。1844年6月，西里西亚地区的纺织工人发生了饥饿暴动。虽然这场暴动后来被普鲁士军队残酷地镇压下去了，但是这说明了德国工人阶级反对剥削、为自由民主而战斗的革命精神。这一事件使海涅深受鼓舞，于是他挥笔写下了著名的革命诗篇《西里西亚的纺织工人》，充分表达了德国无产阶级要求革命的心声。

马克思认识海涅后，对他的创作非常关心。他赞赏海涅的诗篇中战斗性和艺术性的完美结合。他在读海涅诗歌的同时，也经常提出中肯的意见，有时两人共同斟酌字句，最后达成默契。往往一首短诗，马克思和海涅共同修改很多遍，对每一个词、每一句诗都要仔细斟酌，直到满意为止。这一时期海涅创作的诗篇均收集在他的《时代的诗》中。这些出色的战斗诗篇几乎都在《前进报》上登载过，马克思和恩格斯在这一时期为准备1848年革命而撰写的战斗性极强的文章里，也几乎篇篇都引用过海涅的诗句。马克思和海涅殊途同归，在对社会的看法上有着许多共同的认识。所不同的是，马克思从理论上阐发的革命思想在海涅的笔下则是生动形象、充满诗意的艺术表象。海涅的思想和创作，证明了他已经是马克思所倡导的革命斗争中的一员。

海涅侨居巴黎后，曾遭到一些激进的所谓"革命者"的毁谤，认为海涅背叛了祖国，忘记了革命。这一点，海涅在长诗《德国，一个冬天的童话》里明确地申述了自己忠于祖国的立场。1843年，他在巴黎创作了一首诗，名叫《夜思》。在这首诗里，海涅抒发了对母亲和祖国的怀念，流露出热情洋溢的爱国之情。

尽管海涅多年在外，但是他从未中断过对家乡的思念。海涅对德国的封建落后状况倍感痛苦和忧虑，但是对祖国一直怀着一片赤胆忠心。他坚信祖国必将永远存在，坚信黑暗的时代终将结束。他把自己看成是一个为祖国的自由和光明而战的勇士：

> 在自由战争的最前哨，
>
> 我坚守了三十载年华。
>
> 我战斗，没有胜利的把握，
>
> 我知道，我决不会平安回家。

在另一首诗《赞歌》里，他把自己比作剑和火焰：

> 我是剑，我是火焰。
>
> 我曾在黑暗中照耀着你们，
>
> 当战斗开始时，
>
> 我冲锋在前列，
>
> 战斗在前列。

这些激情洋溢的诗句充分表达了诗人的赤子之心和为国献身的战斗勇气。对于那些所谓"革命者"的种种说法，最能理解海涅的就是马克思。马克思与海涅之间感情真挚，无话不谈。他既能领会海涅的诗韵，也能洞见这位诗人坦荡和博大的胸怀。因此，他对海涅身处异国他乡的心境是有深切体验的。

海涅在巴黎一直经济拮据，又病魔缠身。就在他病重期间，他接受了一笔法国政府的生活津贴。其实，海涅虽然靠法国政府的资助维持生计，但是并没有因为接受了这笔津贴而承担任何义务，这本是无可非议之事。然而海涅的敌人却抓住这个把柄大做文章，想把他打成革命的叛徒和法国政府的密探。在这个问题上最能理解海涅的也是马克思。海涅后来对此事

回忆道：当时他的一些同胞们，其中最坚定不移、最富有才智的马克思博士前去看他，对于《奥格斯堡汇报》上那篇污蔑性的文章，表示他们的愤慨。他们劝他对此不要作任何回答，而他们自己已经在德国的报纸上撰文表态，说海涅领取这笔年金，目的只是为了能更有效地支持我的那些更加穷困的党内同志，无论是《新莱茵报》当时的主编，还是那些组成该主编的总参谋部的朋友们都跟他说了那番话。

马克思在 1855 年 1 月 17 日给恩格斯的信里写道："海涅这段回忆实际上是撒谎，故意颠倒了时间的先后。"然而马克思并没有公开戳穿海涅的这个谎言。这说明马克思体谅海涅的这一做法，保护了海涅的名声。海涅在回忆中不提别人，却提到马克思，这不仅说明了马克思在他心目中的地位，而且也表明了他与马克思之间真诚的友谊。

1845 年，海涅的健康状况进一步恶化。而此时马克思被法国政府驱逐出境，被迫离开法国。四年后，马克思再次来到巴黎短期停留，又多次探望重病中的海涅。1848 年，当席卷欧洲的资产阶级革命终于爆发之时，海涅已经病得卧床不起了。这位自称是自由前线哨兵的伟大诗人，在和病魔顽强搏斗了八年之后，于 1856 年离开了人世。他和马克思之间真挚的友谊成为德国文学史和德国革命史上的美谈。

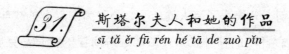

31. 斯塔尔夫人和她的作品

sī tǎ ěr fū rén hé tā de zuò pǐn

斯塔尔夫人（1766 — 1817），又名日尔曼娜·内克，是 18 世纪末一个显赫的名门后裔。祖上有爱尔兰血统，信奉新教，曾在德国侨居，后来定居于日内瓦。父亲雅克·内克完成学业后进入银行界，为了开展金融业务，他来到巴黎，经过苦心经营，成为拥有大量财富的金融巨头。作为新兴资产阶级上层的代表人物，他没有过于外露的锋芒，因此被封建政权看中，在 1777 年、1788 年两度被任命为财政大臣，其任务是挽救已经面临崩溃的专制政体。雅克·内克善于理财，却不懂得封建体制中的为官之道，1777 年担任财政大臣后，他为了理清财政制度而触及了腐朽的宫廷贵族集团的利益被迫辞职；1788 年他再次担任财政大臣，此时封建制度已临崩溃，革命风暴来临，他差点成了专制制度的殉葬品。

日尔曼娜的幼年时代正值她父亲权倾一方、显赫一时，她母亲举办的沙龙是当时巴黎名流聚会的场所。日尔曼娜常常参加母亲的沙龙，在一批又一批名士文人的熏陶下，她逐渐具备了一般家庭难以得到的政治见解、文化修养，而她的聪慧才智也成为巴黎争相传颂的奇闻。

日尔曼娜智慧迅速成熟，她深受卢梭的影响，信仰这位思想家崇尚自然的学说。她情窦初开，初恋的恋人是参加过美国独立战争的青年子爵玛奇·德·蒙特莫朗西，初恋使她幸福，也使她痛苦。母亲虽然举办了第一流的沙龙，却是一个拘泥传统的古板妇女，她严格管束日尔曼娜，粗暴干涉她和子爵美好的情感。痛苦和压抑深埋在日尔曼娜心里，酝酿进她的小说《苔尔芬》中。

1786 年，二十岁的内克小姐在母亲的意愿下嫁给了比自己年长一倍的瑞典驻巴黎大使斯塔尔男爵。男爵是瑞典国王居斯塔夫三世的宠臣，他是一个以享乐为主的贵族典型。斯塔尔夫人的沙龙开始成为巴黎社交生活的中心，她本人以机敏干练的应对和才华横溢的谈吐著称，成为沙龙生活中最卓越的人物。

斯塔尔夫人从十五岁起开始写散文、小说和诗体悲剧。二十二岁时她发表了《论卢梭的著作及其书信集》，对卢梭作了高度赞扬。斯塔尔夫人着重宣扬卢梭的感情至上，这些思想是斯塔尔夫人在日后作品和论著中阐发的那些思想的萌芽。她饱含感情地赞扬了自己的父亲，把他和卢梭等量齐观，她阐述了自己的政治立场，明显的改良主义色彩是上层资产阶级在革命危机后的特征。

1789 年革命爆发后，斯塔尔夫人逐渐出现了危机。她所崇敬的父亲被迫流亡国外，与她关系密切的那批自由主义贵族纷纷逃亡。斯塔尔夫人在紧急状态之下不得不逃出法国，先到瑞士，又到英国。她力图在法国政治生活里打下自己的烙印，当她不得不离开巴黎政治舞台时，她就用笔顽强地表现她自己。她写下了一系列重要的理论著作和一批短篇小说。1800年，她重要的文学理论著作《论文学》出版。斯塔尔夫人自由化的思想和言论，不能忍受任何束缚的资产阶级个性，与拿破仑的内外政策发生了尖锐的矛盾。她不妥协地反对个人独裁的思想，致使拿破仑下令将她驱逐出巴黎。

沉重的打击并未使斯塔尔夫人消沉。1803年，她出版了她重要的文学作品《苔尔芬》。在女主人公的命运中，斯塔尔夫人倾注了自己的理想和情感。

18世纪末，巴黎上层社会中有位年轻貌美、风度优雅的苔尔芬小姐。她才情卓越，热情奔放，崇尚自由。父亲去世后，她嫁给了监护人阿尔贝玛，二十岁时便守了寡。她有份可观的遗产，对卑劣、庸俗的社会毫无防范。苔尔芬善待亲戚朋友，她听说亲戚凡尔龙夫人准备把女儿玛蒂尔达许配给西班牙贵族青年雷翁斯·蒙德维尔，却拿不出丰厚的嫁妆时，便慷慨赠送了三分之一的财产促成美事。

玛蒂尔达仪容俊秀，却缺乏热烈的情感，她认为爱情只是一种责任。雷翁斯英俊洒脱，人格高尚，才华横溢，情感丰富。他担心由母亲包办的婚姻不会幸福，果然与玛蒂尔达接触后感到情感不合，感情相去甚远。他与苔尔芬一见钟情，他决定说服母亲，改变婚事安排。

天真的苔尔芬坦率地把心头的秘密告诉了凡尔龙夫人，希望能促成她与雷翁斯的良缘。凡尔龙夫人口是心非，暗中企图予以破坏。

苔尔芬的好友爱尔婉夫人与自己的情人瑟尔伯纳勒在苔尔芬家中幽会，被爱尔婉夫人的丈夫发现，两个男人就此展开血腥的决斗。最后情人杀死了丈夫。苔尔芬为了保护爱尔婉夫人的名誉未透露事情真相，外界以为决斗因争夺苔尔芬引起，从此，苔尔芬的清白之名受到了玷污。为了不使雷翁斯误会，苔尔芬将事实真相告诉了凡尔龙夫人，以为她会转告雷翁斯，凡尔龙夫人却利用这个机会向雷翁斯撒谎，加深了他对苔尔芬的误会。于是，愤怒的雷翁斯作出了娶玛蒂尔达的决定，尽管他一点也不爱她。苔尔芬心如刀绞，她戴着面纱悄悄走进教堂出席她心爱的雷翁斯的婚礼。目睹雷翁斯与玛蒂尔达进行结婚宣誓的情景，她有如万箭穿心，昏倒在教堂一角。

爱尔婉夫人由于丈夫的死而发生感情剧变。她拒绝与瑟尔伯纳勒一起出走葡萄牙。她把女儿托付给苔尔芬，出家当了修女。不久，凡尔龙夫人去世，临死前忏悔了自己对雷翁斯的欺骗。真相大白后，雷翁斯恢复了与苔尔芬的交往，他们正常的友谊却成了上流社会流传的绯闻。苔尔芬亡友的朋友瓦罗尔布也热恋苔尔芬，为了挽回她的名誉决定娶她为妻。苔尔芬虽然表明她并不爱瓦罗尔布，但热恋者的意图毕竟引起了雷翁斯的嫉妒。

一天夜晚，瓦罗尔布为了躲避警察来到苔尔芬家，被雷翁斯撞见，雷翁斯要求与他决斗，此事也被讹传为新的丑闻，再一次败坏了苔尔芬的名誉。玛蒂尔达也要求她断绝与雷翁斯的来往，苔尔芬不得不离开巴黎来到瑞士，寄居在修道院中。

瓦罗尔布追到瑞士，苔尔芬再次拒绝求婚，瓦罗尔布精神崩溃而死。死前他向雷翁斯说明了自己与苔尔芬清白的关系。玛蒂尔达死后，雷翁斯赶到瑞士来娶苔尔芬。他看见苔尔芬身穿修女服，戴着黑色面纱时，简直痛不欲生；苔尔芬悔恨不已，昏死过去。法国大革命爆发后，修女们的宣誓全部作废，苔尔芬还俗回到法国，准备与雷翁斯结婚。但人们对她侧目而视，她不愿给雷翁斯带来损害，改变了原来结婚的决定，革命深入发展后，雷翁斯卷入了保守党，被捕后判处死刑。苔尔芬营救无效，绝望之下，她服毒后跑到刑场，死在雷翁斯被枪杀之前。

《苔尔芬》是书信体小说，感伤的情调充满了整部作品，从思想内容和艺术形式上都受到卢梭《新爱洛绮丝》的巨大影响。小说问世后，斯塔尔夫人出访德国，与歌德、席勒有了直接的友谊的交往。

1807 年，小说以《柯丽娜》的名字出版，全书共分二十卷，约三十二万字，是一部比《苔尔芬》更有独创性的作品，充满了浓厚的浪漫主义精神和色彩。

年轻的英国勋爵奥斯瓦尔德·奈尔维尔因父亲去世而郁郁寡欢，为了排遣心中的痛苦，他来到意大利首都罗马。第二天清晨，他被阵阵礼炮和鼓声吵醒。他来到狂欢的街上，只见人山人海，喜气洋洋。大家都在参加庆典：意大利著名的女诗人、女音乐家、女画家柯丽娜在众人簇拥下抬往神殿受礼。奥斯瓦尔德被柯丽娜天赋的才华、光彩照人的姿容所吸引，与此同时，柯丽娜也注意到这位有着忧郁表情、高雅仪容的年轻人。从朱比特神殿中出来时，柯丽娜头上的桂冠不慎碰落了，奥斯瓦尔德俯身拾起桂冠，交还给了柯丽娜，俩人由此相识又相爱了，可是他们并没有真正沟通彼此的思想，这就造成了他们今后的隔膜。

奥斯瓦尔德受英国传统教育，思想保守，封建意识浓重，认为女人不应在大庭广众之下抛头露面。柯丽娜则与他相反，她有极高的文艺修养，性格开朗，思想解放。柯丽娜领着奥斯瓦尔德漫游意大利，企图用意大利瑰丽的文化艺术感染奥斯瓦尔德，改变他陈腐粗陋的观点。奥斯瓦尔德在开明文化的熏陶下，终于不顾父亲的遗愿，向柯丽娜求婚。柯丽娜起初犹疑不决，在奥斯瓦尔德诚恳的请求下，她终于接受了他的订婚戒指，并向他透露了自己的身世：她原是英国贵族出身，母亲是罗马一位贵妇人。幼时丧母，由继母抚养成人，住在英国的乡下。她与继母不和，不能忍受英国社会狭隘的偏见和鄙陋环境的习俗，来到意大利的罗马，以其灿烂的才华成为一个享有巨大声誉的诗人和艺术家。

这时，奥斯瓦尔德因军务应召回国。他想回国后为柯丽娜恢复名誉，使她和自己的家庭言归于好。可是一到国内，受到周围气氛的影响，他旧态复萌，悔恨自己违背了父亲的意愿；此时，他又钟情于柯丽娜同父异母的妹妹吕茜尔。原来奥斯瓦尔德与柯丽娜的家庭是世交。在与吕茜尔的交往中，奥斯瓦尔德觉得她才是意中人，而柯丽娜不可能成为他心目中的贤妻良母。他们俩久未通信，奥斯瓦尔德认为柯丽娜已经忘记了他。没想到柯丽娜已尾随他来到苏格尔，偷偷目睹了奥斯瓦尔德和吕茜尔倾心相许的亲昵场面。她悲痛欲绝，决定成全他们而牺牲自己的爱情，托仆人将订婚戒婚还给奥斯瓦尔德。此举促成了奥斯瓦尔德和吕茜尔的婚事。

柯丽娜回到意大利，在佛罗伦萨为奥斯瓦尔德唱出最后一支歌。奥斯瓦尔德和吕茜尔得知真情后，双双赶到意大利。奄奄一息的柯丽娜死在他俩的怀抱里。

《柯丽娜》不是一个单纯的负情故事。柯丽娜与奥斯瓦尔德的爱情悲剧有着深刻的社会根源，它表现了资本主义社会初期职业妇女与社会偏见间不可调和的矛盾冲突。

《柯丽娜》以高超而积极的思想、奔放又热烈的情感为主格调，同时作品充满了感伤忧郁的情绪，这是斯塔尔夫人在放逐中复杂情绪的反映。这种多重情绪的浪漫主义色彩使《柯丽娜》成为 19 世纪浪漫主义文学思潮中令人瞩目的巨著。

旧瓶装新酒的绅士诗人拉马丁
jiù píng zhuāng xīn jiǔ de shēn shì shī rén lā mǎ dīng

阿尔封斯·德·拉马丁（1790 — 1869）1790 年出生在里昂北方小城马孔附近的一个小贵族家庭。这不光是一个时空的概念，而且预示着他将是一个 18 世纪的诗人、一个热爱故乡的孩子、一个绅士。

1797 年，他的父母把家搬到密利。在这里，阿尔封斯在大自然的怀抱里和淳朴的村民中间度过了平静的童年。也是在这里，他接受了平生最持久的教育。1800 年，他进入耶稣会开办的比斯耶尔小学，受到杜蒙神父的教导。他是个好学生，在这一阶段吸收了丰富的人文科学的养料。但是他中学时与维涅、比耶纳茜、维里厄等结下了深厚的友谊，他们对他的影响远远超过了这位杜蒙

拉马丁像

神父。青年时期，他摒弃了宗教信仰，成了一个自由主义者。这一转变主要是由于他自己给自己的第三阶段的教育。中学毕业以后，他进行了广泛阅读：从古典主义到现代的夏多布里昂，包括 18 世纪大大小小的哲学家们；他还涉猎了一些外国文学作品，主要是意大利和英国的。从 1811 到 1812 年，他游历了意大利，这一经历不但从情感上，而且在艺术上丰富了这位坚持不懈的诗歌艺术的爱好者和实践者。广泛的阅读为他今后的写作打下了深厚的基础，也使他背负了沉重的历史枷锁。他从伏尔泰、卢梭，还有帕尔尼和德利尔那里继承了古典的修辞和高雅的语汇。成长在散文家的时代，受到的是基督会的教育，出生在外省，成年后又在意大利做政客，这使他远离巴黎的最新潮流，试图尝试雨果式的浪漫主义。这位绅士自称不过是个诗歌爱好者，他的新古典主义作品不过是他的自画像堕落的天使，而他的散文则博得了后人如下的称赞："我们的写作从未像路易十八时代这么糟糕！"

1816 年 10 月，他因神经紊乱在爱克斯温泉疗养时，遇到了朱丽·夏尔太太，这便是后来许多不朽诗篇主人公埃尔薇的原型。朱丽年方二十，却嫁给了当时已经六十上下的著名物理学家夏尔。身体虚弱的朱丽也因肺病在那里休养。温泉附近的景色如同卢梭小说里描写的一样优美。在这样如诗如画的环境里，他们坠入了爱河之中。可惜这充满激情的幸福日子只持续了几个星期，朱丽因为病情加重不得不回巴黎接受治疗。于是他们相约 1817 年夏天在爱克斯重逢。这个夏天终于来到了，可是拉马丁只能独自赴会，因为朱丽重病沉疴，离不开巴黎，并不幸在年底病逝，再也不可能与心上人重逢了。拉马丁独自来到布尔谢湖边，充满惆怅，意识到他的恋人即将撒手人寰，触景生情，萌生出要把这短暂的爱情记录下来，作为永久纪念的想法。于是从 8 月 29 日开始，他写出了著名的《湖》、《永生》等诗篇。朱丽在 12 月 8 日永远地离开了这个世界，留给了诗人多少惆怅和思念！无比的失望使他自闭于孤独之中，重新找回了宗教信仰。为了救治这场精神危机，他忘我地投入到写作中去。《沉思集》和《新沉思集》的大半作品都是对这段爱情的追忆。

《湖》正是 1817 年夏天拉马丁独自赴会时的所感所思。诗人徜徉在往日与情人共同度过美好日子的布尔谢湖畔，逝去的日子如在眼前，可是心爱的人儿却不能来了。面对物是人非的景象，诗人将个人的情感与幻觉交织起来，创造出一种神奇的气氛。诗的开始突然把读者的视线引向滔滔逝去的湖水，湖水的意象与时光的意象重合，爱情的小船被时间的激流推向远方。湖光山色唤起了对去年今日与故人共处的甜蜜

拉马丁塑像

景象的回忆，爱人的身影恍若就在身边。浪花被风吹到恋人足边的细节进一步将过去和现在交织起来。沉寂中忽然响起恋人深情的呼唤：光阴！你且慢飞驰！宜人的美景良辰！且勿匆匆流逝！光阴啊，你莫非是嫉妒我们的幸福便逝者如斯夫，不舍昼夜！面对长寿而无情的草木和大自然中一切永恒的物体，作者发出了愤怒的责问。可是最终他也只有希望这些草木，这些月光、微风、芦苇、礁石等等能永远铭记他们刻骨的爱情。

《湖》是拉马丁最出色的一首诗，也是他爱情诗的代表作。诗人把爱情比作小船，被时间的激流推向远方，同湖光山色的背景相吻合，用形象的比喻抒发了要挽留住爱情航船的心声，感情强烈而富有诗意。他还把湖光山色拟人化，将诗人的内心与景致沟通，达到了情景交融。

拉马丁抒情诗的第二个特点是对大自然的描绘。七星诗社开拓了描写大自然的新路，而拉马丁的描绘则另有特色。七星诗社的龙沙等诗人歌颂大自然的美丽，并通过与它的对比表达人生的乐趣。比如龙沙的《亲爱

的，去看那玫瑰是否》，首先描写了玫瑰的艳丽，然后是诗人面对凋零的玫瑰发出的感想，抒发了对人生的短暂和幸福易逝的感叹。在拉马丁的诗中，大自然与诗人融为一体，是有灵性的存在。在《湖》中，大自然的山石草木都成了诗人爱情活生生的见证人，整首诗是诗人向湖作倾心诉说。一开篇，诗人就向冥冥之中的大自然发问："我们在岁月的海洋，竟一天也不能停歇？"接着呼唤湖，与他共叙去年今日发生在他们面前的动人情景；后来又呼唤："湖啊！沉默的岩石！山洞！阴郁的森林！/岁月对你们有情，让你们永不衰老，/我请你们为证。"诗人在诗的结尾喊道："愿飒飒响的风，叹息的芦花，/愿你上空空气中的阵阵清香，/愿能听见、看见、呼吸到的一切讲话：/他们曾热恋！"拉马丁在《沉思集》的序言里说："我是第一个这样做的人：把巴那斯山上的诗歌请下来，并且不是用老生常谈的七弦琴，而是把心灵和大自然的无数颤动所兴奋和激动的人心纤维本身献给人们称之为缪斯的女神。"拉马丁的《湖》正是通过与自然景色的结合来挖掘人的心灵的范例，这也是浪漫主义的特征之一。

但是拉马丁慢慢地从作品选集中被排除出去了，这是事实，因而许多学者认为拉马丁并没有什么创新，甚至认为如果文学史家没有根据他的早期诗作所具有的连接性地位，给予拉马丁一个夸大了的地位，那么诗人可能已经被人遗忘了。朗松在文学史中给了他很可观的地位，可是他也承认《沉思集》无论语言、诗句还是题材都没有什么新颖的东西，新颖的是这种感情的极端自发性和真诚。他的技巧师承 18 世纪的诗人，诗中充斥着婉转的词汇，模仿高贵文体的意象、同样材料的拼凑，结构是严密的。《湖》的每一节的前三行用的是亚历山大体，即十二音节，第四句为半行亚历山大体，即六个音节。但是朱丽的话改为一、三行是亚历山大体，第三、四行是九个音节。可见拉马丁似乎打破了亚历山大诗体的规则，而且他还发现了音韵与内心情感的微妙联系，这已经是了不起的成就，但是他的创新是有限的。可是正因为他这样旧瓶装新酒，对文学传统加以继承，而没有打破传统的规则，才使它能够被文学界接受，从而取得成功，起到启发来者的作用。

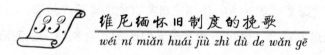

维尼缅怀旧制度的挽歌

wéi ní miǎn huái jiù zhì dù de wǎn gē

　　阿尔弗雷·德·维尼（1797—1863）是法国消极浪漫主义文学中思想较为深沉的一个诗人，他不像拉马丁那样浅显，比拉马丁更有思想，他的诗富有哲理而又不流于说教。

　　维尼出身贵族，受的是天主教的教育。父亲是个骑兵军官，舅父参加过舒昂党人的叛乱。他的家庭忠于国王，"替国王把这个孩子培养大的"。维尼有浓厚的忠君意识，1814年波旁王朝复辟时，不到十七岁的维尼，进了王家宪兵队，成了一个狂热的保王党人。1815年他参加护送路易十八出奔的行动，1816年成为禁卫军少尉。1823年任教兵团上尉，曾随军开往西班牙前线，1827年退伍。七月王朝时期，他对现实不满，1836年隐居在自己的庄园。1845年进入学士院。1848年参加国民议会选举，结果惨败落选。从此隐居庄园，直到辞世。

　　维尼最早是以诗人身份登上文坛的，他的诗歌不多，却有巨大的影响。他的诗歌的形式、内容十分讲究，不肯轻易面世。他的诗歌虽然只有二三十首，却是仔细推敲、长期积累的结果。

　　他的代表作是长诗《摩西》、《爱洛亚》、《洪水》，诗集《命运集》。

　　同拉马丁一样，维尼以一种无比绝望和孤独的心理看待贵族的日趋没落，旧制度无可挽回的崩溃使他的诗歌带有浓厚的悲观主义色彩。他的长诗大部分采用圣经题材，却没有像宗教一样给人们描绘一个美好的彼岸世界。维尼把贵族阶级的没落看做人类遭遇到的厄运，这是他基于贵族阶级的立场和情感，但他也理智地认识到这种必然灭亡的命运是历史发展的必然趋势。悲剧的结局是人物无法逃脱的厄运。《摩西》的主人公是个先知，在维尼笔下，他变得和人们格格不入，十分孤傲，最后他向上帝祈求让自己死去。维尼眼中的上帝对人类的厄运无动于衷，人类社会仇视个人，他的人物面对自己的厄运，惟有用沉默回答，或者逃避到寂寞的孤岛上，或者寻求死亡。在《爱洛亚》、《洪水》中他也表现了同样的主题。

维尼是个具有哲理思想的诗人，他往往将哲理的思考插入故事，在诗歌里表现拟人化的形象观念，他把不幸写成无时无刻不在纠缠人的恶魔，把命运写成主宰人类的神灵，认为邪恶不可避免，人们只得听天由命。维尼在《海上浮瓶》里借用了一种意象表明：人类像抛入海中的浮瓶一样，无法主宰自己的命运，只能任凭海浪的摆布和上帝意志的驱使。他用诗意美化了贵族子弟飘零的命运，在现今世界上，天才和优秀人物生不逢时，注定要孤独和蒙受苦难。

《狼之死》是维尼的代表作。猎人追寻到狼的足迹，发现了一个狼的家庭，公狼为了掩护母狼和幼狼，挺身与猎人搏斗：

> 它不知身陷绝境，猝不及防被围，
> 肯定已无退路，想逃终究枉费；
> 于是当机立断，张开血盆大口，
> 咬住最先窜来的那条猎狗的喉头，
> 不顾弹落如雨，颗颗射进皮肉，
> 它只死死咬住，绝不松开猎狗。

这只公狼咬死了猎狗，任凭子弹打在身上，任凭猎刀穿透肋骨，仍不松口，它血流如注，被几管猎枪逼住：

> 明知必死无疑，它神情异常峻冷，
> 阖上一双大眼，到死都不哼一声。

狼的形象是死亡的形象，它隐喻了没落贵族的命运。维尼用充满激情的笔去歌颂这种"高度坚韧的骄傲"，他认为"呻吟、哭泣、祈求都同样是怯懦的"。他呼吁："在命运已要召你前去的道路上，奋力履行你漫长而沉重的职责吧。然后，像我一样，默默地忍受痛苦而死去。"在死亡之前，狼显示出了孤高、坚韧的形象，呼唤在死亡前的顽强意志，既表现了维尼对注定死亡的贵族阶级无可奈何的悲哀，又企图振奋没落阶级的某种精神，这是对历史必然趋势的感叹，是对行将就木的旧制度的哀歌。顽固和阴沉的思想，使诗作带上了强烈的悲剧色彩。

就其艺术性来说，《狼之死》是消极浪漫主义文学中难得的诗作，不长的篇幅里绘声绘色地显现出生动的围猎情景，传神地表达出狼搏斗的顽强精神。维尼的诗诗体严谨，修辞简洁，大有古典的诗风。

维尼戏剧的代表作是《查铁敦》。故事发生在英国伦敦，背景是资产阶级革命后。诗人查铁敦十分贫穷，一身是债，他寄居在富商约翰·贝尔家里，对生活十分绝望，唯一支持他的是他心仪的贝尔的妻子吉蒂。他外出散步时遇见旧时的同学，其中一个是市长的亲戚。他原想躲避他们，他们却找上门来。贝尔原来看不起查铁敦，有贵客登门，便敬了他三分。市长亲自来请查铁敦，到自己家去当仆役长。这时查铁敦在报上看到一则消息，说他的作品是抄袭了一个 10 世纪作家的作品，他受不了这些流言蜚语，服鸦片自杀了。一直爱着查铁敦的吉蒂，发现他自杀后，也痛苦地死去。

维尼塑造了庸俗、粗鄙、自私、专横的资产者贝尔，抨击了资产阶级的拜金主义。他用查铁敦的经历，表明了诗人在资本主义社会里毫无地位。查铁敦的死是社会造成的，他感到社会里的一切都与自己"格格不入"，它们扼杀了他的想象和诗情，他把自己的绝望当做人类的通病，以死来摆脱一切烦恼。对命运的无可奈何，追求死亡以解脱自己，成了维尼创作的消极倾向。

这种倾向更明显地表现在维尼的小说创作中。长篇小说《散-马尔斯》是一部鼓吹维护封建旧制度的历史小说。维尼选取路易十三统治时期作为小说背景，把黎世留巩固绝对君权的政策看做是动摇贵族社会大厦的开端，认为法国资本主义的发展，是由于黎世留执行重商主义政策的结果。他完全赞同大贵族反对黎世留的阴谋活动。小说结尾通过英国诗人弥尔顿指出，黎世留"制定了未来共和国的基础"，把黎世留同克伦威尔并列起来。作者所塑造的散马尔斯并不符合历史的真实，他根据自己的需要歪曲事实真相，把一个没落贵族的代表人物写成了为"崇高事业"而献身的殉难者。维尼出于当时复辟王朝对外投靠"神圣同盟"的需要，把散马尔斯塑造成了正面形象，这正符合消极浪漫主义的创作原则。

《军人的屈辱与伟大》由三个故事组成。三个故事所写的三个片断，代表了复辟王朝从产生到灭亡的过程，反映了作者对旧制度的悲哀情绪。小说浓厚的宿命论色彩，加剧了维尼对资产阶级大革命的恐惧和对资本主义代替封建主义历史必然趋势的绝望心理。

这是不尽的挽歌。这是无奈的叹息。

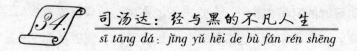

34. 司汤达：经与黑的不凡人生
sī tāng dá：jīng yǔ hēi de bù fán rén shēng

在司汤达的墓碑上刻着这样的字句：亨利·贝尔，米兰人，写作过，生活过，恋爱过。而司汤达在遗嘱上告诉后人的却是另一个顺序：生活过，写作过，恋爱过。他将生活置于一切之上。司汤达一生行动的热情主要表现在经与黑的两个方面：一个是对战争和拿破仑的热情，一个是对文学和女人的热情。他几乎参加了所有的拿破仑战争，这使他成了一个传奇式的神秘人物。法国当局的官员、教皇的"警察"和奥地利暗探知道有一个叫亨利·贝尔的，但他们不称他文学家，而是"煽动家"、"雅各宾派"或"危险分子"。

司汤达的故乡格勒诺布尔处在阿尔卑斯山的环境之中，城中又有蜿蜒曲折的伊则尔河穿过。这里雪峰如冠，衬托着花岗岩山峦那深红色的轮廓，近处，绿草如茵，铺满一望无垠的平原大地，素有"法兰西最美丽的花园"之称。这里的居民敏感、执拗、深沉，浸透着强烈的地区感情。生活在这样的环境中，司汤达从小便养成了倔强、果断而内向的性格。

司汤达的父亲反动、自私、顽固，继母则是个宗教笃信者，对待他冷酷无情。小司汤达陷入了苦海，他和妹妹们被关在屋里，没有童年的欢乐，唯一的安慰就是每天中午去外祖父家用午餐。外祖父是伏尔泰的信徒、自由思想的拥护者，很关心司汤达的成长。他给司汤达讲述古代传说中英雄们的光辉事迹，讲述启蒙思想的作品。这使司汤达很早就树立了自由民主的思想，他称他的外祖父为"真正的父亲与亲密的朋友"。

十三岁时，司汤达进了家乡的中心学校学习，这里的教师是启蒙思想的拥护者，学校的目的是培养拥护共和的各种人才。在这里，司汤达不仅获得了渴慕已久的自由，而且得到了进步思想的熏陶。

司汤达如饥似渴地汲取各种知识，在学校三年，文学、数学他都曾获得一等奖，绘画获提名表扬。学校多次向他颁发奖学金。司汤达为自己的成功陶醉了：在整个城市里，有过这样一个才华横溢的年轻人吗？他要去巴黎打天下。

《红与黑》电影海报

1799年，一个秋雨霏霏的早晨，司汤达的父亲、继母、外祖父把他送上了前往巴黎的驿车。一向冷漠的父亲突然拥抱儿子，并掉下了眼泪。然而这眼泪在这一心憧憬着辉煌生活的儿子心里，却没有留下任何温馨的回忆。

巴黎是司汤达日夜向往的地方，为了能来首都，他曾经不分昼夜地在知识的海洋里拼搏，希望能被巴黎最高学府接受，将来在人生舞台上一展雄才。但是，当这个几乎对社会一无所知的十六岁青年拜访了父亲的几个贵族旧友后，他变得异常沮丧：原来自己在别人的眼中是个粗暴、笨拙甚至丑陋的乡巴佬！那些风雅的公子哥毫不掩饰对这个乡下佬的轻慢。深深的悲伤折磨着他，司汤达陷入了迷茫之中。

司汤达从小受到启蒙思想和古典文学的熏陶，大量阅读了伏尔泰、孟德斯鸠和卢梭的作品。他尤其推崇卢梭，把他视为"思想最高尚，才能最伟大"的人物。

1789年7月，巴黎人民攻占巴士底狱，司汤达虽然还是个六岁半的孩子，却怀着好奇心，聚精会神地聆听人们谈论在巴黎发生的每一个重大事件，目送一队队共和国士兵沿着格勒内特广场从他家门前经过。他还兴致勃勃地参加过本地雅各宾俱乐部的活动。当路易十六被押上断头台的消息传来时，司汤达感到无比欣悦。他缝了一面小小的三色旗，在共和党人胜利的那些日子里，"我就独自在我们那所大住宅的空房间里举着它"。当他的旗子被撕毁的时候，他觉得自己就像是殉国的烈士一样。他酷爱自由，当时有两三句箴言，是他到处都在写的，他自己也常常被这些话感动得落泪，其中一句是"不自由，毋宁死"。

这时，一个叱咤风云的人物出现在司汤达的面前，他就是拿破仑。当时法国正是拿破仑的天下，这个其貌不扬的矮个子男人，凭借着自己的军功，从一个普通炮兵上尉一跃而成为法兰西的第一执政者。"这才是我的榜样，"司汤达找到了人生目标。他断然放弃了大学考试，决心从军。

司汤达穿上了漂亮迷人的红军装，他先是在办公室里替陆军秘书传递文件，接着随军参加了著名的意大利战役。"我在精神上已经准备做出最大的牺牲。此刻，没有什么危险能有力量阻止我。"这个精力充沛、富于幻想和冒险的骑兵少尉，穿上马靴，挎着军刀，毫不犹豫地跨上他从未骑过的战马，翻过圣伯纳德山口去追赶拿破仑，以实现他那光荣的梦想。这时，他刚十七岁。

从此，他在拿破仑的麾下驰骋疆场，南征北战。司汤达作战勇敢，屡建战功，深得众人敬佩，还得到了皇帝拿破仑本人的赞扬。如果这条路可以走下去，司汤达很可能会建立功业，青云直上。但1814年拿破仑战败，被迫宣布退位。司汤达流下了伤心的眼泪，他说："1814年，拿破仑和我一块垮台了。"

政治上的幻灭，使司汤达更加憎恨法国的封建复辟势力。在米兰旅居了七年后，因为政治的原因，他被迫离开了他心爱的米兰。他的目光是那样充满留恋，他甚至希望自己失足掉下悬崖。他曾经在日记本上画了一把小手枪，幻想着用它打碎自己的脑袋。但是他没有死。因为"对于我来说，还是因为对政治的好奇，才使我没有了此一生"。

司汤达故乡——格勒诺布尔

在司汤达的生涯中，政治总是重要的。他一直在期待着一场席卷这个时代的革命。从此，巴黎一个叫布鲁塞尔的小旅馆里，多了一个沉思默想的中年人，这就是司汤达。他总是沉浸在无尽的遐想当中：自己应该在巴黎做点什么？年龄已近四十，在生活的道路上，自己是个成功者，还是一个失败者？是幸福的还是不幸的？退伍军人？拿破仑宫廷的官员？意大利的流亡者？匿名著作的作者？他也说不清自己这一生究竟干了些什么。心头就像压了一块沉重的石头，作为资产阶级革命者、拥护者，他却生活在格格不入的波旁王朝里，诸事不顺。

拿破仑的失败，打破了司汤达事业成功的一切希望，然而他没有改变自己的信仰，也没有钻营投机在复辟王朝弄到一官半职。他对于独立与自由的热烈向往没有改变。他把拿破仑作为自由的象征。

正是这些让司汤达为之心醉的、在他心中留下不灭印记的参加拿破仑战争的经历，促成了他写出了《回忆拿破仑》。

1824 年，司汤达与一位漂亮、年轻的居里亚尔伯夫人相恋。这位夫人既热情又活泼，她疯狂地爱上了充满神秘传奇色彩的轻骑兵——司汤达。司汤达这时正在休假，她就利用这个机会与司汤达谈情说爱。他们的爱情生活甜蜜而和谐。两个人始终相亲相爱，从未发生过争吵。司汤达品尝到了快乐的滋味："如同面对着一幅风景画似的感到狂喜。"这种快乐持续了两年。爱情也启迪了司汤达的创作灵感。

然而，最大的快乐也能带来最大的痛苦。正当他以为这一次找到了一份可靠的爱情并为此而陶醉的时候，他与居里亚尔伯夫人之间的感情却发生了危机。他有了新的"竞争对手"——一位英俊潇洒的青年军官。这个青年很会讨女人的欢心。他频频邀请居里亚尔伯夫人出游。白天，他们泛舟在碧波上，夜晚，他们徜徉在花影下。比起矮胖的轻骑兵，这个青年用他的风度、他的浪漫和他的热情一点点地动摇着居里亚尔伯夫人对司汤达的爱恋。为了这场感情纠葛，司汤达陷入了极度的痛苦之中，不得不暂时搁下笔，前往英国旅行。当他 9 月 15 日回到巴黎的时候，发现他最爱恋的情人已经结婚了，新郎是一位将军。这无疑令司汤达陷入了极度的沮丧与苦闷之中，而且又勾起了他对伤心往事的回忆。

司汤达一生没有结婚，但他经历的感情波折却着实不少。司汤达自幼怀着一种对女性的本能的爱，并且把自己的青春抱负建立在这种"爱"上。他对妇女充满了幻想，会时常做这样的想象：一个偶然的机会，他把一个陌生的女子从危险中解救出来，并且赢得了她的芳心。

1828 年 2 月 23 日，司汤达的故乡格勒诺布尔发生了一起谋杀案。事情的经过是这样的：该省北部有一个村庄，村中铁匠的儿子安托万·贝尔泰颇有天赋，一度进入格勒诺布尔市神学院学习，后来因为有病而停学，被一个乡绅聘为家庭教师。但是他与乡绅的妻子发生了暧昧关系，不到半年就被辞退了。他到另一人家任教不久，又因为风传他同这家小姐有不正当关系而被解雇。他怀疑是第一家夫人所为，决心报复，在布朗格教堂前对她开了两枪，结果他因故意杀人而被处死。

许多报纸对此做了报道，一时间传得沸沸扬扬。就在这时，一位作家在图书馆里翻阅着报纸，他正煞费苦心地寻找着创作素材。他拿起《论坛报》，一行醒目的黑体字映入眼帘：两颗罪恶的子弹——关于安托万·贝尔泰案件的详细报道。作家的眼前一亮，一口气读完报道，心中涌起了不可抑制的创作欲望。这个作家就是司汤达。

1828 年 3 月 21 日，比利牛斯省又发生一桩轰动社会的案件：巴涅尔德比戈尔的一个木器工人阿德里安·拉法尔格，由于已婚女子泰雷兹的挑逗和勾引而坠入情网。不久泰雷兹另有新欢，抛

司汤达

弃了他。在嫉妒和极端痛苦之中，阿德里安·拉法尔格决定复仇，他寻找机会向泰雷兹开了两枪，结果被比利牛斯法庭判处五年徒刑。

这两桩案件激发了司汤达的创作灵感。10 月 25 日至 26 日夜，在马赛，司汤达产生了要写"于连"的念头，于是他立即动笔开始写《红与黑》这部小说。

1830 年，一部伟大的作品在他的创造中诞生了，这就是《红与黑》。它在法国文学史上刻下了一个永不磨灭的名字——司汤达。

最初，作品的封面上用大写字母写着"于连"，但是出版商觉得这个名字太没有吸引力，建议换一个。一天，他的朋友来探望他，他从书桌旁霍地站起来，拍着桌子大叫道："好啦，我们就叫它《红与黑》吧。"朋友呆呆地站在那里，大惑不解地说道："《红与黑》？好奇怪的名字。"司汤达解释说："'红'指的是红色军装，象征拿破仑的英雄时代；'黑'意味着僧袍，象征教会势力猖獗的封建复辟时期。《红与黑》这一深刻的名字恰

恰概括了小说所反映的时代特征和主人公所经历的人生道路。"

从主人公于连的形象中，我们看到了作者的影子，司汤达把自己的自由、平等思想，以及对拿破仑时代的追念和对复辟王朝的不满与憎恶等情感，都注入到于连的形象中，借他的口抒发自己胸中的郁闷。

七月，法国发生了"七月革命"，史称"光荣的三天"。这是一场资产阶级反对封建王朝复辟势力的革命，可是胜利的果实被金融资产阶级所攫夺，这使司汤达大失所望。《红与黑》在文坛上也没有引起什么反响，司汤达的心里感到非常愤懑痛苦。这一时期，他曾写下十四篇遗嘱。也就是说，他也许有过十几次自杀的念头，但是他并没有绝望地死去。因为在寂寞的岁月中，还有写作能给他那颗孤独忧郁的心以慰藉。

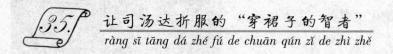

35. 让司汤达折服的"穿裙子的智者"
ràng sī tāng dá zhé fú de chuān qún zǐ de zhì zhě

每次想到戈蒂耶夫人，司汤达的心中就不免升起一股钦敬之情，在她那儿，他感受到自己似已进入"他乡遇故知"、"心有灵犀一点通"的境界。正是戈蒂耶夫人让他重新看待他和年轻人之间的距离，看清自己与他们之间距离产生的原因。

在19世纪20年代末，司汤达发现，文坛上的情形与他所追求的理想差别越来越大。当年他的《拉辛和莎士比亚》还在很多人的手中保持着原样，书的毛边还没有裁开，似乎就已无人应和作答。每想到这一点，他就禁不住感到痛苦。

梅里美早就跟他谈起过，准备向他介绍当今文坛声望渐起的青年作家维克多·雨果，还有其他几位正在向文坛挺进的年轻人。但司汤达对此不很热衷。不是因为他傲慢，而是他实在看不惯时下青年人创作中所表现出来的远离时代和政治的倾向。

一天晚上，司汤达回到住处，发现梅里美给他留下一张纸条：

"亲爱的导师，请于星期四晚上十点钟以后来我处。我想把您介绍给维克多·雨果。圣佩甫、德莱克吕士也要来，巴尔扎克答应来稍坐片刻。"

司汤达就这样结识了这些年轻作家。可是，初次见面，他就与雨果进行了激烈的争论，双方在对文学和对现实社会的看法上存在着巨大的分歧。

当雨果向司汤达提起诗歌创作时，他的回答不禁让雨果大失所望，"我认为，诗在多数情况下用来掩盖思想的贫乏。有价值的思想只能用散文来表达。在诗歌里，思想是为韵脚服务的，如果多了两个音节，哪怕最有表现力的词，您也得舍弃，而换上另一个会降低思想色彩的词。如你们所见，我的表达很笨拙，但我认为诗是愚蠢的伪装。"说到后来，他的话竟非常尖刻了。

雨果完全不同意他的观点。他认为韵脚和表达思想并不抵触，而是吻合的，这种吻合，被诗人称为灵感。

提起灵感，司汤达更加反感。他认为按照灵感创作，没有进行扎扎实实的工作，那不是思想紧张劳动的做法。"文学是劳动，而不是灵感，作家应当遵循逻辑的要求！"

"那么，科学和文学之间又有什么区别？"雨果对他的观点表示不服。

"没有任何区别。文学是一种准确描写和分析的形式，几乎和'数字语言'一样。我不能相信处于醉酒状态的船长，也不能相信失去冷静的作家。"

雨果强调诗人是有理想的，与酒鬼不能同日而语；他表示自己对政治的看法是，它是建立在理想的基础上的。雨果的一席话使司汤达有些震怒了。他批驳了现时代的政治，指出它不过是为一味追逐金钱的资产阶级服务的。那些既不属于贵族阶级、又不属于资产阶级、意志坚定又精力充沛的青年的位置在哪里？谁需要他们？

这时，一直坐在旁边听着二人辩论的巴尔扎克发表了自己的见解。他认为，现在正是金钱创造世界的时代，资产者是从身无分文的乡下人成长起来的。他们成了现代的恺撒。

司汤达脸上的肌肉发紧，抽搐的嘴角费力地弯出一抹难看的微笑。面对眼前这两个与他观点大相径庭的青年，他的愤怒已经无法掩饰了。他一字一板地说："我要让你们看看，外省的住家和接近宫廷的巴黎沙龙，当它们尚未被您的走运的恺撒洒上香水，也没有被不太走运的诗人加以美化的时候，散发的是什么气味。"

胸中似有难抒的闷气，司汤达决定先不回住处，而是到郊区圣德尼拜望戈蒂耶夫人。跟她谈谈也许能得到心灵的安慰。

好不容易说动一位车夫把他拉到圣德尼。车到那里时，已是翌日清晨。

在戈蒂耶房前徘徊了一段时间，司汤达终于看到从刚拉开的窗帘旁露出一张亲切而沉静的面孔。一会儿，戈蒂耶夫人从房里走出来。司汤达的心里立刻像干燥的空气里均匀地洒下清亮的露珠。

司汤达跟戈蒂耶夫人谈了一些关于创作方面的情况，不免又提起昨晚和雨果的那场争论。他把心里的不满倾泻而出："我真不明白，梅里美怎么会跟雨果这个空谈家有相通之处。雨果的《〈克伦威尔〉序言》不就是一篇基督教的谎言和对最美好的浪漫主义进行歪曲的大杂烩吗？"

戈蒂耶夫人非常沉静地听司汤达把话说完，然后语气和缓地说道："我没想到您竟然对梅里美跟雨果的友谊感到愤慨。雨果还是写出了相当好的剧本的，听说法兰西大剧院正准备上演他的《爱尔那尼》呢。"

看到司汤达露出不以为然的表情，她接着说："现在不再是世纪初年，战争和英雄主义不再是时代的主旋律，文学兴盛起来了。青年们齐心协力，与陈旧的文学概念进行着战斗，他们相互间都能发现优长，而您比他们在年龄上……"

"的确，不用您提醒，他们比我年轻！"司汤达摆摆手，打断了戈蒂耶夫人的话，"可这能说明什么？"

"当然说明问题。它说明您需要学会宽容。"

"宽容！难道文学家是能宽容的对象吗？他们走上文学家的道路，就应该作好随时遭到指责的准备！您说文学上的战斗还会有，这跟我的想法一致，只是有一点非常遗憾，战斗竟源于像《爱尔那尼》那样糟糕的剧本！"

戈蒂耶夫人笑了，她觉得有必要跟司汤达好好谈谈。这位严谨认真的作家似乎完全融入了他曾经参与的历史当中，竟至于骨肉相连，难以相脱离。因而，他无法从当代生活中汲取新的养分。

"亲爱的贝尔，社会正在发生着变化，法国叫人认不出来了。我甚至不知道，我们是否来得及跟上形势，以便正确理解正在发生的一切。我不知道，那些参与其事的人们，是否更理解现在的生活。也许，在某些方面，生活对于那些旁观者更清楚些，只要这种人真正是在研究它。"她似乎是无意识地向司汤达的脸上扫了一眼，发现对方正以专注而信任的目光看着自己，便接着说道："其实，我早就注意到您的不满情绪了。您的不满来自于世界的改变。您所热爱的充满共同的伟大事业的时代已成过去，您现在感到深深的失落。每个人都能找到自己的位置，只有您无所适从。恕我直言，您的思想跟不上时代了，而且，您这位当年的英雄如今遭到冷落，不再被人所需要。对于您来说，雨果似乎成了当代英雄，而这种位置是应当属于您的……"

司汤达佩服戈蒂耶夫人睿智的分析，禁不住赞叹道："您真是个穿裙子的智者！"

他们又谈了一些其他事情。不过，夫人的一席话已经深深震动了他。立场和观点自然是不会改变的，但看待年轻人，也许的确应该采取宽容的态度吧。

进入30年代，司汤达前去法国政府供职。他被委派为驻的里雅斯特的领事。戈蒂耶夫人与他进行了两小时的散步，算是作为送别。即便是很容易流于俗套的这种送别仪式上，二人也没有忘记谈论他们心中最不可忽视的话题。他们选择了凡尔赛寂静、人迹罕至的林阴道，将秋日鲜艳明丽的色彩作为其寓意深刻的谈话背景。这番谈话使司汤达永难忘怀。

当戈蒂耶夫人询问司汤达到的里雅斯特之后打算做什么时，他的回答很干脆："听音乐。"夫人了解司汤达的喜好，他最喜欢莫扎特、契马罗萨和罗西尼的作品，因为他们的乐曲明朗、欢快，恰能表现出司汤达所喜爱

的清明的感情、明确的思想。文字和乐符相碰，发出和谐的音响。

当谈到政治和文学家时，戈蒂耶夫人惊讶地发现，司汤达变得不再像过去那么尖刻、与年轻的一代格格不入了。他仍然像创作《红与黑》时一样，看透了在巴黎已经跻身于统治阶级行列的资产阶级会怎样在平等的旗号下成为新时代的伪君子，年轻人会适应资产阶级的需要，掩饰真情，进入教会，成为当权阶级的走卒。但他没有像以前那样进行毫不容情的谴责，只是表现了离开巴黎的兴奋情绪。难道是当初自己与他的一番谈话果真发生作用了吗？戈蒂耶夫人立即不自觉地摇了摇头：也许是时代和社会使他觉察到自己需要改变也未可知呀。

到了的里雅斯特后，司汤达与戈蒂耶夫人只有依靠通信的方式交流了。不能面对反倒使得有些当面不能说出口的话变得容易流露了。

戈蒂耶夫人的这种感觉与司汤达的想法再次不谋而合。对于他来说，这位红颜知己在心中的分量是普通女性根本无法相比的。他无比珍爱这份情谊。

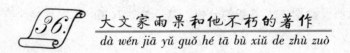

36. 大文家雨果和他不朽的著作
dà wén jiā yǔ guǒ hé tā bù xiǔ de zhù zuò

1802 年 2 月 26 日，正值法国资产阶级大革命如火如荼之际，在贝尚松一个革命军人莱波特·雨果家中诞生了一个瘦弱的婴儿。尽管他十分容易夭折，但有母亲的精心喂养和小心呵护，他居然奇迹般活了下来。这个奇迹般的男孩果然创造了世界文坛的奇迹，他就是以笔征服整个世界的浪漫主义文学家维克多·雨果。

维克多的父亲莱奥波特是法国大革命中一名忠诚骁勇的战士，叔叔路易也是驰骋战场的军人。母亲索菲·特列宾荷，刚毅而聪颖，她是波旁王朝的拥护者，伏尔泰君主主义的信仰者。维克多的童年颠沛流离，他跟随父亲戎马倥偬，后来跟着母亲定居在巴黎。

母亲与三个孩子借住破败的斐扬丁纳女修道院。凋敝的房屋建筑在一个草木葱茏的大花园里，这便成了孩子们游戏的乐园。每天放学后，他们便钻进灌木丛的神奇世界中，任意驰骋于丛生的百草地，把它想象成战火纷飞的战场，有时这里又展开人虫大战，各种各样的虫子让他们进入到幻想境界。嬉戏玩耍的童年给维克多留下最深印象的是母亲、神父和幽静的花园。

1811 年初春，雨果夫人带着三个孩子动身去西班牙。此时的莱奥波特已是国王战功卓著的将军，他在征服西班牙的战争中被国王封了伯爵，担任三个省的总督。母亲和孩子们贵为总督亲眷，在漫长的旅途中仍然要担惊受怕。西班牙游击队经常袭击法国入侵者，这是旅程中最危险的因素。雨果夫人一路担惊受怕，可孩子们对旅途中种种见闻却兴趣盎然，惊叹不已。他们与有军队护送的商队同行，经过三个多月的长途跋涉，终于到达了马德里，住进了豪华的总统府。维克多的哥哥阿贝尔当了国王的宫廷侍卫，二哥欧仁和弟弟维克多则进了马德里的贵族学校。

贵族学校的校舍像座阴森的监狱，教师由两名黑衣教士担任。西班牙的孩子公然对法国的孩子的敌视态度，使雨果兄弟备感压抑。好在两人天资过人，因此不断跳级。由于长期分居而造成雨果夫妇的不和，并没有因为一家人的团聚而得到缓解，相反由于法国人在西班牙的艰难处境更快地导致了他们的分手。阿贝尔留给了父亲，欧仁和维克多跟母亲返回了巴黎。

雨果夫人对两个孩子采取了自由主义的教育。她为孩子们请来了家教拉里维埃，并鼓励他们多读书，读好书。两个孩子如饥似渴，他们读完了维吉尔、贺拉斯等古罗马经典作品，涉猎了哲学、法律和历史等方面的论著，大量阅读了莫里哀、卢梭、伏尔泰、狄德罗、司各特等法国名家的作品，读书使他们眼界大开。

1814 年 3 月，俄普联军攻入巴黎，拿破仑政权倒台，波旁王朝复辟。法军从西班牙撤回，阿贝尔和父亲回到巴黎，此时的雨果将军今非昔比，因为他曾在提翁维尔要塞顽强地抵抗联军而被撤职，复辟政府只发放给他一半退休金。雨果将军正式向法院提交离婚申请，他让妹妹做孩子的监护人，把阿贝尔送进大学，欧仁和维克多进寄宿中学。父亲希望孩子们在工科学校能学到一技之长，以便今后在社会上有谋生的能力。

欧仁和维克多一点也不喜欢呆板的工科学校，他们过惯了自由自在的生活，对严格的教育形式不适应。他们组织同学们进行行业余演出，自编自导自演，这不仅使平庸的学校生活多姿多彩起来，也使自己各自有了一批崇拜者。在单调的寄宿生活中，维克多迷上了法国诗人夏多布里昂，并试图进行诗歌创作。他这样做当然是违反校规的，学校明令禁止写诗，维克多只得利用晚上的时间躺在床上构思，那一年，他只有十三岁。

维克多的秘密只有三个人知道：母亲、欧仁和年轻的班主任比斯卡拉。有一天他的诗稿突然失踪了，在校长室里，校长和老师以诗稿为证据严厉指责了雨果。雨果毫无惧色，以理力争，反问校长和班主任未经他同意为什么要动他私人的东西？校长理屈词穷，只好把他训斥了一顿，把本子还给了他。雨果继续写诗，这已不再是秘密。

中学三年他写下了各种各样的诗，有许多诗是献给母亲的，表现了对母亲政见的高度认同。在这些仿古典主义的诗歌中，他为认拿破仑带来了战争与专制，波旁王朝带来了和平与自由。1816 年，他在日记中表示，成为夏多布里昂是他唯一的目标。

1817 年，巴黎法兰西学院举行诗歌有奖竞赛，题目是《读书乐》。维克多得知后决心一试身手，他以长篇颂歌的方式引证了一系列历史故事，说明艰辛生活里只有读书才能引人向上。维克多严守布瓦洛的古典主义规范，深得古典主义审美情趣的院士们的喜爱。在他投出诗稿的不长时间内，阿贝尔便给他带来了参赛获奖的好消息，那时候维克多刚满十五岁。消息不胫而走，校长、老师、同学都对他另眼相看，崇拜者人数骤增，母亲为有这样的天才少年诗人儿子而备感欣慰。

1818 年父母离异，维克多、欧仁和母亲为了节约开支，搬进一处简陋的住房里。为了应付父亲，多得一些生活费，兄弟俩在大路易学院的法律系注册，却待在家中搞写作。母亲支持儿子们追求自己的理想，她为孩子们布置了书房，让他们有一个安静舒适的创作环境。雨果兄弟俩筹划办一个文学刊物，在大哥的支持下，他们创办了一份《文学保守者》的双月刊杂志，作为夏多布里昂政治性杂志《保守者》的副刊，维克多忙极了，他一人身兼数职，既当记者又当编辑，以各种化名撰稿。虽然刊物只办了十五个月，却锻炼了维克多的文笔，使他进一步成熟起来。

1820 年，图卢兹文学院举办诗歌竞赛，诗歌的一等奖是命题诗作：《亨利四世铜像的光复》，其余三项奖由作者自拟诗题。维克多把已完成的诗篇《凡尔登的童贞女》投了出去，正当他准备命题诗作时，母亲突然得了肺炎，他与欧仁日夜看守着母亲，没有顾及投稿的事。母亲在病中问起参加诗赛的情况，得知是因为自己的病而耽误了儿子的创作，顿时郁郁寡欢起来。维克多为了不使母亲失望，在母亲病床前挥笔创作。第二天母亲一睁眼，便发现了床头的一叠诗稿。维克多的努力得到了丰厚的回报，他的《亨利四世铜像的光复》获一等奖金质百花奖，《凡尔登的童贞女》获金质鸡冠花奖。少年诗人的天才又一次得到了社会与文学界最高的首肯，学士院院长苏梅写信赞扬他："你为我们法国文学展开了无限的希望。"

一颗耀眼的新星从法国文坛上升起，他为法国文学赢得了显赫的声誉。

1827 年，雨果写了剧本《克伦威尔》。该剧因为太长，不适合舞台演出，所以没有上演。但雨果为它写的序，却是一篇浪漫主义的纲领，是浪漫主义对古典主义宣战的战斗宣言，在法国浪漫主义文学史上，具有里程碑的意义，在整个欧洲的浪漫主义文学中也有典型性。序言主要谈了三个问题，戏剧的起源，即文学艺术的三个时代问题；戏剧的特点，即古典主义的"三一律"问题；戏剧的风格，即戏剧语言问题。

1830 年 2 月 25 日，雨果的著名的浪漫主义戏剧《欧那尼》上演成功，标志着法国浪漫主义对古典主义斗争的辉煌胜利。戏剧还没有演完，在剧院旁边的杂货店里，贫困交加的雨果就将剧本的版权以六千法郎的价格卖给了出版商。

围绕《欧那尼》的上演，法国浪漫主义者与古典主义者进行了异常激烈的斗争。

戏剧主人公欧那尼是西班牙贵族，和国王有杀父之仇，所以搜罗同党，拉起山头，反抗国王，成为有名的绿林豪杰。有一次，国王带兵搜捕欧那尼。欧那尼却跑到公爵府中去私会落在公爵手中的情人唐娜·莎尔。公爵发现一个陌生人藏在自己的家中，就问他是谁。欧那尼大胆承认自己是国王的死对头、唐娜·莎尔的情夫。当国王得到消息，前来捉拿欧那尼时，公爵表现出不出卖客人的侠义行为，没有把自己的情敌交给国王。国王抢走了唐娜

少年雨果像

·莎尔小姐之后，公爵就要求和情敌欧那尼决斗。欧那尼因公爵救了自己一命，知恩当报，拒绝决斗。他把自己的号角交给公爵，说他的性命已属公爵所有，公爵对他有生杀大权。如果公爵要他的性命时，只须吹响号角，他一定闻声自杀，决不食言。后来，欧那尼和国王和解了，国王同意他和唐娜·莎尔小姐结婚。就在他们结婚之时，公爵吹响了号角。结果是欧娜尼和唐娜·莎尔双双服毒自杀。欧那尼没有违背自己的誓言，唐娜·莎尔以死相随自己心爱的人。

1831年2月13日，《巴黎圣母院》问世。这是一部典型的浪漫主义作品，它描写了教会统治下戒律森严的中世纪巴黎所发生的故事。作者以巴黎圣母院为故事发生的中心背景，批判和揭露了天主教会的虚伪丑陋。虽然这部作品像《欧那尼》那样召来了许多非议，评论家一面指责它缺乏宗教精神，是一部不道德的书，另一方面也不得不承认此书是长篇小说中的莎士比亚、中世纪的史诗。《巴黎圣母院》当时就风靡了整个欧洲，受到了广泛欢迎，雨果在作品中所表现的强烈批判精神和对美的赞颂与憧憬，

曲折地表达了他对七月革命的失望。金融贵族的统治并未改变人民的困境，也没有给人民带来所预期的自由。他在批判保王党的同时，也谴责社会的黑暗、宗教的虚伪、金融贵族的丑陋。

在 15 世纪末的巴黎，有一个善良、热情、无辜的少女爱斯梅哈尔达，她在阴森黑暗的封建专制制度下遭受摧残和迫害的悲剧，控诉了天主教会恶势力的虚伪、狠毒，封建君主的专横、残暴，司法制度的残酷和腐朽。这部著名的小说以美的毁灭作为结局，带有强烈的反教会反封建的色彩。

《巴黎圣母院》揭露了教会的虚伪、狠毒。巴黎圣母院的副主教克罗德·孚罗诺表面上清苦俭朴、威严庄重、道貌岸然，却是一个阴沉冷酷，用法衣掩盖了淫欲的恶魔。他喜欢热情美貌的吉卜赛少女爱斯梅哈尔达，企图占有她，并为这个阴谋安排了一系列的诡计。当他达不到目的时，就狠毒地将爱斯梅哈尔达送上绞架。这个宗教势力的代表是巴黎圣母院里见不得人的幽灵，他难以克制情欲，便把它变成疯狂的兽性。这是断送美与善良的真正刽子手。副主教大人苦心炼金，操纵司法，集好色、拜金、野心于一身，代表了世纪天主教会最黑暗腐朽的势力。

小说对生活在社会最底层的人民表示了深切的同情。女主人公爱斯梅哈尔达有着娇美动人的外表和善良纯真的心灵。她富于同情心，当诗人甘果瓦将被怪厅群众绞死时，她用婚配救出了他；加西莫多被鞭笞后因口渴而痛苦呼号时，她把装满水的水罐送到他的嘴边。爱斯梅哈尔达不仅姿容秀丽，而且内心世界也十分美好。她纯洁、天真、丝毫不怀疑贵族子弟法比的欺骗；面对着教会、克罗德的淫威，她坚贞不屈。就是这样一个从内心到外貌都美丽的吉卜赛少女，被诬蔑成巫女要处以绞刑。她是处于封建统治和宗教歧视双重压迫下的被侮辱与被损害者。

与爱斯梅哈尔达平行的是钟楼怪人加西莫多。这个以巴黎圣母院敲钟人形象出现的人是小说中又一个美的化身。所不同的是，他外貌奇丑，又聋又跛，受尽欺凌，却忠诚勇敢，纯洁高尚，爱憎强烈。他爱美好的一切，感受美好的心灵，是美的守护神。他冒着生命危险，抢走了绞刑架上的爱斯梅哈尔达，利用天主教教规，把她安置在圣母院中避难。他英勇地抗击企图抢回爱斯梅哈尔达的乞丐帮，愤怒地将杀害爱斯梅哈尔达的罪魁祸首从圣母院钟楼顶推了下来。在加西莫多的忠心护卫下，爱斯梅哈尔达度过了一生中最后愉悦的日子。加西莫多为她敲响了巴黎圣母院所有的大钟，洪亮清澈的钟声欢快地回荡在巴黎全城。这钟声是加西莫多与爱斯梅哈尔达心曲的共鸣，是美战胜丑的胜利凯歌，是爱与美交融的华彩乐章，是小说情景交融、塑造人物的高峰。此时的加西莫多，不但与美的爱斯梅哈尔达相映成辉，也与克罗德的形象形成鲜明强烈的对比；在小说结尾部分，在嘹亮恢弘的钟声里，善与恶、爱情与淫欲的冲突达到了高潮。

小说批判的锋芒直指封建专制的国家机器。法院对加西莫多和爱斯梅哈尔达的审判过程，正是对腐朽残暴的国家司法机关的锋利揭露和尖锐讽刺。国王路易十一与教会相勾结，一手制造了圣母院圣洁场地的血腥屠杀，这个血淋淋的场面不留情面地揭露了统治者的凶残。

小说人物夸张，情节离奇，形象奇特，情感强烈，充满了浓郁的浪漫主义气息。整个作品充满了强烈的对照，美与丑、美与恶相比，真与伪相对。整部小说光明与黑暗、仁慈与暴虐、纯洁与卑劣、优美与畸形、爱情与淫欲，无不相映相邻，使形象鲜明，性格突出。这些浪漫主义典型的特征，使《巴黎圣母院》成为浪漫主义最著名的小说。从这之后，雨果被公认为才华超群的作家。《巴黎圣母院》很快被译成多种文字出版。

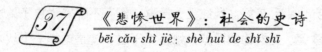

37. 《悲惨世界》：社会的史诗
bēi cǎn shì jiè: shè huì de shǐ shī

1832 年 6 月，巴黎爆发了共和派起义。在广大群众的支持下，第一天起义军迅速占领了军火库，市政厅和巴士底狱。第二天，起义军与重炮武装的政府军展开了激烈的枪战、街垒战，共和派战士的鲜血洒满了巴黎街头。起义虽然失败了，却在雨果心中留下了深刻的印象，他把这悲壮的场面全部写进了《悲惨世界》。

1861 年 7 月 30 日，在滑铁卢附近的一个乡村旅馆里，雨果按捺不住激动的心情写信给瓦凯里："亲爱的具古斯特，今天，1861年7月30日上午8时半，在窗前美妙的阳光下，我完成了《悲惨世界》……我用写完这本书之后剩下的最后几滴墨水给您写这封信。"《悲惨世界》动笔于40年代，那时雨果还是个风华正茂的青年，二十多年过去了，雨果已变得皓首银须了。1848年的革命，后十年的流亡生活使他无法顾及这部大型社会小说。直到1860年4月，雨果才打开了跟随他辗转流亡的书籍，取出纸页泛黄的手稿和札记。十几年的风风雨雨，使雨果增长了政治才干和生活阅历，他对这部作品作了大幅度修改。作品以人道主义作为贯穿全书的主线，对历史事件作了新的审视与处理，突出了作者作为历史事件见证人在书中的地位。书中大写马利尤斯的思想发展过程，正是作者本人的思想发展历程。由于内容涵盖面广，社会意义深刻，雨果将原书名《让·特莱让》改为《悲惨世界》。

小说以一个苦役犯坎坷不平、颠沛流离的生活经历为主要线索，描绘了1815年拿破仑失败到七月王朝初期法国社会政治生活的广阔画面。作者以富有人道主义的笔触，真实地反映了被压迫人民的苦难遭遇和悲惨命运，深刻地揭露了资本主义社会的黑暗，愤怒地谴责法律的不公正，热情地赞颂了劳动人民的高尚品质和共和主义者的英勇斗争。

小说深切同情下层人民悲惨命运的主题，主要是通过对冉·阿让、芳汀、珂赛特等人物形象的塑造来表现的。主人公冉·阿让是作者着力刻画并寄托了自己社会道德理想的人物。尽管冉·阿让有一段时间成为企业主和市长，而且到晚年仍有一笔不小的财富，但从他的全部经历和遭遇来看，他是一个受苦难、遭迫害、被歧视的受压迫人民的形象。他出身寒微，正直善良、乐于助人、胸怀坦荡，以德报怨，品格高尚。早年作为一个淳朴的工人，为使姐姐的孩子不受饥饿折磨而偷了一片面包，竟连服19年苦役。社会对他的不公正，曾使他产生强烈的反抗意识。但他发扬仁慈善良的爱心，舍己为人，扶弱济贫，救人于危难，有益于社会，然而仍不见容于社会，屡屡被警察追捕。不公正的法律阴影始终笼罩在他的头上，他只能隐姓埋名，小心翼翼地生活，直至生命的结束。通过冉·阿让的形象，作者生动地揭示出，在黑暗的社会里，穷苦人无论怎样挣扎，都难以跳出深陷的绝境。小说宣扬以仁爱、宽恕改造社会的思想。芳汀和珂赛特母女则受尽凌辱，备受摧残，形象地表现出当时的黑暗社会是穷苦人的"悲惨世界"。

小说生动地描写了 1932 年 6 月巴黎人民反抗七月王朝的起义斗争，刻画了一系列共和主义者的英雄形象，马利尤斯便是其中的一个。作者不仅写了他的思想发展过程和积极参加武装起义的英雄行为，而且描写了他同珂赛特之间纯真的爱情。

作品闪耀着现实主义光辉，又具有浓厚的浪漫主义色彩。冉·阿让的受迫害，芳汀的悲惨遭遇，珂赛特苦难的童年，及至巴黎的街垒战，都是真切动人的现实主义画面。而冉·阿让的超人体力及许多离奇经历，德纳第的恶行，则是浪漫主义夸张、想象手法的充分运用。作品的语言高昂、激动、充满热情，具有崇高的史诗般的风格，作者自称这部小说为"社会的史诗"。

出版商要求雨果压缩书中的议论，雨果断然拒绝，说："一出迅速展开情节的轻松喜剧成功的寿命只有十二个月，而一部思想深刻的戏剧寿命却是十二年。"他认为这部书是"历史和戏剧"的结合，它应该成为他创作的顶峰之一。按合同规定，作者可获得三十万法郎的稿酬，这是雨果平生首次得到的一笔巨款。

《悲惨世界》第一卷于 1862 年 4 月 3 日出版，其成功远远超出了作者的预料。街头巷尾，深宅大院都在谈论芳汀和冉·阿让，书中展现的社会真实画卷激起了人们极大的共鸣。人们迫不及待地等着看下卷出版，麦利恩在给雨果的信中写道："已经六天了，巴黎发狂地阅读着《悲惨世界》。"虽然许多评论家站在对立面对雨果大加鞭挞，但是这部作品受到了广大读者极为热烈的反响。雨果以大无畏的勇气，反抗着握有生杀之权的政府，他的作品取得了时代最大的成功。

小说译成欧洲各种文字，传播到世界各地。《悲惨世界》是雨果早年的《死囚末日记》和《克洛德·格》等作品主题的扩展和深化，是一部浪

雨果雕像

漫主义和现实主义高度结合的杰作，是雨果创作艺术上的一座高峰。

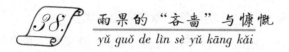

雨果的"吝啬"与慷慨

yǔ guǒ de lìn sè yǔ kāng kǎi

人们都知道维克多·雨果（1802 — 1885）是一个伟大的人道主义作家，可有谁了解他同时又是一个十足的"守财奴"？其实，吝啬守财与慷慨仁爱，在雨果身上是相通的。他经济上精打细算、聚敛财富，目的正是为了保证他人道主义精神的实现：在家庭里，作一个充满爱心的家长；在社会上，是一个人道主义的"慈父"。

雨果渴望当家居尊，正如他渴望在文学上独占鳌头。他一向以模范家长自居，且努力使自己在父爱、理财、治家、教后等各方面都成为佼佼者。尽管他的家庭屡遭不幸，可他始终把家庭看做一切幸福的源泉："我的家庭，就是我的幸福。"

结婚后，雨果的两个女儿和两个儿子接连降生，维克多不知疲倦地创造文学和儿女。他一方面为自己年纪轻轻就能享受天伦之乐而无比自豪，极尽父爱，"坐在家里，我是快乐极了，我哄着女儿，我的安琪尔妻子和我形影不离……"；另一方面，他怀着一种巨大的责任感，为养活六口之家拼命写作，创造金钱，"我希望一年挣到并花费一万五千法郎。"他深信自己在生活上的成功。正像许多年轻时都很严谨的人一样，雨果因自己的成功对幸福和享乐体验到一种不可克制的欲望。他用自己的劳动获得了足够的资金。他租下了一处有一个大花园的漂亮住宅。他在贫困中度过了自己的青春岁月，现在他把钱财看得很重。因为在他看来，只有财富才能保证作家的独立性。他亲自和出版商就稿费进行讨价还价，并以惊人的清晰和精确与他们签订合同。

1830 年元月里，雨果的家庭经济很拮据。著名戏剧《欧那尼》已在剧院开排。"排练就是作者与演员的长期斗争。我如牛负重、疲于奔命，连喘气的工夫都没有了。《欧那尼》排练，明争暗斗；父亲的遗产还没处理完；后母向我们要房产……一句话，这一大家财产七零八落，再也集中不起来了，有的只是法院的官司！"因为打官司四处奔走耗尽了夫妻俩所有的积蓄，他们就等着《欧那尼》一炮打响，以救燃眉之急。

《欧那尼》终于上演了。在距剧院不远的杂货店里，雨果将《欧那尼》的版权以六千法郎的价格卖给了出版商。而就在这一天，雨果的家里只剩下五十法郎了。《欧那尼》使雨果夫妇摆脱了经济困难。

雨果最怕负债，因而很少向人借贷。他每天晚上都要结算他的开支，记下每一个生丁，而且要求他的妻子也必须这样做。在他身上，专制作风比国王还要多，但不是靠世袭的权力、神的权力进行统治，而是靠征服的权力、天才的权力进行统治的。他既是家庭天才的统治者，又是家庭慈爱的保护神和爱神。

一见到孩子们，雨果就把他那文学流派首领的权杖和浪漫主义的假面抛到一边，变成了一个极普通的人、一家之父。托托和查理从父亲那儿可以得到他亲手用硬纸板为他们做的玩具马车，孩子们在父亲周围做着游戏……幸福、美满、欢乐，这就是描写这个六口之家的人所使用的词汇，他们都把这个家庭作为楷模。1836 年整个夏天，雨果夫妇都和孩子们一起度过。一位青年作家在信中写道："好久没有参加过这样愉快的宴会了。维克多没穿礼服，他穿着妻子的罩衫，快活得无法形容。和一大帮儿女。"

雨果不仅以浪漫主义的情怀向孩子们挥洒父爱，而且还以他精湛的诗艺把这种爱心诉诸于诗歌。他一生为儿孙们写下了大量的诗歌，而尤以写给长女蒂蒂娜的数量最多，情感也最动人。

雨果的生活向来都是紧张而热烈、勤奋而富有节奏。他习惯于总结——无论是对事关宇宙运行的秘密还是日常开支的细目。作为一个文学家，致力于前者理所当然。可是这位思想深邃的作家，同时在家庭财务上所表现出的浓厚兴趣和投入的巨大精力却令人非常惊叹。谁能想到这位叱咤文坛的浪漫主义作家同时又是一位干练精细的大管家；谁能想到这位每年仅银行利息就有近五万法郎进款的富翁，却时常对家人进行勤俭持家的说教，以至于有人说他是"守财奴"和"吝啬鬼"。

有人给雨果算过一笔账：他的著作无数次转载再版的稿酬和不断上演的新剧作的收入，使他每年的进款数额相当巨大。1837 年，他按十年的期限以二十五万法郎的价钱把他以往所有作品的再版权出让给了出版商，他从中一次就拿到十万法郎的现款。除此之外，他每年购买一笔数目相当可观的国库券。流亡比利时时，他担心会没收他的财产，让妻子把三十万法郎的公债转到他手中，他立即把这些公债变成了比利时皇家银行的股票。这位谨慎勤勉的家长不仅拼命用劳动赚钱，而且还想方设法让钱生钱——

每年的银行红利他就能拿到近五万法郎。可以肯定他是一个百万富翁。

然而，就是这位百万富翁，不仅自己精打细算，也要求妻子卡紧一切开支。他给了她几本用直尺画好表格的笔记本，开列的细目有：伙食费、生活费、教育费、服装用品、佣人工资、旅费、借贷等等。甚至一些零星花销也要记上，诸如十二生丁的公共马车费，或者付给理发师的两法郎理发费。看一眼账簿就可以知道雨果夫人在1839年理过十八次发。

就是这个百万富翁，却只给儿女们每月二十五法郎的零花钱。当然，这个数目使得他和他们免不了讨价还价。妻子儿女一旦超支，雨果则把超支的数目当做他们欠他的债，伺机扣除。

就是这个百万富翁，生活上常常简朴得令人难以置信。雨果向来衣着简朴、随便而大方。粗糙而光荣的手、可爱的吊裤带、蓬松的美发和洁白的牙齿。他的床垫是用废帽子填塞起来的，衬衫上没有纽扣。流亡期间，他更是艰苦朴素：他租了一间几乎没有家具的房间，里面只有一张沙发、一张桌子、一面镜子、一个铁炉和六张凳子。他每月只交一百法郎的房租，每天只吃一顿饭。他给妻子写信说：我现在只穿旧皮鞋和旧衣裳，在这种事上我们没有必要特殊。

许多人嘲笑这种站在金钱堆里的贫穷，嘲笑这个与儿女们讨价还价、只给他们零花钱的守财奴，嘲笑这个股票大王只睡"破烂的小床"，嘲笑他在晚年的那种每年都要把一部分进款存入银行的怪癖。然而，雨果却充耳不闻，他自有他的理由：

第一，他承担着养活家庭的重担。流亡期间，他发现他至少养活着四个家庭：巴黎的妻子，布鲁塞尔的儿子、儿媳，住在大洋彼岸的小女儿和格恩济岛自己的公寓。这副担子很不轻松，可雨果天性喜欢由自己一人担当。

第二，雨果念念不忘他从前的贫困。他，一个大名鼎鼎的作家，对青年时代的岁月耿耿于怀。他想恢复年轻时期的环境，重新体验那奋斗与进取的欢乐。因而，他想只靠收入生活，不想动用银行存款。

第三，他认为积蓄资金是他的责任，以便使他的家人在他死后有生活保障。他的儿子们挣钱不多，妻女们没有什么进项。后来又有了孙子和孙女。维克多致长子查理：我绞尽脑汁也想不出乔治和冉娜将来的生活保障是什么，因为我决不想搞财政赤字。你看到了吧，老头子的脑袋里还能闪出理智的微光。所以，他对省吃俭用，对使他的财政预算收入高于支出并积蓄一笔保证生计的款项，有一种本能的嗜好。

第四，除了养家，他还要周济别人。好多年里，他一直在资助老是不根据家底过日子的流亡者凯斯列尔；每星期他都要让格恩济岛的四十个贫苦儿童饱餐一顿。在他的日记中还记录着其他许多周济穷人的事实：1865年3月9日，给玛丽格林和她生病的孩子送去肉和面包；3月28日，送煤给奥吉恩家。1878年新年时，维克多给公共马车公司经理写信：我经常乘坐公共马车，请允许我通过您把这五千法郎直接交给乘务员和马车夫！雨果的传记作家莫洛亚认为，一般来说，家务开支总数的三分之一几乎都用来帮助了他人。我们看到，在雨果生前所立的遗嘱中，也不忘写上一笔：我给穷人留下五万法郎。

不难看出，雨果的"吝啬守财"既是为了磨炼意志，更是投射着一种博大仁爱的精神。

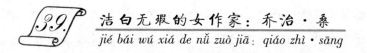

洁白无瑕的女作家：乔治·桑
jié bái wú xiá de nǚ zuò jiā：qiáo zhì·sāng

乔治·桑（1804—1876）一生都在追求唯美的境界，创造理想的天国，试图抚慰现实中苦苦挣扎的众生，给他们海市蜃楼的幻影、诱惑、安慰、宁静。她如洁白无瑕的天使，不知疲惫地向人间撒播爱的雨露，滋润饥渴干枯的心灵。然而，天使的一生历尽坎坷，面对其百十部作品，你不能不肃然起敬。

乔治·桑，原名奥罗尔·杜邦。她出身于一个衰落的贵族家庭。祖母玛丽·奥罗尔是法兰西元帅萨克西的私生女，与宫廷关系甚密。她熟读诗书，气度高雅，门第观念甚强。儿子莫里斯娶了一位巴黎下层社会的舞女索菲娅为妻，令她大为恼火，极力反对，以致跟儿子断绝母子关系多年。不幸的 1804 年，奥罗尔来到世间。她与母亲相依为命，艰难度日。1808 年，随母赴马德里看望军中任职的父亲。母亲这一年生下了一个胖小子。夫妇二人非常高兴，以为孙子会化解婆媳间的恩怨。于是全家浩浩荡荡回归故里诺昂。谁料天有不测风云，回家没几天，孩子夭折，莫里斯也因从马背上摔下来重伤不治而亡。突然的变故，使婆媳

乔治·桑

间的关系更是雪上加霜。索菲亚只得撇下年仅四岁的小奥罗尔，只身回到巴黎。父母不幸的婚姻给小奥罗尔稚嫩的心灵留下了深刻的印痕。

童年的经历影响着人的一生。母亲在身边时经常给小奥罗尔讲童话、寓言，并让她读带插图的神话。她既文静又活泼，没有大人看管时，她常独自一人安静地坐在小凳子上讲故事。一旦村中有嫁娶的喜事，她就蹦蹦跳跳地跑去看热闹，还喜欢跟其他农家小伙伴玩耍，用贝壳砌成小山洞和瀑布，照料小羊羔，喂鸡，到田间拔杂草，栽秧苗等等，乐此不疲。母亲离开她以后，祖母以另一种方式教育她，教她怎样待人接物，怎样表现得优雅端庄。祖母年轻时，跟百科全书派人物有过来往，卢梭曾是她家的座上客。于是，她让小奥罗尔学习音乐、绘画、诗歌、拉丁文等，以陶冶性情，塑造人格。小奥罗尔以诗画的形式记下了许多童年对田园生活的感受。

十三岁，祖母送她进了巴黎一家修道院。在那儿，摆脱了严厉的祖母，她把童年的天真烂漫发挥得淋漓尽致，像个野小子，调皮放肆，爬屋

顶，钻地窖，上课时打瞌睡，作祈祷时打呼噜。

1820 年春，祖母病重，自感将不久于人世，就将奥罗尔召回诺昂。这时的奥罗尔已出落成如花的少女。两年多的修道院生活，让她接受了"爱自己以外的东西"的信仰，并养成了好学多思的好习惯。诺昂城幽雅清静，对于醉心于阅读的奥罗尔是个理想之地。这期间，她广泛地涉猎大量经典作品，如但丁、维吉尔、亚里士多德、莎士比亚、蒙田、培根、富兰克林等。特别是德国哲学家布莱尼茨和法国启蒙思想家卢梭，她更为心驰，视他们为自己青年时期的导师。她记下了大量的笔记，里面有信仰上帝的箴言，有讴歌自然的诗句，有对传统习俗的谴责，有要求男女平等的呼声。

奥罗尔生性豪爽洒脱，具有男人气质。回到诺昂后，不顾周围人的非议，穿上男子礼服和长裤，并常束起猎装，到林中骑马狩猎，完全像一个风流倜傥的富家公子。她是辽远无边的天空中飞翔的雏鸟，丝毫感受不到世俗所设的羁绊与牢笼；她是自然的爱女，恣意在母亲的怀抱中撒娇。

1821 年，祖母病逝。奥罗尔继承了祖母的大笔遗产，如诺昂的田庄、巴黎的纳尔榜公馆，并享有很高的年金。当母亲索菲亚奔丧回诺昂后，带她去了巴黎，以图重温旧日母女情。然而，奥罗尔却找不到逝去的温情，母女间产生了深深的隔阂。她深感孤独寂寞，在特别需要沟通、安慰与支持的时候，卡齐米尔·杜德望走进了她的心里，他们相识于奥罗尔父亲昔日的战友家。而母亲对此却极力反对，因为她深知杜德望是个冒险家，干过咖啡馆的跑堂。热恋中的奥罗尔只觉得杜德望就是她梦寐以求的白马王子，根本不愿去听母亲的意见，毅然决定跟杜德望结婚。几经周折，婚礼终于在 1822 年 9 月 10 日举行。婚后，他们双双回到诺昂，开始了新婚燕尔的幸福生活，小两口恩恩爱爱，互相体贴，走过了一段甜蜜的日子。1823 年，儿子莫里斯出生。

然而，好景不长。她渐渐发现了丈夫的平庸粗俗。他整日关心的只是寻欢作乐，游山玩水，说长论短，事业上无丝毫的进取心。夫妻间的志趣迥异，感情上的裂痕愈加扩大。奥罗尔再次陷入孤独、失望。为寻求心灵的慰藉，她一头扑进了文学的海洋，尽情品尝蒙田、卢梭和夏多布里昂，与他们塑造的人物同悲喜，共苦乐。

奥罗尔为了摆脱失败的婚姻的阴影，开始创作小说，描绘理想的爱情，发泄心中的愤懑。1830 年，她邂逅了十九岁青年儒勒·桑多。这是一名穷书生，在巴黎学习法律，脑子里充满了幻想，对革命热情甚高。一来一往，奥罗尔的心再起波澜，爱慕之情在二人的心田中开始生根发芽，这唤起了她追求自由美好生活的渴望。1830 年，办妥同丈夫的离婚手续后，她只身来到巴黎。

巴黎米贵居非易。奥罗尔仅拿到三千法郎的年金，失去了大笔遗产的保障，生活窘迫。别说置办家具，就连购买心爱的书籍

乔治·桑和肖邦

都不可能。她迫切需要挣钱。写作？对，写作！于是，为了生活，她开始写东西，而且，"写得很顺利，很快，长时间不会疲劳，埋在头脑里的东西一下子活跃起来，在笔尖下流淌"。她找过当时颇有名气的批评家拉图什，感于奥罗尔的真诚与执著，拉图什答应给予她帮助，引荐她进入《费加罗报》报编辑部负责写些"爱情逸事"的短文。不久，奥罗尔推荐儒勒·桑多进入编辑部，他们经常合写文章，深受经理赏识。

新的生活给她增添了无穷的乐趣。她从紧张的工作中，体验到一种从

未有过的兴奋和激情。她称"写作职业是一种强烈的、简直无法摧毁的激情，它一旦占据头脑，便永远不会离开"。

1831年，她与儒勒·桑多合作完成了第一部长篇小说《粉色与白色》，真正开始了创作生涯。次年5月，她独立完成了《安莱亚娜》的创作，以乔治·桑为笔名发表，取得了极大的成功。紧接着《华伦娜》、《莱莉亚》相继问世。这三部小说被视为女作家的"激情小说"代表作。书中女主人公都有一段不同寻常的爱情磨难和追求，最终都以悲剧结束。乔治·桑借以表达对封建婚姻的控诉，宣扬女人在选择爱和被爱的自由，反映了作家对美好爱情的追求和对摧残女性幸福的社会的不满。

1833年，发表《莱莉亚》不久，乔治·桑结识了时年仅二十三岁的浪漫派诗人缪塞，二人一见如故，很快堕入爱河。年底，赴意大利旅行。缪塞过惯了放纵的生活，好酗酒。结果，旅行还未结束，二人大吵一场，缪塞先回到巴黎。但二人的关系从此变得十分微妙，若即若离。乔治·桑的爱情之旅再次受挫，她本人也因此而搁笔。

1837年，乔治·桑结识了拉梅尔，此人为天主教的捍卫者，信奉神秘的社会学说。乔治·桑支持他创办的《世界报》，并为该报撰写浪漫和神秘的《致马西亚的信》。不久，又认识了空想社会主义者列鲁。乔治·桑对其宣扬的哲学和社会思想推崇备至，称他为"再世的柏拉图和新生的基督"。通过和列鲁的关系，她广泛地接触了下层社会的工人，了解了他们所遭受的苦难及他们所表现出来的善良、坚强和智慧。据此，她创作了系列的"空想社会小说"，如《木工小史》、《安吉堡的磨工》、《安东尼先生之罪》等。这些小说从空想社会主义理想出发，尽量去美化现实。她认为"艺术家的使命应该是让人们热爱他所追求的理想；基于这种文化的需要，我不会有任何的批评"，提出"艺术是追求理想的真实"，它表现的是"情感与爱的使命"。代表作《康素爱罗》是其巅峰之作，这还得追溯到她与波兰天才音乐家肖邦长达十年的爱情生活。这段恋情持续时间最长，乔治·桑投入的感情亦最深，是她真正体验过的最幸福的感情生活。作品主人公孔赛珞是位吉卜赛歌女，周游欧洲，途中为一贵族独生子所爱，并与其成婚。但丈夫死后，她拒绝了应属于她的财产，继续过流浪艺人的生活。其实孔赛珞正是乔治·桑所追求的理想自我。作品中音乐与神秘相结合，透露出神话般的，几乎是魔幻色彩的气氛，自然、音乐、灵魂相交合，最后融为一体。作品传达出作者不仅仅是对艺术家命运的关注，更深刻的是追求如斯汤达、大仲马在他们作品中所寻求的"自由、幸福"。

1846 年，乔治·桑同共同生活了十年的情人肖邦分手，双方的心灵都受到极大的创伤。恋爱往往是多中见一，往往是把对象理想化了。但理想中的对象一旦和现实的对象形成对比，理想也许就会破灭。因此，只有在理想中才能有真正完美的爱情，得不到的永远是最好的，就像但丁终身热恋贝雅特丽齐一样，就是因为她没有成为但丁夫人。

1848 年，欧洲大革命爆发。乔治·桑激情澎湃，从家乡诺昂赶赴革命的中心巴黎，她昔日的朋友路易·勃朗、拉马丁等人一下子成为叱咤风云的大人物。她热情地参加临时政府的工作，运用手中的笔，激情讴歌人民的革命活动，揭露统治阶级对劳动人民的压迫和剥削，号召人民群众起来反抗。然而，很快，革命遭到无情的镇压，当局要缉捕乔治·桑，她只得再次回到乡下诺昂。

乔治·桑目睹了革命的风起云涌和烟消云散，当自己付出的全部心血与激情的理想破灭时，她感到极度失望，然而，她并不后悔，因为自己梦想过，也努力过，这就足够了。当她身处美丽恬静的乡村，亲身体味村民们的朴实与善良时，她开始转入"田园小说"的创作，并且一发不可收拾，《魔沼》、《小法岱尔》、《弃儿弗朗沙》、《笛师》等相继问世，引起极大反响。这一时期的作品，都以乡村生活为背景，主人公多是磨坊主、自耕农或小手工业者，他们凭着善良、真诚、勤劳最终都获得了幸福的爱情。代表作《魔沼》的主人公热尔曼是一个诚实正直的人，他热爱土地、妻室儿女。不幸丧妻后，他将全部感情转移到孩子和岳父岳母那儿。应岳父的要求，他决定去会见寡妇卡德琳。临行前，邻居托他带他们的女儿玛丽到外地做牧羊女。于是，带着玛丽和爱闹的儿子小皮埃尔，热尔曼上路了。天黑时，他们进入了森林。林中漆黑，大雾弥漫，他们迷失在一个可怕的魔沼周围，三人挤在一起度过了艰难的一夜。第二天，热尔曼到了寡妇家，发现她是一个风骚的女人，心中甚为不快。然而，与玛丽共度的那一夜却令他难以忘怀，他向温柔、端庄而又妩媚可爱的玛丽求婚，孰料玛丽婉言拒绝。后来，当一个老色鬼农场主想强暴玛丽时，热尔曼保护了她，并再一次诚心求婚。热尔曼的美德和真诚终于感动了玛丽，赢得了她的芳心，他们终于幸福地走到了一起。作者认为，"生活是美好的，人人都应该幸福"，要写"抚慰人心的东西"，她反对现实主义把艺术仅仅理解为现实的再现和客观的描写。她刻意追求的是发挥单纯的高尚的心灵美。整部小说是一个印象派的梦想，洋溢着田园情趣的梦，又如一幅乡间风俗画，像是一曲田园交响乐，它给读者一种静谧、清新和柔和的感觉。

乔治·桑从1825年起与丈夫分居，1830年起带着两个孩子到巴黎独立生活，杜德望男爵每年给她三百法郎做她和孩子的生活费。她在青年诗人、恋人于勒·桑多的陪伴与合作下，从事文学创作。1831年，她独立撰稿并发表了第一部小说《印第安娜》，获得很大成功。这是她第一次运用乔治·桑的笔名发表作品。从此，她就成了专职作家，以辛勤的写作来维持三口之家的生活。她的私生活一直是社会攻击、传媒关注的对象，人们攻击她与男性过于放纵的交往，但却忽视她作为智力劳动者从事创作付出的艰辛劳动。乔治·桑每天坚持写作，书桌上的台灯常常通宵达旦地照耀着不停息的笔。她的著作甚丰，随着《印第安娜》问世后，《华朗丁》、《雷丽亚》、《雅克》和《莫普拉》也有较大的影响，这些作品以其共有的妇女问题为主题，显现了乔治·桑文学创作第一阶段的特色。

乔治·桑在小说中融入了自己的经历、自己的情感，这些小说大多是爱情悲剧，并充满了激情。《印第安娜》的女主人公印第安娜是一个生在法属布尔岛的西班牙血统的少女，她富有青春活力，是高尚心灵和文雅智慧的化身，她服从父亲的安排，嫁给了一个退伍的法国上校戴尔玛子爵。结婚后不久两夫妇来到法国，由于偶然的事件，戴尔玛上校认识了贵族青年莱蒙·德·拉弥埃。莱蒙原来是印第安娜使女阿侬的情夫，经过不舍的追求，他又使印第安娜成为自己的情妇。当印第安娜跟随丈夫回到布尔彭岛时，因思念情人而憔悴，但她一收到莱蒙的来信，又重新燃起了希望。她离家出走，到法国去找自己的情人，但遭到冷遇，因为他已经结婚了。心灰意冷的印第安娜又回到布尔彭岛，丈夫已经在她出走时死去。她对"使得我们受苦受难的人群"感到了厌倦，想到另一个世界去寻找最后的安静，终于决心投身瀑布寻找永恒的安宁。

《华朗丁》女主人公华朗丁是个贵族的女儿，许配给朗萨克伯爵，但她与她家一个佃户收养的孤儿贝内底相爱，而贝内底也与表妹阿特娜伊斯订了婚。华朗丁不得不嫁给伯爵时，贝内底与自己未婚妻的关系破裂，阿特娜伊斯一气之下与一个富裕的农民结了婚，与华朗丁同时举行婚礼。华朗丁婚后，无法抗拒贝内底，又投入他的怀抱，他俩相见时被阿特娜伊斯的丈夫抓住。这个青年农民误认为贝内底在引诱自己的妻子，将贝内底杀死，华朗丁在痛苦和忧郁中死去。

《雷丽亚》也是以女主人公的悲剧为结局的。雷丽亚容貌美丽，性格忧郁。青年诗人斯戴里奥热恋她，她虽然对这个青年也有感情，但由于早年心灵的创伤而未答应他的要求。她的美貌、风度常常引起爱情纠葛，甚至隐士玛纽斯也难以自持，从而把她视作诱人的魔鬼。雷丽亚为了获得宁静，就进了修道院，很快成了修道院院长，并使她的修道院真正充满了基督精神。斯戴里奥怀着不熄灭的爱情继续寻找雷丽亚，终于在修道院与她相见。他了解到雷丽亚的真正感情和无奈进入空门的原因后，就自杀了。由于斯戴里奥的死，玛纽斯愈加认定雷丽亚是魔鬼的化身，他开始制造对雷丽亚的仇恨，小说结束时，雷丽亚也不幸死去。

她第一次用乔治·桑这个笔名发表长篇小说《印第安娜》时，作品中便明显有作家这段婚姻生活的影子。

小说主人公印第安娜是个西班牙血统的少女，遵从父命，同一个退伍的法国上校戴尔马子爵结婚。但婚后不久，丈夫就表现出了莽撞粗俗、虚荣、贪图肉欲的本性，根本不懂浪漫的爱情。不久，她结识了法国贵族青年莱蒙，并双双坠入爱河。从此，在对情人的思念中她备受煎熬，日渐憔悴，最后决定离家出走，去法国寻找自己日思夜想的情人。但此时莱蒙却已同别人结婚。她伤心欲绝，只好重返故土，但丈夫却已在她出走期间死去。这个世界上已没有了她留恋的一切。她决定纵身跳入瀑布之中，到另外一个世界寻找属于她的幸福与安宁，最后她与童年时代的男友隐居于印度。

评论家拉图什在小说尚未问世时对它说了不少风凉话。但当他手捧还散发着油墨香的作品读下去时，竟一下子被吸引住了。著名作家巴尔扎克也评论道："此书是真实对幻想的反抗，是现代对传统的反抗，是内心的悲剧对历史体裁的束缚的反抗……我未见过笔法更简朴、构思更精妙的作品。事件自然而然地接踵而来，纠合在一起，宛如在生活中。生活中，万物互相触碰，偶然常常聚集着连莎士比亚都写不了的悲剧。总之，此书的成功是确实的……

步入晚年的乔治·桑，依然保持着乐观的生活态度，笔耕不辍，发表了大量的作品，还一度尝试创作戏剧，但都不太成功，后又转入写小说。比较有影响的作品有《金林美男子》、《一个少女的忏悔》、《梅尔冈小姐》，这些作品少了初期的狂风骤雨式的激情，多了一种成熟的睿智与平和。《祖母的故事》中表现出来的丰富想象以及拙雅纯真，让人体味到高龄女作家不老的童心。

1876年春，乔治·桑胃肠病恶化。但她仍然保持着乐观的态度，继续在花园里散步，教小孙女识字念书。然而，死神正渐渐地逼近她。6月8日清晨，一生写了百卷作品的勤奋女作家乔治·桑溘然长逝，永远地闭上了她那好奇而慈祥的眼睛。

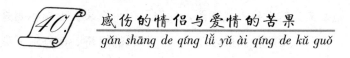

40. 感伤的情侣与爱情的苦果

gǎn shāng de qíng lǚ yǔ ài qíng de kǔ guǒ

1830年仲夏，当乔治·桑的婚姻在无望中挣扎时，她结识了于勒·桑多，双方产生了爱恋之情，以至于不能自拔。

于勒·桑多是一个税务官的儿子，从小便有过人的才赋，比别的孩子都聪明伶俐，因此他的父母不惜花重金让他受良好的教育。中学毕业后，他成绩优异，去巴黎攻读法律专业。认识乔治·桑时他年仅十九岁，长着满头金色卷发，脸庞英俊，漂亮潇洒，举止优雅。于勒身体赢弱，不爱打猎，也不爱和一般青年在一起四处游荡。他总是独自抱着书本在树下散步，或是在河边若有所思，在这一点上他显得和乔治·桑的朋友们格格不入。

当于勒第一次和伙伴们到诺昂庄园做客时，便被女主人黑亮的大眼睛、窈窕的腰肢、豪放的个性迷住了。而于勒的英俊脱俗、气质高雅、聪明灵慧也吸引了乔治·桑。两人共同的特点是都富于幻想和罗曼蒂克的理想追求。于勒的孩子气让刚强勇敢的乔治·桑天性中的母性苏醒过来。她曾向朋友倾吐心声。

我的大脑完全被对他的爱占据了，而那是多么甜蜜和令人陶醉啊，朦胧、神秘的爱情。

终于，在花园中一片幽静的小树林中的一把长椅上，这对相互倾慕的人倾吐了心声。他们不由自主地把头靠拢在一起享受着爱情的甜蜜。恋爱中的人都是那么浪漫、那么多情，连一件微不足道的小事都使他们感觉有意义，并且从里面品尝到了柔情蜜意。当于勒冒着风雨或顶着烈日气喘吁吁地从拉夏特尔赶来，看到乔治·桑留在椅子上的书和头巾时，便把自己的灰帽子和手杖也放在那里，然后躲在一旁看乔治·桑赶来时的神情。

但甜蜜的日子并没有持续多久，假期结束了，于勒回巴黎继续求学。乔治·桑又陷入了极度的孤独之中。她很想去巴黎与于勒相会，但却一直犹豫不决。

有一天，她在丈夫的书桌中找东西，发现了一个纸袋，上面标明是她丈夫留给她的，但一定要等他死后才能打开。强烈的好奇心使乔治·桑忍不住打开了它，但信中不是对妻子的留恋和爱情，而是诅咒、谩骂、羞辱和鄙视，他骂她冷酷，骂她愚蠢，骂她叛逆和反抗，总之，他恨她。

这封信彻底地洗清了她曾经被平静的生活所蒙蔽的头脑，如果说她原先还对卡西米尔和家庭有所留恋的话，这封信彻底地击碎了她仅有的那一点感情，促使她决定离开。在给友人的信中，她这样写道："他在那里面集中了对我的所有怒气和愤恨，对我的堕落的所有感想，对我的性格的所有鄙视之情，而且他是把它当做爱情的证明留给我！我以为是在做梦，我直到此刻仍闭着眼睛，不愿看到自己被人鄙视。读了这份遗嘱，我终于清醒了。我想，和一个对妻子不尊重、不信任的男人过日子，这无异于希望一个死人复生。我的主意已定，并且我敢说，永不改变！"

1831 年 4 月，乔治·桑离开了诺昂，只身一人来到巴黎。她像一只飞出牢笼的鸟儿，怀着自由的理想开始了她在艺术之都的艰难而又兴奋的探索。

摆脱了家庭和婚姻的束缚，初到巴黎的乔治·桑面临的最现实的问题便是生存。为了生活下去，她尝试过很多谋生方式，包括为人画肖像。但所有的路都走不通。这时，乔治·桑想：为什么不写作呢？以前她曾写过一部长篇小说《埃美》，但那是为了消遣而写的。为了生存，她拿起了笔，发现自己才思敏捷，写作很快而且不觉劳累，总之，她是个天才的作家。以前的婚姻生活埋没了她的写作才华，但现在，生活所迫，却使她的天才显露了出来。她参加了拉图什刚刚接管的一份讽刺性小报《费加罗报》的编辑工作。不久，于勒也加入了这个报社，两人一起工作，一起休息，生活重又向乔治·桑展示了它美好的一面。

开始时，两人合作的作品都以 J·桑多署名。在生活上，乔治·桑热心照顾身体羸弱的于勒，而且经常督促生性懒惰的情人奋发进取。爱情的果实总是甜蜜得让人心醉。

在圣米歇尔滨河街的一套三居室寓所，乔治·桑和于勒构筑了他们的爱巢。在这里，他们一边享受着爱情的甜蜜，一边写作。爱情的力量是无穷的，在短短的六星期内，两人便完成了小说《玫瑰红与雪白》的创作，署名用的是二人共同的笔名 J·桑多。这部小说写的是一个女伶和一个修女的故事，书中有比利牛斯山的风光、粗犷的人物和有韵味的语言。最优美的部分出自乔治·桑之手，她把对修道院的回忆、母亲的私房话和旅行的印象都写了进去。于勒则认为这样学究气太浓，因此为其增添了粗俗放荡的语言。

由于要处理诺昂的一些事情，乔治·桑回到了家乡。当再次来到巴黎时，她带回了一部长篇小说《印第安娜》。于勒满怀钦佩地阅读了手稿。他坚决拒绝署名，因为这部小说全是乔治·桑自己完成的。乔治·桑思索了一阵，便决定用"乔治·桑"这个名字。"桑"是她的姓，"乔治"则是一个男性化的名字。从此，乔治·桑声名大振。

紧接着，乔治·桑的第二部长篇小说《瓦朗蒂娜》问世。小说主人公瓦朗蒂娜婚姻生活并不如意。她本是一个贵族小姐，嫁给了一个平庸的伯爵，但实际上却爱着佣户的儿子贝内蒂克。贝内蒂克与未婚妻阿特娜伊斯关系破裂后，阿特娜伊斯一生气嫁给了一个富裕农民。不久，瓦朗蒂娜终于没有抵制住爱情的诱惑，又重新投入贝内蒂克的怀抱。正当二人亲热时，被阿特娜伊斯的丈夫看到，以为贝内蒂克在引诱自己的妻子，冲动之下把他打死，瓦朗蒂娜也痛苦地随情人而去。

可以说，不幸的婚姻和对爱情生活追求的破灭使悲剧意识在乔治·桑头脑中生了根。在她的这两部小说中，女主人公都是因爱情和婚姻的失败而痛苦地活着，最终痛苦地死去。而乔治·桑本人也在一次次爱情追求的失败中继续着属于她的那份坎坷。

乔治·桑是一位非常勤奋且有才华的作家，她把写作当做一种精神享受。由于来访者太多，她的创作一般是在晚上。她经常把自己和笔、纸、蓝墨水一起关进屋里，度过一个又一个激情澎湃的夜晚。这样，一部又一部著作在她笔下诞生。

而此时与她一起享受甜蜜生活的于勒，却远没有乔治·桑勤奋。为此，乔治·桑多次劝说于勒仿效自己，努力创作，不要把自己的天分埋没掉。但于勒在给她的信中说："你希望我写，我也希望如此，可我无能为力！我不像你，天生脑子里就有盘小的钢发条，只需按下按钮，就可使意愿运转。"显然，此时精力充沛且又才华横溢的乔治·桑和身体羸弱、性情柔弱的于勒·桑多之间已经出现了某种隔阂。

另外，乔治·桑交游甚广，包括当时著名的作家巴尔扎克在内的许多作家都是她的座上客。巴黎同样是个很小的城市，关于乔治·桑的流言蜚语同在家乡诺昂一样也出现在追求自由的乔治·桑周围。于勒·桑多对这些很清楚。他害怕失去她，他想干涉她的自由，但却总是徒劳无功。乔治·桑是个崇尚自由、无拘无束的女人，她从来就没有怕过流言蜚语，也不想让情夫来干涉自己的自由。她生气地说："我觉得哪里好，就去哪里，无须向任何人报告。"这一切都使于勒醋意大发。但另一方面，他并不是一个强健的男子汉，可以给狂热、浪漫而又刚强的乔治·桑一个温暖的小巢。他游手好闲，天性软弱，已经不能把一颗向往自由的心拘束在自己身边了，两人之间的裂痕越来越大，到了不能再弥补的程度。

1832年夏，乔治·桑回到了离开几个月的诺昂。此时虽然在事业上功成名就，但由于爱情的失落，她看到眼前的一切她都觉得索然无味，当年曾给她无限幸福和快乐的于勒到哪里去了呢？现在的于勒，既不能给她肉体的快乐，也不能给她精神的愉悦。他们彼此已经成为对方心灵上的负担。和他分开，她只感到一种如释重负的感觉，但这又使她惊愕。

这一年，于勒·桑多没有到拉夏特尔来。

但乔治·桑并不想断绝这种关系。对于爱情，她还抱着一线希望。

1832年10月，乔治·桑和于勒又恢复了同居生活。两人互换了戒指，重归于好。

但好景不长，裂痕依旧继续扩大。

这种艺术家的、波希米亚人的生活，从前相当吸引她；这种财富和贫穷的交换，起初她觉得那样有诗意，现在她只觉得是一种相当没趣的怪僻行为，至少，是一种幼稚的举动。

他们在一起时的生活一天比一天沉闷，开始是一些莫名其妙的小吵小闹，后来演变成为激烈的大战。平日淡泊的乔治·桑，在大发脾气的时候，性情也异常凶猛。1833年初，她终于下定决心彻底结束他们之间的关系。

乔治·桑决定送于勒·桑多去意大利，但于勒在她送他之前，吞服了吗啡醋酸盐，幸亏因剂量过大而全部呕吐出来，才幸免一死。

　　乔治·桑怜悯柔弱的于勒，却并没有和他重归于好的表示，她只是写信让勒尼奥去于勒那儿照顾他的身体，因为他的心灵受了伤，但不要再尝试使他振作。

　　受此重创的于勒难忘旧情，两年后，他根据与乔治·桑的这段感情写作了长篇小说《玛丽亚娜》。在作品中，他回忆了这个使他一生为之改变的女人。

　　虽然乔治·桑继续着她的社交活动，但精神上也极其痛苦。这一期间，她创作了长篇小说《莱莉亚》，通过对少女莱莉亚的悲剧命运的描写倾诉了自己心中的痛苦与绝望，使心灵得到了一丝安慰。

　　主人公莱莉亚容貌秀美，品质高尚，但对于爱情却很冷淡。年轻诗人斯泰尼奥热烈地爱着她，试图用自己的热情感化她，但这一切努力都无成效。莱莉亚对于他，是一种母性的爱，她说："我愿意抚摩您，愿意端详您，就好像您是我的孩子。"但莱莉亚并不希望像一个母亲那样爱，而希望拥有像普尔舍莉那样有肉欲的爱情。她也努力去做，却大失所望。她想获得她从未感受过的，但被别的女人如此轻而易举获得的幸福——肉体的爱情。她试过了一个又一个男人，却从未得到她梦想的爱情。

　　乔治·桑和于勒·桑多的这段爱情，不也如此吗？她给予于勒的是一种母性的爱，却渴望得到她所梦想的那种热烈的充满原始情欲的热情，但她的梦想落了空。她的痛苦通过莱莉亚之口表达了出来。莱莉亚的一次次尝试和一次次痛苦也表明了乔治·桑在这场历时多年的爱情中努力培植幸福却又总是品尝爱情苦果的痛苦经历。

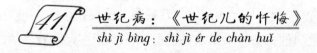

41. 世纪病：《世纪儿的忏悔》
shì jì bìng：shì jì ér de chàn huǐ

　　缪塞（1810—1857）出生于一个贵族世家。父亲是复辟王朝的一个中等官吏，信奉卢梭，对卢梭很有研究，写过一本卢梭的评传。缪塞的母亲是日内瓦一个著名新教哲学家的后裔，积极拥护拿破仑。拿破仑失败时，缪塞才五岁，母亲把"滑铁卢"这个字眼告诉他后，两人一起倒地痛哭。在家庭的影响下，缪塞一生未减对卢梭的热爱，他对拿破仑的崇敬更是终其一生贯彻始终。

缪塞自幼聪慧，在中学读书时成绩优异，几次统考都得了第一。他才华横溢，但兴趣不定，极易见异思迁；他情感丰富，却又很纤细脆弱。他有音乐、美术天赋，却不能在学业上持之以恒。他学过一阵法律后改学医，第一次上解剖课他就被刺激得当场晕倒，只好辍学。他很早就爱好文学，十二三岁时开始吟诗，十六七岁被获准进入以雨果为核心的第二文社，常常在那里朗诵自己的诗作，被认为是不可多得的天才。

缪塞

1830 年，二十岁的缪塞带着自己写的诗作找出版商，不料大受赏识。出版商觉得印成一本书太薄，要求他再添上五六百行。缪塞不到三个星期的时间一气呵成了近一千行的长诗《玛多舒》。书当年出版，使他一举成名。这就是抒情诗集《西班牙与意大利故事》。它虽然带有新古典主义的痕迹，但已经显示了缪塞的艺术风格，思想活跃，词章精美，通卷散发着浪漫主义文学新秀的朝气。

就在这一年，他的剧本《威尼斯之夜》上演了。1832 年他父亲去世，他下决心从事写作，以此谋生。同一年，他出版了第二本诗集《椅中景象》，又在《两大陆评论》杂志上发表了一些其他的作品。缪塞的作品带有浓郁的抒情气息，风格相当别致，当时的青年竞相争阅，梅里美、司汤达等前辈也颇为赏识。

《世纪儿的忏悔》写的是爱情故事，其价值远远超过同一时代的任何言情小说。小说的主人公是一个"世纪儿",19世纪青年人的缩影。在小说的第二章,缪塞提出了"世纪儿"的概念,所谓"世纪儿",就是"世纪病"的患者,而"世纪病",就是青年一代那种"无可名状的苦孩子的感觉",他们无处立足,无所适从,疑惑一切,疑惑导致冷漠,冷漠导致麻木,麻木不仁的精神状态造成了行尸走肉的生活。缪塞用形象的艺术语言,概括了19世纪上半叶相当一部分法国青年的精神状态,"世纪儿"、"世纪病"很快流行于世界文坛。

小说主人公沃达夫是在初恋失意后患上这种"世纪病"的:他热恋的情人玩弄了他的感情,暗中与他的一个知己朋友私通。这种失恋的状态在任何世纪都会出现,为什么偏偏是沃达夫患上了这种"世纪病"。其深刻原因还在于沃达夫所处的那个时代。

沃达夫属于拿破仑帝国时代出生的一代人:"母亲们在战争的空隙之间怀了他们,他们在隆隆的战鼓声中成长……这些青年当时呼吸的是晴朗天空下充满了光荣、响彻了兵刀声的空气,他们知道,他们生来就是要参加那些大搏斗的。"但是时代改变了,光荣的拿破仑帝国已经一去不返,现在是复辟王朝统治时期:"沉寂终年不绝,天空中唯有一片百合花(波旁王室的徽记)的苍白……他们看着大地、天堂、街道、大路,所有这一切都显得很空虚,只有他们自己教区的钟声在远处回响……"青年一代已经丧失了拿破仑帝国时期那种可以通过自由竞争、个人奋斗获得一切的机遇,正感受着一种极大的失望,只剩下空虚的爱情、友谊来填充的空虚的心灵。一旦情人不忠,朋友无耻,爱情和友谊都落空时,沃达夫便坠入精神上的无底深渊:"世纪病"。

时代的腐败,人性的堕落,生命中不存在任何有价值的东西,沃达夫的另一个朋友,律师戴尚奈为了"点破"他对"纯洁感情"的依恋,甚至逼迫自己的情妇去和他过夜。

沃达夫彻底地堕落了,但是他的无耻生活始终煎熬着他的心灵,所以他把纯洁、温柔、美丽、开朗的比莉斯看成可以使他脱胎换骨的救星。他和她的结合,是"世纪儿"幻想治愈"世纪病"的一番挣扎。

这一番挣扎是徒劳的。沃达夫不幸的故事说明"世纪病"是不可能通过"爱情"来治疗的。沃达夫爱比莉斯，但他对比莉斯忠实情感的百般怀疑、百般挑剔、百般折磨，实际上是他本身那种不可治愈的痛苦的发作，痛苦的根子深深埋在他过去与未来的生活中。

沃达夫最后如梦初醒，撒手而去。他走了之后又能怎么样呢？缪塞抓住时代特征，描绘了一个有鲜明的"世纪儿"的形象之后，在小说最后留下的问题，赋予了小说深刻的意义。沃达夫在一定程度上就是缪塞自己，他不仅把他与乔治·桑的爱情悲剧写进了小说，更重要的是把他作为"世纪儿"的感受写入沃达夫的形象中，提出了个性发展与时代社会的矛盾问题。

沃达夫的结局，正是缪塞自己迷惘的精神状态的真实写照，它折射出了苦闷的整整一代人。1838 年以后，缪塞的创作日益减少，好作品凤毛麟角。

缪塞在孤独中度过了一生，后期的生活更为冷清。1852 年 5 月 27 日，缪塞当选为法兰西学士院院士。可惜他进学士院时发表的演说被福楼拜讥为向当政者表忠心的誓词。第二年，他又根据官方要求写了一个拙劣的剧本《奥古斯丁的梦》。

1857 年，缪塞寂寞地离开了人世。

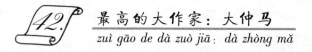

42. 最高的大作家：大仲马
zuì gāo de dà zuò jiā: dà zhòng mǎ

在 19 世纪上半叶浪漫主义文学潮流中，有个不同凡响的作家，他用浪漫主义的精神和方法，创作了生动的故事。曲折的情节、引人入胜的通俗小说，并把这种文学体裁发展到前所未有的新水平，在 40 年代报刊连载小说之风盛行而形成的通俗小说高潮中，这位作家成为最负盛名、拥有最大读者群的代表。这就是大仲马。

大仲马（1802 — 1870）在 1802 年 7 月 24 日，像世界上所有的婴儿一样诞生在尚松和巴黎之间的维莱科特雷村。他的童年几乎都是在家乡郁郁苍苍的大森林里度过，无边无垠的，充满了无限生机和神秘感的大森林孕育了他丰富的情感。他没有受过正规教育，只跟一个神甫学了点拉丁文，可是他却继承了父亲健壮的体魄和超人的勇气，这对他来说，算得上是一笔真正的宝贵财富。

在圣多明各，德·拉巴德里侯爵与一名女黑奴生了一个混血儿，这就是大仲马的父亲达维，当这个混血儿长到十八岁时，便和侯爵来到法国，他成长为一个坚定的共和主义者。仲马·达维以非凡的勇敢投入到法国大革命中，他身经百战，屡建战功，很快成为共和国的著名将领。

1798年，仲马·达维随拿破仑远征埃及，因不满拿破仑的勃勃野心而失去信任，他只得提前回国。归国的途中十分不顺，风暴阻碍了他前进的道路，他只得避入了已经复辟的那不勒斯的海港，被反对派逮捕入狱，受尽非难和折磨。1801年停战后，仲马将军回到法国时几乎已成残废，可是拿破仑不念及他的战功，不给他任何照顾，他贫病交加，四十四岁便去世了。

父亲的英年早逝，使他无暇给大仲马更多的爱，但是他坚定的共和主义思想和威武不屈的军人气概，却永远刻在大仲马幼小的心灵里。家庭给了大仲马特殊的气质，他热情、勇敢，富于幻想；他酷爱跳舞、击剑、射击和打猎。

年轻的大仲马到律师事务所去当小职员，他整天骑着马送公文。1820年的一天，他的命运突然改变了。

一个剧团到尚松演出莎士比亚的名剧《哈姆莱特》，引起了他对戏剧的强烈兴趣。他靠打猎的收入作路费，专程到巴黎去看戏。他的热情得到了著名悲剧演员达尔马的赏识，更坚定了他要当戏剧作家的决心。

1823年，他到巴黎去找父亲生前的好友帮助谋生，他写得一手好字，被福依将军介绍到奥尔良公爵办公室当抄写员。从此之后，他除了十个小时工作外，还"在别人娱乐或睡眠的时候"刻苦钻研拉丁文，地理、心理学、物理、化学、医学，希腊罗马的诗歌、悲剧，歌德、席勒、司各特的文学作品，逐渐积累了丰富的知识，打下了坚固的知识基础。

1827 年，英国著名演员到巴黎演出莎士比亚的戏剧，大仲马观看了全部演出，第一次"在戏剧中看到了使男人和女人战栗的真正的激情"。他感到，只有大胆地将古典主义藏在幕后的狂暴激情搬上舞台，才能获得打动观众的戏剧效果。他开始用完全不同于古典主义的方法进行戏剧创作。

1829 年 2 月 11 日，大仲马的浪漫主义历史剧在法兰西剧院首次上演成功，使他一举成为令人瞩目的剧坛新星。奥尔良公爵在剧本受到禁止时亲自解禁，并任命他为公爵私人图书馆的助理管理员。

1830 年 7 月，推翻波旁王朝的战斗打响了。勇敢而热忱的大仲马背着双管枪义无反顾地参加了战斗。他奔波在街垒之间，发表演说，参加巷战，还独自把三千五百公斤炸药从尚松运到巴黎，因此受到了不久就成为国王的奥尔良公爵的接见，使他对前程满怀希望，希望有一天能施展自己的政治才华。

大仲马冒着生命危险到保王党的据点旺岱去考察，回来后对国王提出了自己对治理旺岱的意见，但得到的只是嘲笑："把政治这个职业留给国王和部长们吧。您是一个诗人，您去做诗吧!"他的政治理想破灭了。对于国王的嘲笑大仲马难以释怀，他两次上书要求辞去图书馆的职务。他参加了以共和观点著称的炮兵部队。在历史剧《拿破仑·波拿巴》前言中，他将与国王的分歧公之于众，从此他被指控为共和主义者。

从 1832 年起，大仲马经常到瑞士、意大利等地去旅行。他怀着剧作家特有的好奇心，沿途观察风俗人情，收集奇闻逸事，在教堂里听故事直到深更半夜。每次旅行后，他都写出大量内容丰富的游记，这为今后的小说创作准备了资料。

30 年代初，报刊的读者大量增加，他们要求报纸刊登更加通俗的文学。为了适应广大读者的需要，报纸开辟了文学专栏。大仲马仔细研究了司各特历史小说的风格，以自己熟练的写作技巧和丰富的想象力，从历史上取材，写成通俗生动的故事在报上连载，成为当时首屈一指的通俗小说专栏作家。1844 年《三个火枪手》获得巨大成功，从此奠定了他作为历史小说家的声誉，同时发表的《基督山伯爵》也吸引了整个巴黎。

大仲马小说作品的数量极为惊人，多达五百卷以上。大部分作品是他40年代后与历史教师奥古斯特·马盖等人合作写成的。这种合作也给他招来一些非议，但无疑他本人还是一个勤奋的写作者，他每天工作十小时，精力充沛，文思敏捷，写起来不加标点，一挥而就。他每写完一张稿纸就扔在地上，让秘书送去复印。巨额收入使他变成了百万富翁，他的生活也日益奢侈。

1847年，他花费数十万法郎建成了豪华的住宅"基度山堡"，同年创办了他私人的"历史剧院"。可惜好景不长，革命前的经济危机使历史剧院一蹶不振，大仲马面临破产的威胁。1848年革命爆发后，他想要进入议会，当一个政论家兼诗人，便积极投入政治斗争。他指挥一营国民自卫军进入巴黎，参加推翻奥尔良公爵的示威，到处发表演说，并表示自己"赞颂天主教"，想以此来掩盖自己私生活的放荡。结果无济于事，他得不到资产者和教士们的支持，只好办了一份报纸来抱怨临时政府的无能。最后剧院破产，他被迫卖掉了"基度山堡"，流亡到布鲁塞尔去了。

大仲马的私生活十分放纵，小仲马是他第一个私生子。1867年，当一个美国女演员成为他最后一个情妇时，他已是六十五岁的老人了。大仲马慷慨好客，挥金如土，一大堆食客靠他混饭度日，所以尽管收入逾万，却总是入不敷出。尽管他精力过人，才华横溢，但如此巨大的支出，就是拼命写作，也永远还不清债务。他最后卖光家具，穷困潦倒，1870年12月15日在第厄普市附近的小仲马家里去世。

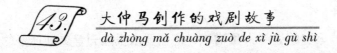

43. 大仲马创作的戏剧故事
dà zhòng mǎ chuàng zuò de xì jù gù shì

五幕散文体历史剧《亨利三世和他的宫廷》（1829）是大仲马受莎士比亚戏剧的启示，突破古典主义戏剧规律的第一出浪漫主义戏剧。此剧上演的时间比雨果的《欧那尼》还早一年。它开辟了历史剧这个新的文学领域，在某些方面体现了浪漫主义戏剧的创作原则。《亨利三世和他的宫廷》不仅给大仲马带来了荣誉，也在文学史上占有一定的位置。

剧本以法国 16 世纪下半叶的宗教战争为背景，以政治阴谋和爱情纠葛相交织的情节，生动地反映了国王亨利三世和首相古伊兹公爵之间争夺权利的斗争。这场斗争在查理九世时代起就开始了。在著名的 1527 年"圣巴托罗缪之夜"的大屠杀之后，亨利·古伊兹公爵又组织了天主教同盟，更加飞扬跋扈，气焰逼人。国王亨利三世不甘心受他的控制，即使是一部分信奉天主教的资产阶级，也对天主教同盟的专横感到不满。《亨利三世和他的宫廷》截取了这一历史的瞬间，把故事集中在短短的两天之间，表现了当时尖锐复杂的矛盾。

古伊兹公爵要挟亨利三世正式任命他为天主教同盟的领袖，想从此取得指挥军队的大权，以便篡夺王位。而国王的宠臣圣·梅格兰却爱上了公爵夫人喀德琳·克莱弗丝。一心想控制国王以操纵政府的王太后喀德琳·梅迪西则企图一箭双雕，同时消灭这两个对手，于是和她的父亲星相家吕其里设下诡计，故意让圣·梅格兰和公爵夫人单独约会，引起了公爵的怀疑。公爵为了消灭自己的政敌兼情敌，不择手段，逼妻子写密信约圣·梅格兰夜间幽会，他布下埋伏，准备置对手于死地。圣·梅格兰在爱情的驱使下，不顾危险，只身来到公爵夫人的房间里。在危急的情况下，公爵夫人向他表白了心中的爱情，并帮他跳窗逃走。圣·梅格兰终于没有逃脱四周的埋伏，经过激烈的搏斗，奄奄一息的圣·梅格兰束手就擒，公爵下令用夫人的手巾勒死了他。

《亨利三世和他的宫廷》是大仲马根据历史学家昂底格尔的著作《天主教同盟的精神》和当时的有关资料改编成的，剧中的政治斗争基本符合历史真实，具体情节则加入了作者的艺术加工。大仲马把生活中两件情杀事件加入剧本，他的艺术加工和剧本构思是围绕剧本主题进行的，批判封建时代的黑暗、统治阶级的凶残。

剧中的古伊兹公爵是一个野心勃勃而又残酷无情的贵族典型。他派人挨门挨户地强迫人们签字参加天主教同盟，在拒绝签字的新教徒门口画上白十字作记号，一旦时机来临就大开杀戒。为了消灭对手，他丝毫不顾贵族所标榜的"信义"，本来约好圣·梅格兰第二天决斗，却卑鄙地提前把他诱来杀死。他对自己的妻子也同样残忍。他勒死圣·梅格兰后，凶相毕露地说："现在结果了仆人，该去对付主人了。"他狂热追求的是最高统治权。

剧中的王太后老奸巨猾，是整个阴谋的主导者。她为了成为最高的统治者，任何阴险卑鄙的伎俩都可以使出来，即使公爵夫人是她的教女，她也利用她的不幸来达到自己的目的。国王亨利三世表面上不偏不倚，让两个政敌去互相残杀，暗地里却把护身符借给圣·梅格兰，要他在决斗时务必置古伊兹公爵于死地。王太后的父亲星相家吕其里更是两面三刀，装神弄鬼，宫廷阴谋无不与他有关。在这个剧本中，贵族统治阶级的代表人物都被剥去了道貌岸然的面纱，露出了一副副权欲熏心的狰狞嘴脸，整个宫廷就像是一个魔鬼的巢穴。剧本虽然没有直接触及波旁王朝，却以犀利的笔触揭露了封建专制的丑恶本质，以至国王查理十世也感到是在影射他和奥尔良公爵，因而下令禁演。在资产阶级推翻封建王朝的七月革命前夕，《亨利三世和他的宫廷》确实具有积极的意义。

整个剧本显示了浪漫主义风格，古典主义的"三一律"被完全抛弃，剧情的发展不再限制在二十四小时内，地点不断变换。人物语言生动活泼，富于感情；不再是17世纪悲剧中矫揉造作、格言式的华丽词藻。大仲马在剧中最大的变化是赋予浪漫主义热情，圣·梅格兰与古典主义作品中的主人公完全不同，他对爱情比对封建义务更为重视，把赴情人的约会看得比与国王谈话更为神圣。为了爱情，他将生死置之度外，只要公爵夫人一声许诺，他宁愿赴汤蹈火，忘记了国王次日要他尽的义务。公爵夫人有炽烈的爱情，强烈的爱使她挣脱了道德和义务的束缚。在这两个戏剧人物身上，大仲马实现了他要在戏剧中表现"使男人和女人战栗的真正激情"的目标。

大仲马一生写作了五十五个正剧，三个悲剧，二十三个喜剧，四个通俗剧，三个喜歌剧。

　　爱情悲剧《安东尼》（1831）中的故事发生在复辟时期，女主人公男爵夫人阿黛尔·爱尔维在少女时代与诗人安东尼相爱，安东尼突然一去不返，她只好和爱尔维上校结婚。三年后，安东尼突然出现在她面前。安东尼不能和阿黛尔结婚，因为他是私生子，没有财产、家庭和职业，母亲的错误在他身上留下了永远耻辱的印记。阿黛尔虽然爱他，但出于妻子的感情和义务，决定到部队去找丈夫。但是安东尼却设法将她留了一夜。回到巴黎后，安东尼找到阿黛尔，劝她和他私奔，但她留恋自己的女儿，也不愿使丈夫失望，因而犹豫不决。她丈夫闻讯赶来，用力敲门。安东尼为了保全情妇的名誉，应她的要求，把她刺死，声称她对他进行了抗拒。剧本谴责了复辟时期社会对私生子的歧视，对男女主人公充满了同情。实际上，这是个自叙体剧本，大仲马把他和一个有夫之妇的奸情美化成爱情悲剧，并在剧本中倾注了全部的热情。这个剧本在1834年被斥为不道德而被下令禁演，直到第二帝国末期才重新被搬上舞台。

　　六幕历史剧《拿破仑·波拿巴》（1831）不仅在时间上概括了整整三十年的法国历史，而且变换了二十三个场景，舞台上充满了异国情调。剧本描写了拿破仑从土伦开始直到厄尔巴岛为止的经历，塑造了拿破仑的伟大形象，表现了大仲马对拿破仑的公正态度和对他的丰功伟绩的景仰。

　　五幕诗体悲剧《克丽丝汀》（1828）与《奈斯尔之塔》（1832）写了情杀故事。《克丽丝汀》描写瑞士王后克丽丝汀杀死背叛她的情人美那德西伯爵的故事。《奈斯尔之塔》写路易十世淫荡残暴的王后玛格丽特·蒲高涅和她的两个姐妹，每天在塔中引诱贵族青年，然后将他们杀死投入塞纳河中，最后她们自己也受到了惩罚。两个情杀故事揭露了封建专制时代的残暴和腐朽。

　　1838年，大仲马的戏剧《冶金学家》完全失败。此后，他将创作逐渐转到小说上。

挂在历史钉子上的小说

guà zài lì shǐ dīng zǐ shàng de xiǎo shuō

大仲马最突出的天赋是有丰富的想象力和编织故事的技巧，这使他的历史小说取得了辉煌的成就。大仲马以生动通俗的小说形式描写历史事件和场景。在他一系列历史小说中，最优秀最著名的是《三个火枪手》（1844）。小说表现了 17 世纪 20 年代法国封建统治阶级内部的矛盾和斗争。1624 年，法国红衣主教黎世留上台执政，与以王后为代表的大贵族敌对势力进行了不懈的斗争，结束了亨利四世被刺后爆发的贵族骚乱，为巩固中央集权、统一法国作出了贡献。1625 年，对抗王权的新教贵族勾结英国，在拉罗舍勒举兵造反，黎世留于 1627 年亲自指挥军队围攻，第二年拉罗舍勒粮绝投降。大仲马记载了这段历史时期，为了迎合读者趣味，他在小说中加入了自己的部分想象，对王太后、黎世留等历史人物作出了与事实相反的评价。

小说主人公达达尼昂是一个贵族的后代，他来到巴黎投靠国王路易十三的火枪队队官特雷维尔，并和阿托斯、波尔托斯和阿拉密斯三个火枪手结成莫逆之交。他与王后的心腹侍女波娜雪夫人一见钟情，愿意为她给王太后效劳。王后与英国首相白金汉公爵有私，把国王赠给她的一串金刚钻坠子送给了白金汉公爵。与王后有隙的黎世留派女间谍米莱狄潜入英国，盗出了坠子上的两粒金刚钻，然后建议国王举行舞会，让王后届时佩戴钻石坠子出席，企图使王后名誉扫地，从而打击国王路易十三。达达尼昂自告奋勇到英国取回这串坠子，他与三个火枪手冲破了黎世留部下的重重拦截，终于取回了白金汉公爵不惜重金修复完整的金刚钻坠子，在舞会开始前不到一小时的危急关头送到了王后手中，但波娜雪夫人却因此被黎世留派人绑架而去。

达达尼昂抵挡不住米莱狄美貌的诱惑，企图获得她的爱情，结果却发现她是一个心狠手辣的逃犯。这时黎世留和路易十三开始围攻新教徒的最后堡垒拉罗舍勒，米莱狄被派到英国去阻止白金汉公爵对该城的援助。由于达达尼昂和朋友们的周密策划，她一到英国就被关进监狱，但是她用花言巧语引诱了看守弗尔顿中尉，利用这个上当的清教徒刺死了白金汉公爵，自己则逃回法国，害死了波娜雪夫人，最后被四个火枪手抓住处死。黎世留本来对这个凶恶阴险的女人也感到头疼，于是顺水推舟，宽大处理，任命达达尼昂当了火枪队的副队官，他的三个朋友也各得其所。

小说根据库尔底兹于 1700 年发表的《国王火枪手第一连中尉达达尼昂先生回忆录》改写的。达达尼昂的模特是伽司戈尼人罗居里叶，他于 1640 年参加火枪队，后来成为法国元帅。三个火枪手也确有其人。达达尼昂和火枪手们的友谊和冒险故事，不少出于库尔底兹的虚构。大仲马在改写的时候，根据史料增加了金刚钻坠子的情节以及其他一些人物，特别是对达达尼昂这个主人公进行了艺术加工，使小说与库尔底兹的《回忆录》又有了不小的距离，与真正的史实自然就相去甚远。

这是大仲马历史小说的通病。他喜欢历史但不尊重历史，他曾调侃地说："历史是什么？是我挂小说的钉子。"所以《三个火枪手》不具有历史材料的价值，但是它达到了相当高的文学成就。

小说最主要的文学成就在于塑造了一系列生动的人物形象，其中最鲜明的是达达尼昂。他勇敢，机智，热情，开朗，见义勇为，珍视友谊。他对国王和王国忠心耿耿，赴汤蹈火在所不辞。他并非愚忠，必要时他也卖掉王后恩赐的金刚石戒指，他最终所追求也不是忠臣的政治信念，而是自己的功名，更重要的是情人的垂青。但是他又是非分明，知过即改，及时地识破了妖媚的米莱狄。达达尼昂的性格由此显示出多面性，给人以真实感。

小说塑造了各有性格的火枪手形象。阿托斯冷静沉着，行事老练，嫉恶如仇，早年上了米莱狄的当，与她结了婚。当发现她的阴谋后，和她斗争坚决果断，绝不手软。波尔托斯大胆鲁莽，头脑简单，感情外露，对情妇耍小手腕令人发笑。阿拉密斯风度翩翩，柔和沉静，喜欢钻研宗教神学问题，在教士般严肃的外貌下，隐藏着他和贵妇人的风流韵事。几个火枪手为爱情奋不顾身，在战斗中视死如归，带有浓厚的传奇色彩，有中世纪史诗中的骑士风度，同时又性格生动、感情丰富，具有 19 世纪浪漫派的情调。大仲马为 17 世纪的严峻历史吹进了一股清新的浪漫主义气息，使 19 世纪读惯 18 世纪哲理小说和恐怖怪诞的黑色小说的读者耳目一新，他们对安娜·奥地利王后和白金汉公爵的爱情，竟比对当时七月王朝的政局更为关心。小说还成功地刻画了其他人物形象。黎世留不是历史人物却是成功的艺术形象。他是老谋深算、不动声色的老奸巨猾的弄臣，他挟天子以令诸侯，却又虚伪万分。其他人物也都是性格鲜明，如米莱特的妖冶美艳、狡猾狠毒，波娜雪的愚蠢自负等等。连火枪手们的跟班也各类其主，惟妙惟肖。大仲马善于用一连串的人物行动和生动的语言去表现，整部小说从头到尾充满了妙趣横生的对话，这是使《三个火枪手》充满趣味的一个特色。

《三个火枪手》情节曲折，层次分明，整个故事由许多单独成章的小故事组成。如白金汉公爵和王后的爱情，阿托斯不幸的婚姻，费尔顿中尉的爱情，达达尼昂对波娜雪夫人一见钟情，波尔托斯与律师夫妇的微妙关系等等。这是连载小说体裁所决定的。大仲马表现了编织故事和叙述故事的杰出才能，小说每一段都有结果，然而又同时造成悬念。这些故事不但使小说趣味盎然，而且从不同的角度反映了一定的时代风貌。《三个火枪手》至今仍具有艺术生命力。

大仲马一生所写的历史小说极多，从 1845 年到 1855 年是他历史小说创作的高峰。大仲马每写一部历史小说，都要到发生这些历史事件的地方去考察一番，向老人、农民请教当地的传说和风俗，同时查阅大量的资料，甚至亨利四世睡觉打呼噜的细节也不放过。大仲马从一个普通的小职员进入上流社会，具备了丰富的阅历、广博的见闻和对各类人物的深刻观察，这使他的人物生动鲜明，故事娓娓动听，引人入胜。

大仲马极善于让他的人物在历史的紧急关头出现，让他们在历史事件中扮演角色。他的历史小说在某些地方可以说是历史通俗演义。但是他的小说不能作为历史资料来阅读，因为他往往是"戴着眼镜去看历史"，一切都服从小说情节的需要。他的历史小说有很浓的商业化色彩。

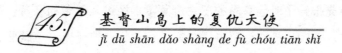

45. 基督山岛上的复仇天使
jī dū shān dǎo shàng de fù chóu tiān shǐ

1842 年，大仲马在地中海游历时，对厄尔巴岛附近的伊夫岛（基督山岛）发生了兴趣，打算写一本有关基督山的小说。第二年他应报社的要求开始构思小说的情节。他在 1838 年发表的《路易十四以来巴黎警察局档案的回忆录》中，发现了一个复仇的故事，在研究了这份资料后，他和马奎一起商定了写作计划，定名为《基督山伯爵》。

故事开始于复辟时期，主人公爱德蒙·邓蒂斯是一个年轻有为的水手，即将提升为船长。他的同事邓格拉司十分嫉妒他，写了一封诬陷信，由邓蒂斯的情敌弗南投入邮筒，代理检察官维尔福出于私利，把邓蒂斯打入了插翅难飞的死牢伊夫堡。从此，冤案的三个制造者飞黄腾达。维尔福获得了勋章，后又升为巴黎的首席检察官，邓格拉司靠投机发财，娶了一个有钱的寡妇，成了伯爵、众议员和金融界巨头；弗南则娶了邓蒂斯的未婚妻，改名为马瑟夫，在对英国和西班牙的战争中为波旁王朝效劳而升为上校，又在希腊独立战争中出卖自己的恩主阿里总督而当上了中将和法国贵族院的议员。

邓蒂斯被捕后，老父因无人抚养，饥饿而死，他自己在黑牢里受了十四年的折磨。在狱中，他从难友法利兰长老那里获得了基督山宝藏的秘密。他逃出伊夫堡后，设法

大仲马

到基督山岛找到了宝藏，成了它的主人。

邓蒂斯一夜暴富，自名为基督山伯爵，开始了他的恩仇计划。他运用无尽的钱财，首先报答了对他有恩的船主摩莱尔。经过八年多的准备，带着阿里总督的女儿海蒂，进入巴黎上层社会进行复仇。他在报上透露弗南的罪恶历史，让海蒂在议会里作证，使弗南原形毕露后不得不开枪自杀。他在投机事业中连续打击了邓格拉司，使他濒于破产。同时邓蒂斯把维尔福和邓格拉司夫人抛弃的私生子，苦役犯贝尼尔台多装扮成富有的王子，让他去追求邓格拉司的女儿并与他订婚，使邓格拉司一家名誉扫地，最后彻底破产。他教会维尔福夫人配制毒药的方法，促使她为了早日获得遗产，毒死了好几条人命，自己也畏罪自杀。维尔福在审计贝尼尔台多时发现他竟是自己的儿子，受刺激过多而发疯。邓蒂斯大仇已报，与海蒂一起扬帆远航，永远离开了巴黎。

大仲马用邓蒂斯悲惨的经历，暴露了复辟王朝时期司法制度的黑暗与弊病，对这个时期的上层人物进行了批评。邓蒂斯的三个仇人，分别是司法、金融和政治的头面人物，他们的历史充满了罪恶，他们的人品和家庭关系都丑恶不堪、腐朽透顶。

《基督山伯爵》写作和发表于七月王朝的后期，七月王朝金融贵族统治集团的腐朽日益暴露，邓蒂斯的三个仇人，正是这个统治集团的写照。作品对19世纪上半叶资本主义生活中某些腐朽黑暗现象有所揭露，这一切构成了小说思想内容上的积极意义。

《基督山伯爵》是一部以情节取胜的通俗小说，作者把注意力集中在写一个情节复杂的复仇故事，没有着意刻画自己的时代社会，更没有提出什么问题。小说的一切都服从于如何使故事情节曲折有趣，吸引读者。大仲马在小说中力图把主人公描写为"惩恶扬善"的"天使"，把他的复仇表现为"崇高"的"英雄事业"，但实际上邓蒂斯是一个完全局限于个人范围的利己主义者，并不是社会的"救世主"。他除了进行报复外，对社会"保持着一种中立的态度"，只暗算了自己的三个仇人就匆匆遁世而去。他并不像作者所说的那么高贵而伟大，他只是一个冤冤相报的普通人。在

《基督山伯爵》插图

基督山伯爵实施恩仇计划时，作者明显有金钱拜物教的倾向：他用重金报恩，唆使维尔福夫人下毒，用金钱收买发报员，让贝尼台多和另一个无赖伪装父子行骗等等。推动他行动的是幻想中的神话——从天而降的宝藏，及其在巴黎社会发挥得令人难以置信的神奇力量。这些都影响了作品的真实性，使《基督山伯爵》不可以和其他优秀的文学作品并驾齐驱。

然而《基督山伯爵》获得了巨大的成功。一百多年来被译成多种文字，深受世界各国读者的欢迎。作为一本通俗小说，《基督山伯爵》达到了相当完善的地步。小说充满了浪漫的传奇的色彩，构思巧妙而又周密，复仇过程曲折繁杂，跌宕起伏；由邓蒂斯苦心经营，周密策划，布置下无形的天罗地网，使仇人们个个在劫难逃。一个线索纷繁的故事，人物众多的场面，都被安排得杂而不乱，环环相扣。整部小说情节变化多端，场景丰富多彩，三次复仇写得互不相同，读来也各异其趣。

小说的另一显著特点是擅写对话，全书一半以上的篇幅由对话组成，作者通过人物对话，不仅表现人物的思想性格，而且交代往事，显示卓越的语言才能，这些得益于大仲马丰富多彩的创作经验。

大仲马是法国文学史上杰出的通俗小说家，他不致力于对丰富的社会生活作广阔生动的描绘，而是以丰富的想象编织出离奇曲折、趣味盎然的故事来吸引读者。大仲马拥有数量可观的读者群。《基督山伯爵》是一部闻名世界的畅销书。

如今，来自世界各地的游客沿着当年大仲马的足迹来到厄巴岛，隔海远眺在蔚蓝波涛中沉睡的伊夫岛（基督山），笑谈着一百年前那个神奇而浪漫的传遍世界的有趣故事。

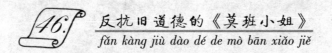

46. 反抗旧道德的《莫班小姐》

fǎn kàng jiù dào dé de mò bān xiǎo jiě

泰奥菲尔·戈蒂耶（1811—1872）并不是理论家，但他却是 19 世纪法国文学思潮中的一个代表人物。在 30 年代初，他提出了唯美主义的文艺主张；到了 50 年代，则成了"为艺术而艺术"的流派的领袖。

戈蒂耶 1811 年生于上比利牛斯省的塔伯城。他的祖父是农民。在一位大革命后当上主教的叔父的照顾下，父亲受到了良好的教育，早年在故乡的税务局当职员。戈蒂耶三岁时，他父亲谋到巴黎入境处一个税关监督的职务，因而把全家迁到巴黎。

戈蒂耶八岁进入有名的路易大帝中学，后转学到同样有名的查理曼中学。他课余喜欢写诗，更喜欢绘画，中学最后一年，他跟画家里欧学画。

在查理曼中学，戈蒂耶结识了当时已经有点名气的青年诗人钱拉·德·内尔瓦。1830 年初，内尔瓦把他介绍给雨果。当戈蒂耶见到闻名遐迩、名传全欧的浪漫大师时，心中万分激动。雨果听说他正在写诗，鼓励他发表诗作。从此戈蒂耶放弃绘画，专攻文学。1830 年 2 月 25 日，《欧那尼》首次公演。这成为戈蒂耶一生中的重大事件。那天，他特地穿上一件鲜艳夺目的红背心，参加了雨果的拉拉队。由于触犯了传统审美趣味，戈蒂耶再无法走入"上流社会"，因为这件红背心始终得不到完全的谅解。戈蒂耶伤心地说："我只穿了它一天，但我一辈子都披着它。"

1830 年，正值七月革命高潮，戈蒂耶出版了他第一本诗集。他与内尔瓦等人结成一个浪漫主义文社。文化成员擅长以奇谈怪论骇世惊俗，自称"青年法兰西派"。戈蒂耶却发现这个团体的浮夸可笑，1833 年他发表了故事集《青年法兰西》，讽刺这种作风。这本书获得了一定的成功。出版商要求他再写一本小说，力求骇人听闻。这就是 1836 年出版的《莫班小姐》。该书的序言轰动一时，戈蒂耶公开向资产阶级道德挑战，反对艺术为道德和功利服务，鼓吹唯美主义的文艺思想。

在《＜莫班小姐＞序》中，戈蒂耶嘲笑那些资产阶级伪君子，垂涎女色却又道貌岸然。他说："现在道德方面风行的这种矫情，即使不是令人恶心之极，也是非常可笑的。报纸的评论文章都成了说教，记者都成了布道士，所差的就是行落发式和穿教士服了。现今这个时代是风雨潇潇，盛行诵经，要躲避的话，就只好出门乘车，茶余酒后重读《巨人传》了。"他写了长篇小说《莫班小姐》就是对现存道德的一种挑战和蔑视。

青年诗人达贝尔崇拜外形美，追求完美的女性美。他有过许多情妇，但没有一个符合他的理想。他眼前有一个情妇萝赛特，她是个年轻、有钱的寡妇，天生丽质，对达贝尔特别钟情，百依百顺。尽管萝赛特对他千好万好，达贝尔还是认为她不够理想。

萝赛特带她到乡下姑妈的一所庄园中小住。几天后，哥哥阿西巴德也带来了客人：一个年轻的骑士和他的侍童。骑士名叫戴奥陶，姣好如少妇，侍童秀宛如少女。萝赛特一见戴奥陶，立刻露出好感。达贝尔开始有妒意，但后来也被对方美丽的外表、机智的谈吐、优雅的举止所吸引。他觉得戴奥陶完美地体现了他理想中的美，可他偏偏是个男子。

戴奥陶的确是女扮男装，她本名玛特荔茵·德·莫班，唯一的叔父死后，她便孤独地生活在世上。她为了全面地了解男人，以便从中找到一个称心如意的丈夫。于是她换上骑士的装束，以男子的身份踏上历险的旅程。

在一家乡村酒店，她遇到一群贵族子弟。晚间住宿人多床少，她不得不像别人一样，两人睡一床。与戴奥陶同床而卧的正是阿西巴德，他丝毫没有发现戴奥陶的秘密。第二天清早一同上路时，他坚持邀戴奥陶去姑妈的庄园去看他妹妹。

萝赛特一见钟情。戴奥陶只得按男子身份行事，殷勤地对待萝赛特。萝赛特想方设法与戴奥陶相处，向她倾诉衷肠。这使戴奥陶十分受窘，难以应对。阿西巴德却认为她勾引了妹妹，拔剑与她决斗。戴奥陶一退再退，不得已出剑还击，不料一剑之下，阿西巴德竟受伤倒地。戴奥陶跃马离去。

萝赛特伤心至极，不断写信邀请她回来。戴奥陶一时心软，重返庄园。

闲居乡间的无聊生活，让达贝尔想办法寻乐，他建议演剧消遣，并选定了莎士比亚的喜剧《皆大欢喜》。在扮演角色时出了一点意外，因萝赛特拒绝出演女角罗莎琳，只好由自告奋勇的戴奥陶承担。女装后的戴奥陶风华绝代，魅力无穷，令全场惊叹不已。由青年诗人达贝尔扮演的男主角奥兰多似乎从中窥探了戴奥陶的秘密。

达贝尔确信戴奥陶是女扮男装，他写了一封情词恳切的信表达自己的爱意，将戴奥陶称为"罗莎琳"。信送到罗莎琳房间中半个多月了，戴奥陶没有任何反应。达贝尔止不住相思之苦，竟然起了自杀的念头。一个秋天的黄昏，达贝尔正在出神，一双手轻轻搁在他的肩头，原来正是穿着罗莎琳服装的戴奥陶。两人投到炽烈的爱河之中。达贝尔惊喜地发现，戴奥陶正是他梦寐以求的完美女性形象。

一夜狂欢之后，两人沉沉睡去。东方破晓，莫班小姐已悄然离去。几天后，达贝尔收到她的一封信，信中说，如果她继续留下来，她仅仅是达贝尔的情妇之一，而就此分手，才能将她的形象永远存在他的记忆之中。

莫班小姐是一个被当时的资产阶级认为"不道德"的故事。她是戈蒂耶虚构的艺术形象。莫班小姐和达贝尔都体现了戈蒂耶的唯美主义美学观，他们以外形的美作为爱情的基础，以感官享受作为爱情的目的，他们追求爱的完美正是唯美主义的理想境界。小说没有故事发生的时间、地点，只有对完美的理想不断追求的过程和显示的激情，仍然体现了浪漫主义的风格，戈蒂耶由衷赞赏莫班小姐和达贝尔勇敢追求自己的生活信念，不为世俗偏见左右，无疑是具有社会的反叛性和新生活的开创性的。

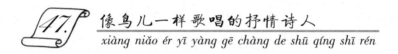

47. 像鸟儿一样歌唱的抒情诗人

xiàng niǎo ér yī yàng gē chàng de shū qíng shī rén

玛思琳·德·波特·瓦尔莫尔是一位别具一格的抒情诗人。她的一生充满曲折坎坷和辛酸。1786 年 6 月 20 日，小玛思琳出生在法国北部小城杜埃，在八个孩子中排行老四。她的父亲是油漆镀金匠，还帮人装饰教堂。在大革命中，她家破产了，于是举家搬迁到瓜德卢普去寻找发财的机会。结果却刚好碰上黑人暴动和黄热病，这对他们全家来说简直是雪上加霜，而她的母亲又在这时撒手人寰，他们只得又回到法国。回国以后，她家的苦难更加深重。

玛思琳曾经演过一些小角色，为了生计她又重操旧业，开始在杜埃剧院演戏，后来又转到卢昂剧院，最后终于在格雷特里的推荐下登上了巴黎喜剧院的舞台。在那里她曾和歌剧院的医生阿里伯特有过一段私情。后来她放弃歌唱，到奥德翁剧院当演员，然后在造币厂剧院，辗转来到布鲁塞尔。她深深地爱上了背信弃义、见异思迁的亨利·德拉杜什，甚至在 1817 年嫁给剧院的同行瓦尔莫尔之后仍然与他藕断丝连。这场爱情使她后来饱受折磨，但是在开始的时候却慰藉了她事业上的挫折，激发了她内心的激情。

玛思林的第一部诗集《哀歌和浪漫曲》出版于 1819 年，以形式朴素，直抒胸臆，感情真挚细腻见长。比拉马丁的《沉思集》还要早一年，其中还包括一篇短篇小说《玛丽》。1821 和 1822 年，该书增订再版时更名为《诗歌集》。这部诗集发表后立即吸引了同时代的许多大诗人们，尤其是雨果的注意。

无论是在里昂还是在巴黎，玛思琳·瓦尔莫尔一家都接连遭遇挫折和不幸的打击。她的三个孩子都接连夭折，深受圣伯夫赞赏的女儿翁蒂娜又幼年早逝。1859 年 7 月 23 日，经过两年的痛苦经历，她终于在巴黎与世长辞。她的其他诗集还有《哀歌和新诗集》、《诗集》（1830）、《可怜的花朵》、《诗集》（1842）、《花束和祈祷》、《崭新的诗》。

诗歌鲜有对内心的表现像她那样直白的。玛斯琳以这种震撼人心的自发性，以这种近乎直觉的表达方式，歌唱着童年、爱情、母爱、友谊、人类的团结、死亡、对上帝的信仰等等。她的诗歌艺术不但保留了自己淳朴的风格，还吸收了法国诗歌的传统表达方式，尤其是奇数音步。例如：

你拥有我心

我拥有你心

我以心换心

幸福易幸福

她在奄奄一息的伊奈斯床头写下了出色诗篇，如《漫漫长夜里断断续续的梦境》，原文用的是十一音步：

你好！幸福！永别了！你等待的

仅仅只是揭开死亡的秘密。

玛斯琳没有上多少学，她说："我本来热爱对诗人和诗艺的研究，可是我只有梦想的份，正如对这世上所有的财富一样。"所以抒情对她与其说是一种技艺，不如说是内心激情的自然流露，是一种生命本能的需要。圣伯夫评论说："她像鸟儿一样歌唱。"她在写给圣伯夫的信中说："音乐在我痛苦的头脑里流动，一种始终如一的节拍在我的思考之外梳理着我的思想。我被迫将它写出来，从而将我自己从它狂热的撞击中解脱出来，后来人家告诉我，这就是哀歌。"所以在她的诗中没有高深的学术探讨，只有感人肺腑的真诚和超乎寻常的天赋。她用诗歌倾诉她心灵的呐喊，母爱、孤独、对故乡的热爱以及对神秘世界的冲动，她的激情、痛苦和快乐。

有人认为这位女诗人是法国文学史上最伟大的诗人之一，完全可以与拉马丁媲美，魏尔兰的创作也大半要归功于她。事实上她生前就已经受到大诗人雨果、拉马丁等人的赞扬，身后更受到从波德莱尔到阿拉贡，包括魏尔兰、兰波、马拉美等现代诗人的推崇。

玛斯琳的诗作不但以其温柔和激情被浪漫主义诗人赋予极高的地位，而且也是极少数受到象征派诗人推重的诗人之一，因为她的诗自始至终不用修辞，感情真挚，意境清新，节奏精美而富有音乐性。当魏尔兰在兰波的推荐下读这些诗时，毫无疑问，找到了支持，从而更加坚定了他的追求；即使在技巧方面，他也受到了启发，深深地受到了奇数音步的震撼，瓦尔莫尔的十一音步在他的诗歌创作中起到了巨大的作用。

瓦尔莫尔是一位不折不扣的浪漫主义诗人，并不是表面的真诚、激情、流畅、细腻所能概括，而是内在的纯粹的浪漫主义诗人。

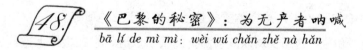

48. 《巴黎的秘密》：为无产者呐喊

bā lí de mì mì: wèi wú chǎn zhě nà hǎn

欧仁·苏（1804—1857）一生遭遇坎坷，可是他为这种信念奋斗了一生，他从未放弃过这个信念。

欧仁·苏生于巴黎世代名医家庭。父亲约翰·约瑟夫曾以皇家卫队主任医生身份随拿破仑出征俄国，波旁王朝复辟后又当上了路易十八皇家医院的外科主任。由于父亲在宫廷中受到的信任，欧仁·苏成了约瑟芬皇后和欧仁·德·波阿奈亲王的教子，取名为马利-约瑟夫·欧仁。

在波旁公立中学就读的欧仁·苏，成绩平常，使望子成龙的父亲十分失望，他不得不把儿子带到身边当一名助理外科医生。由于公立中学和严父的刻板教育，直到十八岁时，欧仁·苏的知识面还很狭窄。

欧仁·苏对医学缺乏兴趣，他在业余时间阅读了一些文学作品。拜伦的愤世嫉俗、司各特的神秘色彩、卢梭在《民约论》中提出的社会政治改革方案，深深地吸引了他。1873 年，欧仁·苏以助理外科医生的身份参加了波旁王朝对西班牙的战争。第二年他回到巴黎，耽于声色享受，不久便债台高筑。老父忧心忡忡，替他还清债务后，打发他去土伦的军医院。在空闲的日子里，他与人合作创作了一个查理十世加冕礼的应时剧，剧本上演时颇受欢迎，从此激发了他创作的兴趣和信心。

一个偶然的机会使欧仁·苏第一次看到社会底层的真实。1841 年 5 月，他接触了一个工人家庭，深深为压在社会最底层的工人血泪生活所震惊。欧仁·苏决定以作品为穷人代言，向社会提供在他心里酝酿了很久的改良方案。但是，他也和空想社会主义者一样，不了解无产阶级的伟大力量和历史使命，只寄希望于资本家，让他们看到新社会的优越后自动放弃资本与剥削。

1842 年至 1843 年，他在《辩论报》上发表了长篇小说《巴黎的秘密》。小说发表后轰动了整个法国，欧仁·苏成了各界瞩目的人物。他被授予"荣誉军团十字勋章"，不久又被选为议员。两年后，他的另一部重要作品《流浪的犹太人》赢得的赞誉使他达到了事业的顶峰。

《巴黎的秘密》这部长篇以复杂曲折的情节取胜，它在报纸上连载后，故事中的主要人物几乎成了那一时期巴黎家家户户谈论的中心。

德意志盖罗尔斯坦大公国的大公鲁道夫，年轻时曾跟一位苏格兰姑娘萨拉同居并生了一个女儿。由于他父亲坚决不同意这门亲事，鲁道夫一气下，差点与父亲拔刀相向。不久，鲁道夫在萨拉写给她哥哥的信中发现，萨拉爱她出于很强的功利性，她想登上大公夫人的宝座。鲁道夫又悔又恨，决定出国旅行，希望能用惩恶扬善的行动赎补弑父的罪过。萨拉此时也被逐出盖罗尔斯坦。

几年后鲁道夫回到家乡，遵照父命跟普鲁士的一位郡主结了婚，稍后，萨拉也嫁给了一位伯爵。结婚不久，萨拉把女儿托付给了公证人雅克·弗兰抚养。雅克·弗兰为了吞没萨拉留给女儿的钱财，把孩子送给别人，伪称她已经死去。

几年过去了，鲁道夫和萨拉的配偶相继去世。大公继续扬善惩恶，他出国旅游。在巴黎，一天晚上他无意中从一个绰号为屠夫的人手中救了一个漂亮的姑娘玛丽花，没想到这个十六岁的少女正是他多年一直痛悼的亲生女儿。

收留年幼的玛丽花的是个女强盗，她绰号叫猫头鹰。她对玛丽花极尽虐待凌辱，玛丽花不堪忍受，八岁时逃到街头，不久被警察送进了教养所。她在教养所里呆了八年，十六岁获释，因无法生存，举目无亲，只得沦落为娼。

公爵动了恻隐之心，他把玛丽花带到了有"模范农场"之称的布克伐尔那里，他不仅请人照料她，还指定老教士拉波特对她进行教育。教士成功地在玛丽花身上培养起宗教感情。她忏悔自己罪孽深重，开始背负赎罪的十字架。

萨拉不甘心放弃大公夫人的野心，她来到巴黎，希望和鲁道夫恢复关系。她以为鲁道夫想收养玛丽花做情妇，就想利用猫头鹰和另一个强盗校长剪除情敌。这一阴谋让刺客得知了。刺客立刻报告了鲁道夫。原来刺客已归服了鲁道夫。公爵设了圈套，校长被擒，供认了自己的种种罪孽。鲁道夫认为惩恶时从法庭转到断头台的过程太快，不利于罪犯忏悔，他采取了基督教"眼睛作恶就挖掉眼睛"的惩罚手段，命令黑人医生大卫弄瞎了他的双眼。

鲁道夫发现他的好友达尔维尔侯爵的妻子克雷门斯的名誉正面临危险，他巧妙地使她摆脱了窘境。侯爵夫人趁机向鲁道夫表明了婚后的不幸及其埋藏在心中的隐藏很久的爱。为了转移克雷门斯的情感，鲁道夫劝她从事种种慈善性的猎奇活动。侯爵夫人接受了这一建议，从此在行善中找到了乐趣。

萨拉把克雷门斯看做是阻止她跟鲁道夫破镜重圆的另一个情敌，她写信给达尔维尔侯爵，污蔑鲁道夫和克雷门斯的清白关系。但不久真相大白，侯爵觉得自己当年有病不该欺骗妻子，自己带病活着对夫妻都是无尽的痛苦，于是开枪自尽。

萨拉一计不成，又生一计。她指使猫头鹰伙同双目失明却继续作恶的校长劫走了玛丽花。萨拉不相信这位漂亮的少女就是她的亲生女儿，虚伪的弗兰害怕昔日吞没钱财的劣迹败露，买通了几个强盗把玛丽花和知情人投入了塞纳河。玛丽花又一次获救。猫头鹰劫走玛丽花后到萨拉家领赏，无意中从一张相片中认出了幼时的玛丽花，萨拉才知道被劫的姑娘原来是自己的女儿，赶快录下了女强盗的证词。女强盗见财起意，刺伤萨拉后卷财而逃。

鲁道夫的邻居首饰匠莫莱尔家贫如洗，女儿路易莎在弗兰家帮佣又遭奸污怀了孕。弗兰打算杀人灭口，路易莎得悉后准备逃回家中，动身前夕生了一个男孩，婴儿出生后不久就被冻死了。路易莎埋了孩子匆匆出逃，途中遇到弗兰事务所任职的热尔门。热尔门告诉她弗兰以欠债为由即将逮捕莫莱尔，并给了路易莎一千三百法郎让她替父还债，路易莎赶到家里救了父亲，她自己却被弗兰扣上了"杀婴罪"含冤下狱。

为了伸张正义，鲁道夫将计就计，派混血儿色西丽混入弗兰家帮佣，以色相引诱弗兰，取得他的罪证，逼他听任鲁道夫的指令。鲁道夫命令弗兰盘出事务所，收入用来偿还那些受过他陷害和盘剥的人，将家产捐给"贫民银行"。弗兰罪有应得，鲁道夫也终于找回了自己的女儿。

公爵出面救助路易莎，热尔门获释，莫莱尔的疯病也被治愈。校长与猫头鹰发生内讧，猫头鹰被告。校长装病逃避法律制裁，关进了疯人院。

鲁道夫完成了扬善惩恶的义举，决定离开巴黎回国。他与克雷门斯结了婚，玛丽花贵为阿梅丽郡主。她拒绝了一个亲王的求婚，进了修道院，因为她已皈依了上帝，她想进入天国必须赎罪。玛丽花郁郁寡欢，不久便郁闷而死。

小说真实地呈现了巴黎贫民区的阴暗景象，在玛丽花、刺客和莫莱尔一家的经历中集中反映了下层人民的悲惨生活。玛丽花寄养在猫头鹰家里，受尽虐待，不得温饱，小小年龄在街上叫卖糖果，稍有差错竟被拔下牙齿以示惩罚。她逃出来，无法生活，最后不得不靠卖淫为生。刺客也是孤儿出身，十一二岁不得不出外打工。艰苦的劳作没有使他免于饥寒，直到十九岁，还没睡过床。他甚至愿意坐牢，因为那样会得到一碗牢饭。出监狱后，他没有固定收入，衣食无着。首饰匠莫莱尔一天只能睡三个小时，繁荣的劳动累得他身体变形，他一天只有四十个苏的工资，却要养活全家八口。他无力还债，把大女儿抵押出卖，小女儿得了肺病，冻饿而死。欧仁·苏以明显的同情描写了他的生活，在他们身上投射出当时巴黎大量无业游民和下层劳动人民的苦难生活。同时，他又通过弗兰等人物对上层社会的腐朽和享乐作了揭露。

欧仁·苏以基督教"让我们彼此相爱"的思想贯穿整部小说。他笔下的人物分为四类：善的富人，如鲁道夫、克雷门斯；善的穷人，如莫莱尔；恶的富人，如弗兰；恶的穷人，如"猫头鹰"等。他把希望寄托在善的富人身上。他写这部小说的目的是唤起思想家和慈善家们注意这些巨大的社会灾难。他宣扬鲁道夫的惩恶扬善，扶危济困，以此来提出乌托邦的社会改革之案。他在小说中设立的西方救助穷人的社会组织："贫民银行"与"模范农场"，都是建立在富人发善心的基础上，这是作者按照傅立叶设想的"法郎吉"组织思想复制出来的空中楼阁。

欧仁·苏善于利用曲折离奇的情节和激动人心的故事引起读者的注意，语言流畅，场面逼真，这是欧仁·苏长期乔装深入巴黎下层社会体验生活的结果。欧仁·苏是较早把盗匪黑话搬进小说的法国作家，他的作品善于制造恐怖气氛，利用自然界风雨雷电加强效果，深受读者欢迎。

《巴黎的秘密》较早描绘了资本主义工业化之后城市下层人民的生活情景，成为傅立叶空想社会主义的通俗图解。小说反映的穷人生活、命运和痛苦，可谓小说《巴黎的秘密》之秘密所在。人民贫困化，是一个重大

的社会问题，它严重地威胁着当时社会秩序的安宁，引起社会公众的瞩目。对此，恩格斯在《大陆的运动》一文中曾明确指出：这本书以明显的笔调描写了大城市的"下层等级"所遭受的贫困和道德败坏，这种笔调不能不使社会关注所有无产者的状况。

需要特别强调的是，欧仁·苏对广大人民如此贫困痛苦的根源的认识，存在着明显的局限性。他未能从社会制度这一实质问题去寻找答案，竟幻想依靠鲁道夫这样富有、善良的大贤大德的"施主"兴办"贫民银行"和被称为"法郎吉"的"模范农场"，即可平息社会风波，解除人民苦难，这显然是空想社会主义的幻想。这种现实乃是对现实的歪曲和脱离现实的毫无意义的抽象。

马克思和恩格斯从哲学家、思想家和无产阶级革命家的视角对《巴黎的秘密》作了辩证的深刻分析，至今仍有指导意义。

49. 卡拉姆津的《可怜的丽莎》
kǎ lā mǔ jīn de kě lián de lì shā

尼古拉·米哈伊诺维奇·卡拉姆津（1766－1826），俄国作家、诗人和文学评论家，其《可怜的丽莎》等作品开创了俄国感伤主义文学的潮流。

卡拉姆津出生于奥伦堡的米哈伊尔洛夫卡，父亲是俄国军队的一名军官。他在父亲的农场长大，接受了基础的家庭教育。十四岁时被送到莫斯科的寄宿学校，在著名教育家约翰·马西阿斯·斯查登教导下成长。1783年，卡拉姆津加入圣彼得堡近卫军。

不久，莫斯科共济会的代表人物屠格涅夫发现了卡拉姆津，把他带到莫斯科，介绍进莫斯科共济会和文学圈子。

1791年至1792年间，他主持俄国的第一本文学期刊《莫斯科杂志》的编辑出版工作，在月刊上发表了他的旅行札记《一个俄国旅行者的书简》，这部作品受到了英国小说家劳伦斯·斯特恩的《感伤旅行》的影响，将西欧的风土人情展现在俄国读者面前，获得了巨大的成功。

1792年他在期刊上发表了名作《可怜的丽莎》，描写了贵族青年艾斯特拉和农家姑娘丽莎互相倾心，但艾斯特拉好赌破产，最终抛弃丽莎，和一个富有寡妇结婚，丽莎最终投水自尽的故事。这一故事情节动人，文字清新，出版即获得了读者的欢迎。卡拉姆津通过自己的创作和刊物的宣传，将流行于西欧的感伤主义风格引入了俄罗斯文学，对当时占统治地位的古典主义形成了挑战。

丽莎是一个美丽、温柔、纯洁、勤劳的农家少女，同母亲住在风景秀丽的莫斯科郊区。父亲在两年前已经去世，母女俩自食其力，相依为命。

丽莎深爱自己的父亲，常常流泪怀念他。她更爱母亲，为了不加重母亲的忧虑，她把悲痛深藏在心里。母亲由于悲伤过度，身体非常虚弱，完全丧失了劳动力。丽莎独自挑起家庭生活的重担。她不吝惜自己的青春和美丽，昼夜操劳。织麻布，做袜子，春天采花，夏天摘浆果，拿到莫斯科去卖，以维持一家的生活。

有一天，丽莎在莫斯科卖玲兰花时，与贵族青年艾拉斯特相遇，两人一见钟情。艾拉斯特相貌英俊，服饰华美，而且非常富有。丽莎爱他，并不是因为他腰缠万贯，而是因为他心地善良，愿意帮助一个农家少女。第二天，丽莎摘集了最好的玲兰花进城去卖，以便同艾拉斯特会面。她悄悄地用眼睛在人群中寻找，心里焦急地期待着，可是艾拉斯特没有来。丽莎不愿意把花卖给别人，心里感到无限惆怅。第三天，艾拉斯特突然出现在丽莎的窗下，要求将丽莎做的活计统统包下。"姑娘的脸颊烧得通红，宛若夏日晴朗的傍晚的绮霞"。从此以后，艾拉斯特闯入了姑娘的生活。他们如胶似漆地热恋着，沉浸在爱情的幸福和欢乐之中。每天傍晚，他们在河边或桦树林中的池塘边幽会，亲吻，拥抱，难舍难分。为了自己心爱的恋人，丽莎拒绝了一个富家子弟的求婚；为了艾拉斯特，她献出了自己的贞操。"她已把自己的整个身心全部委属于他了。为了他一个人而生活，而呼吸。像羊羔似的，在所有的事情上都依存他的意志，把他的快活视为自己的幸福。"

　　然而好景不长，丽莎发现艾拉斯特身上起了一些变化。她感觉到他没有以前那么快活了。原来，艾拉斯特在情欲得到满足以后，对丽莎逐渐冷淡了。他来的次数越来越少，丽莎常常在等待中受着痛苦的煎熬。有一天，艾拉斯特告诉丽莎，他要随团队出发去打仗。在这离别的时刻，丽莎柔肠寸断，号啕恸哭，最后昏迷了过去。两个月后的一天，丽莎在莫斯科突然看到艾拉斯特坐在一辆华丽的马车里。她欣喜若狂，连忙追了上去，扑进恋人的怀抱。可是艾拉斯特由于赌牌输钱，债台高筑，决定跟一个富孀结婚。他给了丽莎一百卢布，作为两人爱情的代价，然后把丽莎赶出了家门。绝望的丽莎出了城，来到了桦树林边的池塘旁。对以前甜蜜生活的回忆咬噬着丽莎痛苦的心灵，她感到无法再活下去，于是纵身跳进了池塘。

　　艾拉斯特得知了丽莎自杀的噩耗，追悔莫及，但是一切都晚了，美丽的丽莎永远地闭上了眼睛。

　　作者卡拉姆津着重表现了丽莎的内心世界，细腻地描写了姑娘的欢乐与痛苦。但是，丽莎毕竟是一个被作者理想化了的农家少女。她有娇嫩的青春，罕见的美丽和一颗多愁善感的心。她住的地方是一个绿草如茵，繁花似锦的世外桃源。卡拉姆津把她塑造成了大自然的化身，给她和她周围的一切都涂上了一层牧歌的色彩。

　　与丽莎相比，艾拉斯特这个艺术形象则要真实得多。他在上流社会中长大，受到了感伤主义小说和田园诗的熏陶，渴望到没有被城市文明污染的大自然中寻找自己的幸福。他在美丽多情的丽莎身上找到了自己心驰神往的东西，于是决定离开上流社会。他最初对丽莎的爱是诚挚的，也真诚地希望和丽莎一起"住在密林中，过着天堂一般的日子"。但他毕竟是一个上流社会的公子哥儿，占有了丽莎之后，他就感到了厌倦。当他在赌博中输掉了自己的财产之后，就抛弃了丽莎。卡拉姆津不仅描绘了艾拉斯特的道德堕落，而且揭示了这种道德堕落的社会阶级根源，使小说具有了一定的进步意义。

　　《可怜的丽莎》把一个普通的农家少女引进文学，对她的命运给予了深切的同情，充满着人道主义精神，而且打破了古典主义"善有善报，恶有恶报"的创作模式，也突破了西欧感伤主义文学冗长臃肿的结构。小说获得了巨大的成功，在社会上引起了强烈的反响。多愁善感的男女读者们常去小说中描写的"丽莎池"边漫步，凭吊死者。许多文人写出了诸如《苦命的丽莎》、《不幸的丽莎》、《不幸的玛尔加里塔》等等，《可怜的丽莎》的模仿之作，形成了一股"丽莎热"。

卡拉姆津认为："艺术……可以使灵魂崇高，使它更为多感，更加温柔；可以通过种种令人愉快的事使内心丰富；可以在心中唤起对秩序的爱，对和谐、对善的爱；因而也就唤起对紊乱、分歧、对破坏共同生活中的美妙联系的败行恶习的憎恨。"《可怜的丽莎》正是卡拉姆津的艺术理论的实践。《可怜的丽莎》尽管还有许多不足之处，但是与俄罗斯以前的文学作品相比，却是向前跨进了一大步。正如俄罗斯著名的批评家别林斯基所说的那样："卡拉姆津开辟了俄罗斯文学中的一个新时代……卡拉姆津把俄罗斯文学引入了新的思想境界……卡拉姆津第一个用活的社会语言代替了死的书本语言。"卡拉姆津的创作影响着后来的浪漫主义作家，他用《可怜的丽莎》喊出了俄罗斯浪漫主义文学的先声。

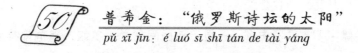

50. 普希金："俄罗斯诗坛的太阳"
pǔ xī jīn：é luó sī shī tán de tài yáng

亚历山大·谢尔盖耶维奇·普希金（1799 — 1837）是俄罗斯文学史上第一位举世瞩目的伟大作家。他在俄罗斯文学史上的地位"譬如北辰，居其所而众星拱之"。在他的面前，前辈茹科夫斯基自称为"失败的老师"。与他同时代的大作家果戈理说："一提到普希金的名字，就立刻会想到俄罗斯民族诗人。事实上，在我们的诗人中，没有一个及得上他，而且没有一个人能更适宜于被称为民族诗人……在他身上，俄罗斯的大自然，俄罗斯的精神，俄罗斯的语言，反映得这样的纯洁，这样的净美，犹如凸出的光学玻璃上面所反映出来的风景。"普希金被誉为"俄罗斯文学之

普希金

父"、"俄罗斯诗坛的太阳",但是他只活了短短的三十六岁就离开了人间。这位"俄罗斯诗坛的太阳"为什么过早的陨落?难道天才都短命?

普希金出生在莫斯科一个古老而又显赫的贵族家庭。他的祖先与沙皇多有交往。普希金认为,"正直的精神害了我们一族",他的祖先多次失宠于历代沙皇。到了普希金父亲这一代时,家境败落。普希金很为自己的贵族出身骄傲,但他更注重自己的独立人格:

> 我是普希金,而不是穆欣,
>
> 我既不富有,也不是达官,
>
> 这却很自在,我只是一个平民。

保姆阿玲娜·罗吉昂罗夫娜是一位谙熟民间文学的农奴,她是普希金的第一位文学老师。普希金十四岁开始写诗。十六岁时,他在皇村学校的升级考试中以一首《皇村回忆》获得诗坛泰斗杰尔查文和茹科夫斯基的赞赏。在学校期间,普希金接受了法国大革命思想的熏陶和进步教师加力奇、库尼曾、同学恰达耶夫的影响,并与具有反抗专制农奴制思想的年轻近卫军军官交往甚密。1817 年,普希金从皇村学校毕业后,到外交部工作。

普希金和十二月党人关系密切。他写的许多呼唤自由、向往革命的诗歌,如《自由颂》、《致恰达耶夫》、《乡村》等在十二月党人中广泛流传。1820 年,普希金的第一部长诗《鲁斯兰与柳德米拉》出版,使他的声望与

普希金与十二月革命党人在一起

日俱增。由于普希金在公开场合指责统治当局的暴行，在诗歌中歌颂自由，宣扬反对暴政的思想，沙皇下令流放他。多亏朋友们的帮助，普希金没有被流放到西伯利亚，只是在南俄、奥德萨和他父母在北方的领地米海洛夫科耶村遭受软禁。在流放时期，普希金创作了著名的长诗《高加索的俘虏》、《巴赫奇萨拉的喷泉》、《强盗兄弟》、《茨冈》、《努林伯爵》、历史悲剧《鲍里斯·戈都诺夫》，以及《叶甫盖尼·奥涅金》的大部分篇章和大量的抒情诗、童话诗、评论、随笔等。

十二月党人起义失败的消息传来，普希金十分激动，写下了《先知》一诗，号召为受苦的十二月党人复仇。1826 年 9 月 8 日，新任沙皇尼古拉一世为了收买人心，在莫斯科召见普希金。沙皇表示宽恕诗人，结束对诗人的流放，并自荐为诗人的审稿人。沙皇面对面询问普希金，如果 12 月 14 日你在彼得堡，你会参加起义吗？诗人直率地回答：我的朋友都参与了，我一定也会参加。

1830 年秋天，普希金在自己的领地鲍罗金诺写完了《叶甫盖尼·奥涅金》、《别尔金小说集》、《吝啬骑士》等四个小悲剧、长诗《科隆那的小屋》、童话诗《牧师和他的工人巴格达的故事》、三十首抒情诗和一些评论文章。在文学史上被称为"鲍罗金诺之秋"的这三个月里,普希金的创作硕果累累。30 年代,普希金的创作由诗歌转向散文。除了长诗《青铜骑士》、抒情诗《秋》、《我又造访了》等优秀诗歌外,他主要创作了《杜布罗夫斯基》、《黑桃皇后》、《上尉的女儿》等著名的小说。

> 假如生活欺骗了你,
>
> 不必忧伤,不必悲愤!
>
> 懊丧的日子你要容忍:
>
> 请相信,快乐的时刻会来临。
>
> 心灵总是憧憬着未来,
>
> 现实总让人感到枯燥:
>
> 一切转瞬即逝,成为过去;
>
> 而过去的一切,都会显得美妙。

这本是俄罗斯诗人普希金被软禁在北方他父母的领地米海洛夫斯科耶村时,写在邻村十五岁的姑娘叶·尼·(姬姬)·沃尔夫的纪念册上的一首诗。曾几何时,这首诗在我国青年中广泛传诵。无论是在安慰朋友的谈话中,还是在同学离别的赠言里,都可以听到或见到它。一首外国诗人创作的诗歌为何能获得我国青年读者的如此青睐?其不可抗拒的艺术魅力从何而来?

这短短的八行诗写出了诗人生活的坎坷、希望的幻灭和对未来的信心;写出了他的欢乐、悲哀、忧郁和愤慨;写出了那种克制的精神和对生活的留恋。诗歌虽然抒发了诗人对再次被放逐的感受,但同时又高度地概括了人生中暂时的一段插曲,颂扬了人性中乐观、积极奋进的一面。谁不憧憬美好的生活?谁又能幸免坎坷和沉浮?实际上哪个人不都是在希望中度过一生?对待人生的波折不可感情用事,"一切转瞬即逝,成为过去;而过去的一切,都会显得美妙。"诵读起来像老师教诲,也像兄长规劝,更像朋友谈心,怎能不动人心弦。质朴的诗句、深刻的哲理和诚挚的感情共同构成了普希金抒情诗诱人的魅力，震撼着世界各国读者的心灵。

普希金共创作了八百八十首抒情诗（包括没有发表的），在他生前只发表了三百零五首。他的抒情诗不仅内容丰富，而且形式多样，有颂歌、哀歌、祭歌、民歌、短句、警句、祝辞、赠言、哲理诗、风景诗、寓言诗、即兴诗、书信诗、讽刺诗等。普希金天性敏感，尊重感情，十分珍惜纯真的爱情和友谊。友谊和爱情是他的抒情诗的永恒主题。

普希金的性格与英国浪漫主义诗人拜伦相似，具有强烈的叛逆精神和崇尚自由的独立人格。1831年，普希金与莫斯科美女冈查洛娃结婚。婚后他家迁往彼得堡。普希金重新进入外交部任职。沙皇赐予普希金宫廷近侍一职，使普希金深感屈辱。他在日记中这样写道："我可以成为臣属，甚至是奴隶，但就是天堂的沙皇，我也不给他当奴才和弄臣。"普希金时常托病拒绝参加宫廷节庆和仪式。沙皇对此十分不满，虽然解除了对诗人的流放，但从未取消对诗人的监视。普希金时常受到书刊审查方面的刁难，甚至发生了1834年宪兵拆看他给妻子的信件的事情。1836年11月，普希金和他的朋友们都收到了匿名信，告知近卫军军官、法国流亡贵族丹特士对普希金妻子的追求。为了维护自己的名誉，普希金提出决斗。1837年1月27日，决斗在彼得堡近郊举行。决斗的条件十分苛刻，双方相距仅为十米。普希金受重伤，两天后逝世，年仅三十七岁。

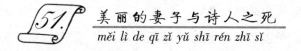

51. 美丽的妻子与诗人之死
měi lì de qī zǐ yǔ shī rén zhī sǐ

沙皇尼古拉对诗人的敌视以及对决斗的暧昧态度使历史学家和文学史研究者们无需任何沟通就达成了共识：是以沙皇为首的反动势力杀死了普希金。可是普希金的直接死因毕竟还是为情而引起的决斗，这就使诗人的妻子成了社会关注的焦点人物。她在决斗事件中到底扮演了什么角色？她对诗人的死有无责任？当时普遍的看法是，普希金的妻子太美丽了，连沙皇都对她情有独钟；她也被花花公子丹特士的风度所迷，心安理得地接受他的调情，她对诗人的死负有不可推卸的责任。

前苏联普希金研究者伊·奥波朵夫斯卡娅和米·杰缅季耶夫从 1963 年开始研究普希金的妻子娜塔莉娅·尼古拉耶夫娜·冈查洛娃（与普希金结婚后改姓名为娜塔莉娅·尼古拉耶夫娜·普希金娜）及其家族的档案资料。他们根据自己研究的结果写了一本名为《普希金周围的人》的书。尽管该书的作者通过列举了大量的资料认定，普希金的妻子是无辜的，但是读者通过同样的资料得出结论：普希金的妻子对诗人之死负有不可推卸的责任。

该书称，普希金也曾是上流社会社交界的风流人物。他于 1828 年冬天在舞蹈教师约格尔家的舞会上第一次见到了冈查洛娃，就开玩笑地说，自己对这个美丽的姑娘的爱是他第一百三十次的爱了。普希金的第一次求婚遭拒绝，冈查洛娃的母亲不喜欢普希金的生活方式，又听信了关于普希金政治上不可靠、生活上不检点的流言蜚语，在很长一段时间里坚决反对自己的女儿与普希金接触。1830 年 5 月，普希金的再次求婚被接受。翌年 2 月 18 日，普希金与冈查洛娃在莫斯科尼基塔大街的大升天教堂举行了婚礼。5 月下旬，新婚夫妇来到彼得堡，在皇村租了一所别墅避暑。7 月，为了逃避彼得堡猖獗的霍乱，沙皇一家和他的宫廷迁到皇村。沙皇立刻被普希金的妻子普希金娜的美貌所吸引，诗人平静而又安宁的生活从此被打破。7 月 13 日，普希金娜写信给祖父说："……我不能安静地在花园里散步了，因为我从一个宫廷女官那儿得知，皇帝和皇后陛下打听我什么时候散步，为的是要见我。所以我总是选择最僻静的地方。"后来沙皇夫妇见了普希金娜，并常常指定日期要她进宫。普希金娜对此很为不悦，但她还应当遵旨。普希金的朋友、匈牙利大使的妻子在自己的日记写道："普希金带着妻子从莫斯科来了，但还不想把她带到社交场合。"

但是沙皇的旨意难以违抗。11 月普希金奉命重新进入外交部任职，并被赐予宫廷近侍一职。这样一来，普希金被迫要带妻子参加许多宫廷集会。普希金娜出众的美色，使彼得堡上流社会为之倾倒。年轻的普希金娜很快就成了社交界的红人。她的两个姐姐写信告诉他们的大哥说，妹妹如何在宫廷舞会中大出风头。普希金娜对此解释说："在大城市里很少有亲密的友谊，每个人都周旋于自己的交际圈子中，主要是为了追求享乐，进行一些讨厌的应酬，而真正的朋友反而没有时间来往。"

诗人十分关注自己妻子的举止，他也时常托病拒绝参加宫廷的节庆和仪式。随着三个孩子的相继出世，诗人的经济状况迅速恶化。到 1835 年，普希金已经欠下了六万卢布的债。对上流社会的厌恶、经济上的拮据使诗人产生了尽快带妻子离开宫廷的念头。他想到乡下埋头创作，尽快还清债务。在辞职和请长假都遭到沙皇的拒绝后，他就不间断地请短假一个人到乡间埋头创作。在与妻子分离的日子里，普希金给妻子写了大量的信倾诉思念之情。1834 年夏天，诗人和妻子分开四个月，总共写了二十五封信，普希金娜只回了一封信。在这封迄今为止发现的她给诗人唯一的信里，开头竟然是这样的语句："我没想给你写信，因为我不知道要写什么……"

通过对普希金娜家族的有关资料的研究证明，普希金娜的娘家人还时常责备普希金没有为妻子提供足够的生活费用，同时也说明了普希金娜关心自己的娘家人和上流社会的活动超过对自己丈夫的关心。伊·奥波朵夫斯卡娅和米·杰缅季耶夫在他们的书中为普希金娜辩护，但是也不得不承认像普希金娜"这样一个为男人所崇拜的青年美女，常想到交际场合和剧院去，也是完全自然的……要求一个二十二至二十四岁的妇女像一个中年妇女那样审慎是不应该的。她由于年轻可能作过某些不恰当的事……"即使是一个普通人的妻子，由于"年轻"做过一些"不恰当的事"，并因此而葬送了丈夫的性命，也不能被原谅，况且是使人民敬仰的伟大诗人过早死去的普希金娜，就更不能被宽恕了。

1955 年 2 月 18 日的《莫斯科真理报》刊登了署名为伊斯克林的文章《谁杀死了普希金?》。文章披露沙皇尼古拉一世为了笼络普希金和染指"俄国第一美人"，特意准许出版早先禁出的《鲍里斯·戈都诺夫》，把普希金安排到并不缺人的外交部当官，年薪五千卢布。诗人察觉到了沙皇的用意后，决定辞职搬到乡下去。此举遭到沙皇的强烈反对，诗人只好收回辞呈。沙皇经常骑马在普希金的皇村住所周围转悠，抱怨普希金娜躲在窗帘后不让他看见。沙皇还邀请普希金娜个人参加皇室的小型舞会。普希金娜实在是太美了，拜倒在她石榴裙下的男子不计其数。最不择手段的要数法国贵族丹特士了。这个逃避法国大革命制裁的公子哥儿来到俄国，厮混于上流社会之中。他从 1835 年就开始追求普希金娜。普希金在写给朋友的信中曾提到丹特士两年来始终不渝的追求。奇怪的是，普希金娜也被这个花花公子的风度所迷，居然心安理得地接受他的调情。

《谁杀死了普希金?》一文写道："一天，普希金收到一封装在双层信封里的公文，明确暗示沙皇同诗人的妻子有私情。普希金无法向沙皇挑战，于是就向第二情敌丹特士提出决斗。丹特士的义父请求诗人将决斗的日期推后。普希金同意了他的要求。可是丹特士不知出于什么考虑，竟向普希金娜的妹妹求婚，还说，他早就爱上了她，为了能与她接近，才装作喜欢普希金娜。丹特士这样做实际上是出于无奈。沙皇促成了这桩婚事，是为了搬掉丹特士这块绊脚石。丹特士成亲后，继续死缠普希金娜。……"《普希金周围的人》一书披露，近卫重骑兵团上校 A. M. 勃列蒂卡的妻子伊达利娅·格里高莉耶夫娜因普希金曾拒绝过她的爱就十分仇视诗人，极力鼓动丹特士去追求普希金娜。1937 年 1 月 22 日，她将自己的家提供给丹特士和普希金娜约会。就在这次约会中，丹特士跪下向普希金娜求婚。普希金娜很快就走了。普希金是从匿名信中知道的这件事。

自尊、敏感、倔强的诗人为了名誉提出决斗。按当时的法律，决斗是有罪的，参加者要处以绞刑。普希金自知反正自己是死定了，于是让丹特士先开枪。受了重伤的诗人被抬到家。"……普希金夫人正当丈夫断气的当儿回到了他的书房……看见临终的丈夫，她扑到他跟前跪下，……喊道：'普希金，普希金，你活着!?'"普希金娜度过丧期后，在宫中当差的姨母把她带到皇宫。"偶然"与沙皇相遇。后来又"偶然"嫁给了军官连斯科伊。他靠妻子与沙皇的特殊关系而青云直上，当上了将军。新娘收到了尼古拉一世的珍贵礼物——嵌有钻石和青玉的胸花。沙皇从不离身的金表的内盖上就有一幅由英国著名画家偷画的普希金娜带着这枚胸花的彩色肖像。

毋庸置疑，是以沙皇为首的反动势力和丹特士这个流氓直接杀死了伟大的诗人普希金，但诗人漂亮的妻子也负有不可推卸的、不能饶恕的责任。享有"俄罗斯民族文学之父"之誉的普希金死了，"俄罗斯诗坛的太阳"过早地陨落了。他在俄罗斯文学史上的伟大贡献不仅在于他是一位集大成者，更在于他是第一位真正的俄罗斯民族诗人，是一个文学开拓者，创造者。他是俄罗斯近代文学的开山祖师。他在开拓各种文学主题方面，塑造各种人物形象方面，运用各种文学体裁方面，都做出了伟大的创造，给后来的文学家开辟了道路，影响了几代作家，被奉为文学先师。他是俄罗斯诗歌的太阳，诗歌领域中没有哪一种体裁他没有创作过。他的诗歌照耀着当时俄国的诗坛，也是一百多年俄罗斯诗歌的典范。他写的那些赞美人间高尚情操的抒情诗和咏叹大自然风光的写景诗，那些痛击统治者、揭露专制制度和农奴制度罪恶的政治讽喻诗，还有那些反映广阔社会画面、展示历史重大题材的宏章巨著，那些感人肺腑、散播着人道感情的短篇佳作、小悲剧、民间故事等构成了一座雄伟、坚实、永垂不朽的纪念碑。正如诗人自己在 1836 年创作的《纪念碑》中所说的那样，他自己的纪念碑：

> 不屈之巅，高扬无畏，
>
> 高过帝王碑柱之上。

俄罗斯诗坛的太阳过早地陨落了。人们普遍认为是沙皇政府谋杀了普希金。决斗前，普希金曾把决斗的原因及决斗的日期原原本本地报告给宪兵司令本肯多夫。决斗在当时已被明令禁止，但是沙皇政府对这次决斗没有加以制止。诗人莱蒙托夫在《诗人之死》中表达了人们对普希金沉痛的哀悼和对杀害诗人的反动势力的无比愤怒：

> 诗人死了！——光荣的俘虏——
>
> 倒下了，为流言蜚语所中伤……
>
> 他挺身而起反抗人世的舆论，
>
> 依旧是单枪匹马……被杀了！

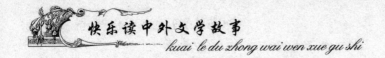
天才普希金英年早逝，社会各界为之震动，当时整个彼得堡都骚动起来。数万人汇集到普希金家门前。沙皇政府禁止举行任何安灵仪式。普希金的灵柩于夜间运往普斯科夫省领地，安葬在他母亲的坟旁。

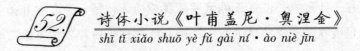

52. 诗体小说《叶甫盖尼·奥涅金》
shī tǐ xiǎo shuō yè fǔ gài ní · ào niè jīn

《叶甫盖尼·奥涅金》作为普希金的代表作，名副其实，当之无愧。诗人自己计算过创作这部诗体小说的时间，从1823年5月9日到1830年9月25日，共计七年四个月又十七天。实际上在1831年和1833年，诗人又为这部作品写了一些诗段。五千余行的"诗体小说"竟费时七年多，可谓呕心沥血。作品的主人公叶甫盖尼·奥涅金有俄国文学史上的第一"多余人"之称。奥涅金何许人也？他为何"多余"？

诗体小说中的奥涅金出生在彼得堡一个破落贵族家庭。青少年时代他是在花天酒地、情场舞会中度过的。日复一日，年复一年，他逐渐感到生活空虚、精神苦闷：

> 他已不再醉心于狂热的娱乐，
>
> 奥涅金闭门关在家中，
>
> 一边打着呵欠，一边拿起笔，
>
> 想搞点写作，可是艰苦的劳动
>
> 使他感到腻烦，到头来，
>
> 一个字也没有流出他的笔锋。

奥涅金不去当政府官吏或去军队当军官，而是想当作家，这是违反贵族常规的。这说明他有追求有益的社会活动的志向。奥涅金几乎读遍了18世纪所有启蒙思想家的著作。他关心俄国的社会发展，也想有所作为。但是在京城，在贵族的生活圈里，他一事无成。

正在这个时候，他的伯父病危，叫他去乡下接受大宗遗产。在乡下，奥涅金试图进行一些改革，用"轻微的地租，替代了世代的徭役的重轭"。结果是"农奴们都为好运而欢呼"，地主们却"一致公认，他是个最危险的怪人"。连在自己的庄园里进行一些小小的改革都要受到邻居们的敌视，奥涅金感到更加郁闷。一位名叫连斯基的贵族青年主动找上门来，并成了他的朋友。连斯基刚从德国留学归来，喜好写诗，热恋着另一个庄园主的小女儿奥尔迦。他劝说忧郁的奥涅金陪自己到奥尔迦家里做客，答应介绍奥尔迦的姐姐达吉雅娜与奥涅金相识。

达吉雅娜年方十七。她一直在乡村长大，喜爱大自然，同情受苦受难的农奴。表面上看起来，她"腼腆、忧郁、沉默寡言"，内心却蕴藏着追求个性解放的热情。她最喜欢卢梭的《新爱洛绮丝》，希望得到一个称心如意的丈夫和充满浪漫激情的幸福家庭。她一见钟情地爱上了奥涅金，大胆的给奥涅金写了一封热情洋溢的表爱信：

> 据说您不爱与人交往……
> 我知道，您是上帝赐给我的，
> 您将要保护我的一生……
> 可不是吗？我曾经听到您的声音：
> 当我在帮助穷苦的人们，
> 或者用祈祷来安慰我那
> 苦恼的灵魂心中的忧愁，
> 您不是在和我悄悄地谈心？……
> 试想一下吧，我孤零零一个人，
> 谁都不能理解我的心，……
> 但您的人格是我的保障，
> 我大胆地把自己向它托付……

这封信热情有余，理智不足。限于传统的俄罗斯生活习惯和愚昧闭塞的社会环境，醉心于感伤主义和浪漫主义小说世界里的达吉雅娜，情窦初开，天真无邪。她对周围的环境不满，善良又使她具有一种朦胧的民主主义思想，这就和奥涅金有了一些共同的感受。她相信奥涅金正是她的意中人，可以保护她。她不像贵族小姐那样装腔作势，卖弄风情，对奥涅金产生了无限的信赖，是用心而不是用头脑一往情深地向奥涅金诉说着自己的理想和感受。

可怜的达吉雅娜并不理解，她帮助穷人几个铜板或衣物与奥涅金改租的意义大不相同。她的孤独感和奥涅金对贵族地主的态度也相去甚远。她愿意做贤妻良母，而这未必是奥涅金的心愿。她对奥涅金的信赖没有什么生活经验作基础。她是根据小说恋爱的，而她读小说又是以一个从未到过大城市的小家碧玉的心情来读的。她不知道俄国是一个幅员辽阔的大帝国，更不了解奥涅金所关心的欧洲的政治风云。她和奥涅金居于两种不同的文化层次，生活在两种不同的环境之中。

奥涅金与达吉雅娜相逢似知己。他在少女的钟情里看到了不同凡俗的灵魂。姑娘的情书"深深地触动了奥涅金的心弦"。但他不爱达吉雅娜，"他不想骗取这少女天真无邪的心灵的信赖"。他坦诚地表明，"不想让自己的生活受家庭的羁绊紧紧约束"。达吉雅娜的生活环境造就了她淳朴真挚的性格，却限制了她思想能力的发展。奥涅金的拒绝和说教使她感到悲伤、羞愧，也使她感到意外：她读过的小说中从未有过这种事情，奥涅金到底是什么人？姑娘陷入深深的悲哀和思索之中。

做客归来，"总是歌唱爱情，歌唱浪漫主义的玫瑰"的连斯基为能够又一次与情人相见而兴奋不已，奥涅金却为拒绝了达吉雅娜的爱情而更加忧郁、烦躁。达吉雅娜的生日到了，奥涅金在连斯基再三请求下又一次来到了姑娘的家里。宴会上，来自周围庄园的地主们个个自命不凡，谈吐庸俗不堪，令奥涅金无法忍耐。达吉雅娜面色苍白，郁郁寡欢，每次和奥涅金目光相遇都露出极不自然的微笑。连斯基和他心爱的奥尔迦谈笑风生，情意绵绵。怒火在奥涅金的心中燃起，他决定要向把他带到这尴尬之地的连斯基报复。奥涅金起身来到奥尔迦的身边，使尽浑身解数向姑娘大献殷勤。轻佻的奥尔迦立刻就被奥涅金的风度和谈吐所迷倒，把连斯基置之脑后。连斯基对轻佻的奥尔迦"好不愤恨"，为了使她"感到难堪"，同时也是为了"决不放任这个浪荡汉用那叹息和恭维的烈火，去扰乱年轻姑娘的心坎"，他满怀着醋意向奥涅金提出决斗。在决斗前，奥涅金十分矛盾，朋友起了杀心，他只好应战。而连斯基则打开席勒的诗集，可是席勒离他太远，眼前看到的只是奥尔迦；他想留下遗书，写到"理想"时却无法继续写下去。决斗的枪声响了，连斯基倒地而死。奥尔迦很快就忘记了连斯基，远嫁外地。奥涅金外出各地漫游。

三年后，奥涅金返回京城彼得堡，与达吉雅娜再次相见。此时的达吉雅娜已是上流社会的贵妇人，将军的妻子。她依然是那么"沉静而朴实"，却又"那么典雅端庄"。奥涅金发现自己疯狂地爱上了这个昔日被自己拒绝的女子，于是便形影不离地追逐她。达吉雅娜并不爱自己的丈夫，依然保持着对奥涅金的爱，但她已嫁人，就要忠实于自己的丈夫。她对奥涅金说：

> 有你这样的心灵和才智，
>
> 怎好成为卑微感情的奴隶？
>
> 我知道，在你的心中有
>
> 自尊心和正直的荣誉感，
>
> 我爱你（这我又何必掩饰？）
>
> 但我已经嫁了别人，
>
> 我将一辈子对他忠实。

深沉的爱和纯洁的道德观念使达吉雅娜成为"俄罗斯灵魂"的代表。更可贵的是，她身居都市和上流社会而灵魂不改。

达吉雅娜没有变，依然是那么真诚，那么可爱。奥涅金也没有变，他漫游三年寻求精神上的寄托而一无所获。他最终发现了达吉雅娜身上蕴含的美，主动追求，结果还是一无所获。诗体小说到此戛然而止。普希金写了第十章，但他又烧掉了。奥涅金的命运不知如何。根据普希金同时代人尤杰福维奇1880年回忆说，普希金"相当详细地对我们讲过他的最初的构思，提到奥涅金不是去高加索死在那里就是成了十二月党人"！

1851 年，俄罗斯作家、革命党人赫尔岑在国外用法文写了著名的论文《论俄国革命思想的发展》。在论文里，他明确指出："奥涅金是一个无所事事的人，因为他从来没有什么事去忙的；这是一个在他所安身立命的环境中的多余人，他并不具有可以从这种环境中脱身出来的一种坚毅性格的必要力量。……他想得多，做得却少。"俄罗斯文学中的"多余人"形象的特点是，出身贵族，教养良好，天赋很高。对沙皇政府和自己出身的贵族阶级，没有好感。他们也有远大的抱负，想成就一番事业，但总是一事无成，到头来还是无所事事。贵族视他们为叛逆的多余人，劳动人民又把他们划入老爷的行列，同样把他们视为多余的人。奥涅金是多余人的始祖，与后来的多余人形象有较大的区别。奥涅金不满贵族的腐朽生活，关心祖国的命运，同情劳动人民，努力去追求精神寄托。他所受的贵族教育和影响使他又不能正确有效地发挥自己的才能，最终一事无成，成为一个无所事事的多余人。普希金在透视俄国社会时，敏感地意识到贵族阶层里存在着的多余人群体。他再现了 1825 年以前俄罗斯社会的真实面貌，塑造了奥涅金，表现出了俄国"初醒的社会意识"。

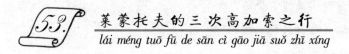

53. 莱蒙托夫的三次高加索之行

lái méng tuō fū de sān cì gāo jiā suǒ zhī xíng

俄罗斯伟大的诗人莱蒙托夫在幼年时身体非常虚弱，为了他的健康，他的外祖母曾分别于 1818 年、1820 年和 1825 年的夏天三次带他去位于高加索矿泉地的温泉城（后改名为五岳城）疗养。莱蒙托夫的这三次遥远的高加索之行，不仅为他带来了渴求已久的健康，而且对他少年时诗风的形成产生了深远的影响。

1825 年，十岁的莱蒙托夫和他的外祖母踏上了第三次前往高加索的路。与他们同行的还有阿列克塞耶夫娜的表兄米沙·波若金-奥特罗什凯维奇和侄女玛莉娅、阿加菲娅、瓦尔瓦拉。同时，家庭医生安塞姆·列维、家庭教师卡派、德国保姆赫里斯齐娜·奥西波夫娜也在随从之列。莱蒙托夫的外祖母阿列克塞耶夫娜对于高加索有着特殊的感情，在那里，离哈萨夫-尤尔塔不远，有她的姊妹叶卡捷林娜·阿列克塞耶夫娜·哈斯塔托娃的一座庄园，庄园的名字叫做"丝绸园"，又名"人间天堂"。每年的夏天，哈斯塔托夫一家人都要到温泉城疗养，在城边马舒克山脚下，他们有一座不大的、用滑稽泥筑的别墅，这次阿列克塞耶夫娜一行人要落脚的地方正是那里。

莱蒙托夫一行人的车队并不急于赶路，他们不慌不忙地欣赏着沿途的美景。他们每天在黎明时分从驿站启程，将近中午时在客店打尖吃午饭，当太阳西沉时就在最先路过的客店或城市旅馆里过夜，每天很少走一百俄里以上。旅途中，整个俄罗斯的自然风光和人文景观在小莱蒙托夫的眼前掠过，一切美景都使他心醉神怡。他随车队走过了奥卡河，南方温暖的气息扑面而来，桦树林换成了郁郁葱葱的橡树林，挺拔的白杨树高耸入云，梨树、苹果树和樱桃树都开满了花。泥泞的乡间小路上，连成一线的黑色木房消失了，取而代之的是白色的滑稽泥房，就像油画里的一样，东一座、西一座，隐藏在篱笆后面。每到傍晚，夜幕低垂，大颗大颗的星星缀在黑天鹅绒的天空中，就像美丽的眼睛一样闪烁迷离。

离家后约两周左右，小莱蒙托夫的面前开始出现一望无际的草原，草原上点缀着星星点点的花朵，牛羊成群，远远望去闪着宝石一样的光芒。在高高的山冈上，刚刚兴建起来的、新的市镇诺沃切尔斯克成了旅人们中途休整的驿站，莱蒙托夫他们在这里添购了白糖、茶叶和各种食物。在阿克萨伊斯克镇，莱蒙托夫他们沿浮桥或乘渡船，渡过静静的顿河，河边绿草如茵、白鸟飞翔。最后，经过长途跋涉，一行人终于来到了温泉城，他们寄居在哈斯塔托娃的别墅。小莱蒙托夫看到，那里的温泉大多处于原始状态，喷薄而出，雾气腾腾，从山上沿着不同方向倾泻下来，留下了一道道白色的和淡红色的痕迹。

莱蒙托夫在长辈的陪同下，经常上这些矿泉去洗温泉浴，温暖的矿泉水浸润了他的身躯，也使他的思维异常敏锐。从伊丽莎白硫磺矿泉的平台上放眼望去，蜿蜒的波德库莫克河一览无余。远处，在地平线上，遇到晴朗的早晨和傍晚，高加索山脉像一条雪链，厄尔不鲁士双峰宛如给它戴上了一顶皇冠。

高加索既是一片美好的地方，又是一个远远没有被征服的、没有秩序的地方。受伤的和得病的军官们聚集在泉水旁，谈论着对山民的征讨、山民对哥萨克村镇的袭击、高加索的俘虏、契尔克斯女人……。在温泉城周围的高地上，布置着哥萨克的哨所。其中有一座就在哈斯塔托娃宅院的旁边。每天傍晚，可以听见哨兵们的彼此呼唤，有时，还传来响亮的枪声。人们常常拿山民——或者像当时大家所称呼的那样——"契尔克斯人"，来吓唬不听话的小孩子。叶卡捷林娜·阿列克塞耶夫娜·哈斯塔托娃非常乐意谈论契尔克斯人和高加索形形色色的事件，熟人们给她起了一个绰号："先锋女地主"。有时，一些身材魁梧、脸庞黝黑的人，穿着褴褛的棉袄，但是腰间却挂着贵重的银制短剑，赶着自己的马车从邻近的和平村庄来到这里。他们在集市上买肉、奶山羊、母鸡、野鸡、绵羊奶干酪。这些人也是"契尔克斯人"。这一切都使小莱蒙托夫感到新鲜极了。

高加索之行大大增加了莱蒙托夫的生活积累，带给他无尽的创作想象，而且，由于他时常注意那些登载着关于山地民族风俗习惯、宗教信仰和神话传说的杂志，使他更加深刻地了解到高加索地区的民间口头创作。在这里，莱蒙托夫首次听到了关于普罗米修斯的神话，据说，勇士因为给人间偷来火种而被宇宙的最高统治者宙斯锁在高加索的山峰上，每天都有秃鹰来啄食他的内脏，在这种长期的煎熬中，普罗米修斯并没有屈服，他勇敢地抗争着，每时每刻都坚守着对自由和光明的向往。这一时期，莱蒙托夫还拜读了普希金的长诗《高加索的俘虏》，普希金在这第一部浪漫主义叙事长诗里十分翔实地再现了高加索山民的生活和习俗，自然景象的逼真描述就更加惊人了。莱蒙托夫读后深受感动，他甚至能把长诗完整地背诵下来，在散步时，他常常仰望天空，大段大段地背诵着，思索着对于宇宙人生的种种困惑。《高加索的俘虏》就像普希金其他的浪漫主义叙事长诗一样，给年幼的莱蒙托夫留下了深刻的印象，并且在很大程度上决定了他的少年时期的诗风和他的早期浪漫主义叙事诗《契尔克斯》、《高加索的俘虏》、《卡雷》、《巴斯同吉山村》和《哈志·阿勃列克》的内容。不久，莱蒙托夫又熟悉了拜伦的"东方的"叙事诗《异教徒》、《阿比多斯的新娘》、《海盗》和《莱拉》，这就最终决定了莱蒙托夫少年时期的叙事诗的体裁和风格——不单是叙事，更主要的是抒情。他的诗篇幅很小，人物不多，但常常是具有反抗周围环境的、叛逆精神的英雄。

在莱蒙托夫少年时期的叙事诗里，诗人是那样深深地爱着高加索这块色彩鲜艳的荒野，然而，不论对高加索自然风光的描述多么富于浪漫色彩，我们在其中还是能够体会得出莱蒙托夫对周围环境敏锐的观察和富于理性的思索。生命当中偶然的事件也许会成就一个人的伟大事业，莱蒙托夫童年时的三次高加索之行正为他后来成为一位伟大的诗人埋下了伏笔。1836 年 2 月 20 日，宪兵们对莱蒙托夫在皇村已经荒废很久的住所和他在彼得堡的住所进行了搜查并逮捕了他。莱蒙托夫被关押在总司令部大楼的顶层，他被隔离了与外界的接触，每天只准许他的仆人给他送饭。

1837 年 2 月 25 日，已经失去自由近一年时间的莱蒙托夫等来了对他的判决，军务大臣 А·И·切尔内舍夫向宪兵头目卞肯多尔夫传达"圣旨"："近卫军骠骑兵团少尉莱曼托夫因书写阁下已知之诗，以原任官衔调往下城龙骑兵团……。"谁都知道，下城龙骑兵团在外高加索驻扎了三十多年，几乎连续不断地同当地山民作战。面对沙皇的残酷迫害，勇敢的诗人莱蒙托夫并没有被所吓倒，他深深懂得，从他选择与沙皇对立的那一刻起，他面前的道路就一定会是荆棘密布的。对于自己的选择，他从没有后悔过，因为他坚信，古往今来，通向真理和光明的道路无一不是用仁人志士的青春和热血铺就的。1837 年 3 月 19 日，莱蒙托夫毅然登上了前往高加索的行程，开始了他第一次吉凶未卜的流放生涯。

年轻的诗人莱蒙托夫因《诗人之死》而罹罪，但是，他也因《诗人之死》而获得了普希金的朋友乃至俄罗斯爱好自由的民众发自内心的尊重。可以说，一首荡气回肠的《诗人之死》向全俄罗斯宣告一位新诗人的出现，从那时起，莱蒙托夫，这个响亮的名字就永远保存在俄罗斯乃至世界文学史上。

叙事诗《恶魔》最初的构思和创作可以追溯到 1829 年，当时，莱蒙托夫还在莫斯科大学附属寄宿中学读书。由于他学习基础很好，所以被编入四年级，成为那里的一名走读生。附属寄宿中学所教授的课程很多，尤其重视对学生历史、文学、语言和艺术知识的教授。在那里，学生的个人爱好得到尊重，教学制度相当自由，并不把学生捆得很死，每个学生都可以学习他感兴趣的科目，校方还鼓励学生在完成必做的课堂作业之外的业余时间从事写作和翻译。在这种宽松良好的学术氛围下，莱蒙托夫大部分时间都泡在图书馆中，在书籍的海洋中尽情遨游。他津津有味地读着瓦尔特·司各特的历史长篇小说翻译本、扎戈斯金的新长篇小说，他热衷于当时的浪漫主义文学，并且能够背诵国内很多优秀诗人，如普希金、茹科夫斯基、科兹洛夫、雷列耶夫等人的叙事诗。尽管莱蒙托夫醉心于书籍，但是他并不封闭自己，在学习和读书之余，他经常参加由语文爱好者组成的文学社团集会并且在附属寄宿中学的手抄杂志和一些社会出版物上发表作品。这一时期，莱蒙托夫共写了六十多首短诗和几部叙事诗，并且开始了叙事诗《恶魔》的初步构思和创作。这时，诗的情节已经有了大致轮廓，主要内容是恶魔同爱上了死亡仙女的天使之间的斗争；后来，情节改变了，同最后的定稿接近：恶魔爱上了修女，并由于痛恨保护天使而把修女害死。

莱蒙托夫的声望与日俱增。贵族集团对他拉拢不成，就想激怒他，以便创造消灭他的借口。一场谋杀的阴谋在莱蒙托夫的身边形成，并逐步实施。先是皇后和他的两个女儿指使索罗古布伯爵写了一部中篇小说《上流社会》，影射、攻击莱蒙托夫。后来又有人向法国公使巴兰特进谗言，说诗人写《诗人之死》不是对杀普希金的法国流氓丹特士的谴责，而是对整个法兰西民族的侮辱，目的在于企图挑起法国人和莱蒙托夫之间的冲突。法国公使胆怯，没敢出面向诗人挑战。一个月过后，公使的儿子小巴兰特与莱蒙托夫争吵，要与诗人决斗。决斗在离普希金被杀的地点不远举行。小巴兰特开枪没有射中诗人，诗人退出了子弹，放了空枪。当局以参加决斗的罪名逮捕了诗人。随后莱蒙托夫又一次被流放高加索。这时，莱蒙托夫的《当代英雄》已经出版，并且轰动了整个俄罗斯。莱蒙托夫并没有因自己小说的成功而感到高兴，相反，他有一种不祥的预感。去高加索之前，他向作家符·奥多耶夫斯基说，已经预料到了自己的死亡。他在高加索的战斗中不顾生死，想在战场上一死了之。后来，先是军官李山列维奇要与莱蒙托夫决斗，随后是军官马尔丁诺夫向诗人挑衅。1841 年 7 月 15 日，决斗在山里举行。决斗的条件异常残酷：双方相距六步，用大口径手枪互射。莱蒙托夫拿起枪以后仍然一再解释，他不想侮辱马尔丁诺夫，如果马尔丁诺夫感到自己受了侮辱，他可以道歉，请求马尔丁诺夫原谅。诗人抽签先开枪，但他不愿意打死对方，于是朝天开了一枪。而疯狂的马尔丁诺夫面对近在咫尺的莱蒙托夫，仔细瞄准诗人的心脏扣响了扳机。莱蒙托夫当场死去。沙皇听到了诗人的死讯，竟然残忍地说："狗，就让他像狗一样死去吧。"奇怪的是，同样参加了当时被视为非法决斗的马尔丁诺夫却逍遥法外，无人问津。

莱蒙托夫写了《诗人之死》后才四年，他自己也像普希金一样，被贵族集团用同样的方法杀害了。又一个年轻的天才被反动统治集团毁灭了。

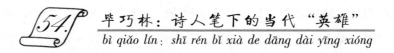

54. 毕巧林：诗人笔下的当代"英雄"

bì qiǎo lín：shī rén bǐ xià de dāng dài yīng xióng

莱蒙托夫多才多艺，绘画、音乐、外语都有较深的造诣。除了写诗，他在戏剧、小说创作方面也是得心应手，左右逢源。他于 1840 年出版的长篇小说《当代英雄》有俄罗斯第一部心理小说和俄罗斯浪漫主义小说的经典作品之称，一出版就轰动整个俄罗斯，其影响在一定程度上还超过了他的诗歌。

《当代英雄》由五个部分组成，通过一个主人公毕巧林把小说连接成一个整体。《当代英雄》的俄文名称直译为"我们时代的英雄"。俄文单词"英雄"又有"主角"、"风头人物"的意思。小说主人公毕巧林到底是英雄还是风头人物？读者和研究者们为什么要把他称为俄罗斯文学史上继奥

涅金之后的第二个多余人形象？

　　毕巧林是一个有教养、风度翩翩的英俊青年。他精力充沛，聪敏机智，而且十分富有，但是爱情的不幸和虚伪的友谊使他过多地饮下了人生的苦酒。他没有人生目的，对生活失去了希望和兴趣，年轻的躯体中隐藏着一颗麻木而衰老的心灵。"哀莫大于心死"，对一切都无动于衷的毕巧林不知如何使用和发挥自己的聪明才智和精力。在小说的第一部《贝拉》里，毕巧林随部队驻扎在高加索捷列克河边的要塞。他被契尔克斯山民部落王爷的女儿贝拉的美色所吸引。为了把这个天真、热情的姑娘搞到手，毕巧林与贝拉的弟弟阿扎玛特商定了罪恶的协议。阿扎玛特酷爱骏马，一心想得到强盗卡兹比奇的坐骑。毕巧林邀请卡兹比奇前来做客，为阿扎玛特盗马创造机会，而阿扎玛特事成之后必须把他姐姐贝拉送进毕巧林的住房。阿扎玛特获得了他垂涎已久的千里马，绑起姐姐送给毕巧林，自己为躲避父亲的惩罚远走他乡。毕巧林施展情场计谋，用甜言蜜语和礼物获得了贝拉的爱，但很快就对姑娘感到厌烦。愤怒的卡兹比奇决心报复，他先杀了贝拉的父亲，后又抢走了贝拉。在追击中，毕巧林开枪打伤了卡兹比奇。卡兹比奇用刀刺死了贝拉，然后逃得无影无踪。要塞司令马克西姆·马克西维奇以为毕巧林会为贝拉的死感到悲伤，想要说些安慰的话，不料毕巧林"却抬起头来，笑起来……"。这一笑使马克西姆"浑身打了个寒噤"。

　　《梅丽公爵小姐》是《当代英雄》的核心部分，主要描写毕巧林在高加索地区玛苏克山下的五狱城疗养胜地的遭遇。在这里，毕巧林遇到了在作战分队认识的青年士官候补生格鲁希尼茨基。莫斯科的贵妇人里高夫斯基公爵夫人和她如花似玉的女儿梅丽公主也来疗养。格鲁希尼茨基发狂地爱上了梅丽。为了获得小姐的芳心，他身穿军官制服，冒充尉官。毕巧林的情妇维拉跟随年老的丈夫来到了疗养地。为了能够与毕巧林在公爵夫人处经常见面并掩饰他们的关系，维拉要毕巧林结识公爵夫人并追求梅丽小姐。在舞会上，毕巧林巧妙地使梅丽小姐摆脱了醉汉的纠缠。在交谈中，他向小姐揭露追求她的格鲁希尼茨基是个冒充尉官的士官生。毕巧林使出浑身解数挑逗梅丽，使年轻而没有经验的小姐真诚地爱上了他，并主动向他表示爱情。毕巧林却拒绝了小姐的爱情，使梅丽陷入极度的痛苦。失恋的格鲁希尼茨基在其他军官的怂恿下，找借口侮辱毕巧林，挑起决斗，但结果却是自己在决斗中被毕巧林打死。维拉以为毕巧林是为她而决斗，激动之际就向丈夫袒露了自己对毕巧林的感情，惊慌的丈夫立刻带她离开了这个是非之地。毕巧林也因决斗被流放到边远地区去了。

毕巧林以为山区姑娘贝拉的直率和天真可以治疗自己的忧郁与苦闷，但是得到她以后，觉得少数民族野姑娘淳朴的爱同贵妇娇媚的爱一样乏味。贝拉因他而死，非但没有引起他的哀伤，反而招致他的冷笑。维拉是毕巧林过去爱过而至今还深深眷恋的贵妇人，但毕巧林对她忽冷忽热。这个为了爱可以牺牲一切的女人向丈夫坦白了自己与毕巧林的关系，结果被丈夫带走。毕巧林意识到将要永远地失去维拉的爱，他去追赶，直到把马累死。他痛苦，绝望，可是被山风一吹，他又清醒地认识到"追求失去的幸福是无益的，不明智的。我还要什么呢？看一看她吗？何必呢？"毕巧林并不爱年幼无知、矜持高傲的梅丽小姐，当小姐向他主动示爱时，他不愿意把自由交给婚姻，拒绝了小姐。毕巧林十分欣赏女性美，无休止地追求着美丽的女人。但是如他自己所说的那样："我的爱情不曾给谁带来幸福，因为我从来没有为我所爱的人牺牲过什么；我爱女人是为了自己，为了自己得到欢乐。"毕巧林是女性的恶魔。

毕巧林极端自私的个人主义不但凌驾于爱情之上，而且还时时践踏着友谊。格鲁希尼茨基尽管平庸、造作、充满浪漫幻想而又仰慕名利，但他对毕巧林是真诚的、尊敬的。毕巧林蔑视庸俗与虚荣，却捉弄格鲁希尼茨基，破坏他的爱情追求，引起决斗，并最终杀了他。高加索军官马克西姆·马克西维奇是一位善良、淳朴、富有生活经验并真诚热爱毕巧林的老人。他如慈父般维护贝拉，尽挚友之责保守毕巧林的日记。在小说的《马克西姆·马克西维奇》部分中，毕巧林与马克西姆重逢。老人十分激动，非常热情，而毕巧林却异常冷淡，使老人极为伤心。

毕巧林天资聪颖、聪明过人、愤世嫉俗、玩世不恭，到处惹是生非，寻求刺激。在《塔曼》里，身为军官的毕巧林在去作战分队的路上，经过濒临克赤海峡的小镇塔曼。他被一个姑娘的美色所吸引，于是跟踪、挑逗，并和姑娘约会。姑娘假意同意约会，把他约上小船，驶向大海。毕巧林在朦胧的夜色中拥抱姑娘，却不知姑娘已偷偷地把他的手枪扔进海里。随后姑娘挣脱了他的怀抱，跳进海里游走，把既不会游泳又不知如何划船的毕巧林留在失去控制的小船上。险些被淹死的毕巧林后来偷听到了姑娘和其他人的谈话，才知道他的举动已经破坏了一个走私家庭的日常生活。在《宿命论者》中，毕巧林使最不要命的赌徒胆战心惊，终止了把生命作为赌注的赌博，但是最终还是没有逃脱毕巧林的预言丢了性命。

毕巧林曾严格地剖析自己："我有一种很不好的性格，……如果我造成了别人的不幸，那我自己不幸的程度也不亚于别人，当然这对别人并不是什么安慰，不过，事实就是如此。在我青春年少的时候，自我离开父母照管那时候起，我就开始纵情享受一切可以用金钱买到的欢乐，不用说，这些欢乐也使我烦腻了。后来我进入上流社会，上流社会很快也使我厌烦了。我爱过上流社会的美女，她们也爱过我，可是她们的爱情只能使我想入非非和自负，我的心依然是空虚的……我开始读书，做学问，不久我也讨厌了做学问。我看出来，荣华富贵都跟学问毫无关系，因为最走红的人都是一些不学无术的家伙，升了官，就荣耀，而要升官，只要八面玲珑就行。于是我感到苦闷了……我的灵魂已被上流社会败坏，思想飘浮不定，我的心贪得无厌，什么都不能使我满足，……我的生活一天比一天空虚……"毕巧林显然不是什么英雄。他感情丰富，渴望生活，又对世人冷漠，心灰意冷。他不满现实和现状，但又不能叛逆。他始终在追求，在玩世不恭中追求刺激，以求解脱苦闷。实际上却是在不断地背弃友谊与爱情，破坏别人的幸福和安宁，结果给自己带来更大的苦闷与失望。莱蒙托夫尖锐地批判了毕巧林给周围的人带来不幸的恶魔性格，同时，小说客观上也指出：罪恶根源在于产生毕巧林性格的畸形社会制度。毕巧林是后来的奥涅金，他没有向奥涅金那样产生在十二月党人起义酝酿的年代，而是在后来反动的尼古拉一世统治时期成长的。毕巧林是畸形年代里的风云人物，是不满现状又寻找不到正确出路的贵族青年。他不是什么英雄，而是继奥涅金之后的又一个多余人。

浪漫主义作家莱蒙托夫十分注重人物内心的剖析，他对毕巧林的心理活动是采取逐步深入的方法来揭示的。《当代英雄》中五篇故事的自然顺序是：（1）《塔曼》；（2）《梅丽公爵小姐》；（3）《宿命论者》；（4）《贝拉》；（5）《马克西姆·马克西维奇》。为了从外表到内心，逐步揭示主人公的心理活动，莱蒙托夫调整了叙述顺序：（1）《贝拉》；（2）《马克西姆·马克西维奇》；（3）《塔曼》；（4）《梅丽公爵小姐》；（5）《宿命论者》。莱蒙托夫采用了人物转述和日记等表现形式，从多个视角透视主人公的内心世界，创作了《当代英雄》这部俄罗斯浪漫主义小说的经典之作，使其至今还具有不可抗拒的艺术魅力。

55. 美国文学的独立宣言

měi guó wén xué de dú lì xuān yán

在美国文学史上有一位散文家和诗人，他的作品并不比其他人多，甚至可能更少些，但是他的影响却比其他人都要深远。他就是美国浪漫主义文学的理论发言人、超验主义的创始人和领袖拉尔夫·华尔多·爱默生（1803—1882）。

爱默生出生在美国东部一个有名的地方：康科德，这儿曾经是美国独立战争的发难地。

爱默生的家庭是个文化世家，祖上产生了不少有名望的文人或牧师。这个家庭笃信唯一神教。这是个崇尚理性、提倡节俭的教派。爱默生自幼深受这个教派教义的影响。

爱默生八岁时父亲去世，寡母贫穷，抚养六个孩子成人，艰苦备尝。所以，从幼年时代起，爱默生就善于思考。十岁时，他进了波士顿的一所拉丁学校。由于他和哥哥弟弟们整天忙于家务与学校功课，所以很少有时间玩耍。大哥威廉第一个上哈佛大学。在念完拉丁学校后，十七岁的爱默

爱默生像

生也走进了哈佛。紧接着，他的两个弟弟均先后进了哈佛大学。他们靠着自己的努力及相互帮助，坚持不懈地共同追求知识与自我完善。尤其是爱默生，刻苦而勤奋。他通过为学校送信、抄写，为落后同学补习，赢得奖金，以赚取生活费和学费。大学期间，他尽管是神学院的学生，却大量阅读了英国浪漫主义文学家、思想家柯勒律治、华兹华斯、卡莱尔等人的作品，从而开阔了他的思想境界。毕业后，他在波士顿某教区出任牧师，推行唯一神教派的教义，这对打破加尔文教派僵死的教条起到很大的作用。但是他的进步思想也超越了唯一神教，于是他效仿著名的德国宗教改革家马丁·路德的做法，把自己的见解贴在教堂门前，弃职而去。

此后，他去过欧洲一年，参观了古代遗址，风景名胜，考察了艺术，还专程到卡莱尔在苏格兰的隐居地拜见了这位伟人。这一次，他直接接触了欧洲浪漫主义哲学和文艺思潮，对他形成超验主义有决定意义。

回国后，他回到了自己的故乡康科德，一直定居于此，用毕生精力宣传自己的超验主义思想。他主要的宣传方式是布道和演说，重要的著作有《论自然》、《论自助》和《论美国学者》等。其中《论自然》和《论美国学者》这两篇文章被同时代的作家霍尔姆士称为"我们的知识上的独立宣言"。于是，爱默生成为超验主义的领袖。1841年，他的《散文集》问世，所收文章是他以往发表过的演讲，内容涉及科学、文学、传记及人类行为等等，他在美国文学史上的地位也因此确定。1882年，爱默生以七十九岁高龄谢世。

作为美国浪漫主义文学的理论发言人，爱默生的美学观点体现在他的超验主义思想体系中。超验主义是一种什么思潮呢？它是三四十年代在新英格兰地区产生的思想文化运动，首先是在宗教、哲学领域的改革，之后扩展到文学领域。超验主义的基本观点是：人能够超越感觉经验和理性，直接认识真理。这是对在英美占统治地位的洛克经验论哲学的反对，也是对新英格兰地区加尔文教的"人性恶"、"命运论"等教条的冲击。超验主义的核心思想是：崇尚个性、崇尚自然、主张平等。从上述观点中可以看到康德、谢林、黑格尔、卢梭等人的思想痕迹，但它在美国思想史、文化史上却有着特殊的进步意义。

美国自独立战争以来，政治上已摆脱了英国殖民主义的统治，但在宗教、文化思想上还没有摆脱英国的束缚。为了创造美国自己的民族文化，超验主义提出，人的本性不是加尔文教派教义所说的恶，而是善。凭着这一点，人就可以抛开重重烦琐陈腐的传统说教，依靠自己的直觉和理性，直接在人与自然的接触中发现上帝的真理。这等于彻底冲破了欧洲的传统文化，在美国这块野性未脱的土地上直接建立自己的文化基础。当人不再依赖他人的间接经验时，靠发挥主观能动性和创造精神获得直接经验就显得十分重要了。这就是爱默生强调的自助。它接近于我们中国人现在常说的自力更生。只有自立才能更生，才能发现一个美国人的美国，发现一个哥伦布都没有、也不可能发现的充满美国精神的新大陆。正是基于这种新精神，爱默生才提出了超验主义的文艺观：美的艺术的目的不在模仿而在创造。艺术所追求的，不是对大自然或社会生活现象的照猫画虎，而是靠自己的直觉所发现的现象背后的真理。

爱默生是超验主义运动的领袖，他写作散文、诗歌，四处演讲，宣传他的思想。所以，他是思想家，也是作家、诗人。他的诗歌和散文是他思想的宣传，也是他理论的实践。他的作品不仅文风简洁生动，而且富于哲理和思辨色彩。

《论自然》是爱默生的圣约书，因为它孕育着爱默生以后所感觉到、思考着及说出来的一切，爱默生以后的散文、讲演与诗歌都是从它派生出来的。在《论自然》里，读者不会忘记那段一连串的发人深省的提问：

"我们为什么不可以也跟宇宙建立起一种新颖的关系呢？为什么不可以有一种富于真知灼见的直觉而不是因循传统的诗歌与哲学呢？为什么不可以有一种以启示为手段的宗教呢？"爱默生接下去引申说：一切科学只有一个目的，即发现关于自然的理论。判断健全的话，最抽象的真理也是最实际的真理。升华是从感觉经验的水平即自然的作用逐渐开始的。商品、美、语言、戒律是自然能赐予人类的帮助。诗歌、哲学、科学、宗教与伦理是人类用以对付它能在自身发现它的神与自然界两元论的方法。人的精神可以单纯依靠自然的全部智慧期待使这种两元论化为崇拜的行动。知性是不能完成这一任务的。只有理性能够区分"事物轴心"与"梦幻轴心"并永远"于平凡之中见奇迹"。这就有了思想高度。每种精神为自己建屋，从屋子走向世界，从世界走向天堂。这就完成了散文诗。

爱默生的这些思想，成为美国后期浪漫主义文学的理论基础。

超验主义是美国独立后的第一次思想文化运动。作为运动的领袖人物爱默生的思想不仅对美国浪漫主义文学起到理论概括和指导的作用，对美国的思想文化也具有重要的意义。他在1837年8月31日美国大学生联谊会上作《论美国学者》的演讲中宣告："对外国学识的漫长学徒时期应该结束，不能永远靠外国宴席上的残羹剩菜喂养，要用自己的脚走路，要唱出自己的歌，要写出自己的书。"这篇演讲词被称之为"美国思想上的独立宣言"，也是美国文学的独立宣言。在欧文等早期作家那里，只是一种要求文学独立的自觉意识，爱默生把这种独立意识发展成为建立具有民族特色和民主精神的美国文学的理论，为之论证、疾呼。所以，说他的思想和理论是"美国文学的独立宣言"，当之无愧。

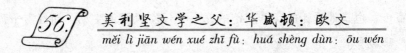

56. 美利坚文学之父：华盛顿·欧文
měi lì jiān wén xué zhī fù: huá shèng dùn: ōu wén

同许多欧洲国家相比，美国是个年轻的国家，它只有二百多年的历史。美国的文学同欧洲各国的文学相比，则更为年轻。

在《独立宣言》响彻欧洲之际，美国文学刚刚争得了一块未曾拓荒的土地。在这块处女地上，丛生着殖民主义文化的杂草，致使独立后相当长的一段时间一直不能很快地摆脱文化上依附英国的落后状况。当时的文坛上，充斥着欧洲文学的舶来品。英国评论家西德尼·史密斯隔着大西洋在《爱丁堡评论》上尖刻地讽刺说："请看地球的四个四分之一的土地上，有谁在阅读一本美国人写的书呢?"大名

欧文像

鼎鼎的法国历史学家、《美国的民主》的作者托克维尔也发表了同样的慨叹：美国至今还很少产生著名的作家，它既没有大历史学家，也没有一个出色的诗人。

这个问题深深刺激了美国的作家。他们意识到，要想使美国文学得到世界的承认，唯一的出路是创造出独具特色的民族文学形式和内容。

华盛顿·欧文（1783 — 1859）是美国建国后第一个获得国际声誉的作家，被称为"美国文学之父"。1783 年，欧文出生在美国的一个富商家庭。当时的纽约还是个处在草创时代的城市，新盖的楼房旁还留着旧时代的遗迹。年幼的欧文是个活泼好动、好奇心很强的孩子，常常独自出游，给家人带来不安，也带来许多新闻和传说。他也很喜欢读书，最爱读的就是司各特、拜伦和彭斯等人的作品。中学毕业后，父亲让他学习法律，他却和哥哥威廉、姐夫包尔丁共同创办了一个名为《杂碎》的杂志，并常在上面发表些模仿英国风格的散文、杂文、剧评等。他的作品十分滑稽诙谐，显露出幽默的天才。

欧文第一部重要作品是《纽约外史》。这部讽刺性很强的作品并不真正是关于纽约的历史，他在该书 1848 年版《作者自序》中说，写这部书

的目的是："以有趣的形式表现这个城市的传统，描绘当地的好恶、习俗与怪癖，给日常的场景与人物添上趣味盎然的丰富联想。"作品以纽约在荷兰殖民地时期的历史发展为骨架，采取闹剧式的荒唐情节与滑稽可笑的人物形象，虚构了一部荷兰殖民地时期的纽约"史诗"。欧文用幽默夸张的笔法描写了那些愚昧、粗鄙而又妄自尊大的早期荷兰移民的姿态与风貌。英国作家司各特读过之后说："我从来没有读过和斯威夫特的风格这样相近的作品。"这部小说托名为一个荷兰殖民者的子孙叫做迪特里希·尼克巴克的人所作。现在，尼克巴克这个名字已经和纽约联系在一起，而他那头戴三角帽的老人模样，还是近代漫画家为纽约这个美国最大的都市造型的形象。

1815 年，欧文远渡重洋来到了英国。在他家的企业倒闭以后，他继续留在了英国，这样一下子就呆了十七年。这段生活对他的创作生涯很重要。怀着对英国古老文明的仰慕和对前资本主义社会的向往，他遍游了英国、苏格兰、爱尔兰的名胜古迹，并结识了司各特、萨克雷等人，亲耳聆听他们的指导，扩大了自己的文学视野。在这期间，他还游历了德国、法国、西班牙各地，为他的作品准备了丰足的创作素材。终于，他的第一部成熟之作《见闻札记》问世了，反应相当热烈。拜伦曾表示喜欢他的作品。普希金、果戈理、司各特、海涅等伟大作家也很器重他的作品。萨克雷说，欧文是"新世界文学界派到旧世界文学界来的第一任大使"。

1832 年，欧文回到了阔别十七年的祖国。回国后，为了投合当时读者的口味，欧文写了一些自己并不熟悉的题材，影响不大。欧文晚期的作品是三部传记：《哥尔德斯密传》、《穆罕默德及其继承者》以及逝世前完成的多卷本《华盛顿传》。

《见闻札记》是欧文的代表作，出版后，一举奠定了欧文在美国文学史上的地位。这是一部包括散文、杂感和故事等在内的三十四篇作品的文集，其中写得最好也最有影响的是《瑞普·凡·温克尔》和《睡谷的传说》这两篇富有乡土风味和浪漫主义奇想的故事。

《瑞普·凡·温克尔》以荷兰殖民时期的乡村为背景，描写了一个贫

华盛顿·欧文故居

苦农民瑞普·凡·温克尔的奇特遭遇：在卡兹克尔丛山下，哈得逊河畔的小村落里，住着个叫瑞普·凡·温克尔的善良人。他在村子里是个喜欢帮助别人的热心肠，但在自己家中却是个出了格的懒汉。他老婆又偏是个喜欢教训人的泼妇。这就弄得他在家不能过安稳日子了。有一天，他带着猎枪和猎狗到卡兹克尔丛山中去漫游，遇到一个衣着古怪、肩驮酒桶的人求他帮忙。那人上山后就同等在那儿的几个伙伴痛饮起来。瑞普看得眼馋，忍不住偷喝了几口。不料一醉就是二十年。醒来一看，猎枪都生锈了，狗也不见了。他回到村中，旧日的山庄和酒店已荡然无存。村中的人都不认识他，旧时的朋友大多作了古。原来，他的同胞打赢了独立战争，建立了共和国。瑞普一夜之间由国王的忠实臣民变成了共和国的自由公民。村民们正忙着竞选，到处是演说、传单，使山庄失去了昔日的宁静和自在。瑞普对政治变化没有多深的印象，他所庆幸的是老婆死了，家庭中妇人的专制结束了。

这个故事的骨架是欧文从德国童话中搬过来的，但是，欧文却将它放置在纽约州的卡兹克尔山脉中，使之成为美国本土的故事，并赋予了它美国的血肉。透过作品的传奇情节和幽默语言，一种复杂的怀旧情绪在隐隐流动。新的时代开始了，它使人们摆脱了殖民者的专制，但是它也付出了不小的代价：淳朴自然的民风消失了，宁静和谐的心境打破了。新人物是那样尖刻和暴躁，政治空气是那样薄浅。相形之下，田园诗般的生活似乎更合乎人性。可惜的是，旧时代迅速地一去不复返了。历史是无情的。欧文在这篇故事里一方面写了美国乡村的风土人情，另一方面通过瑞普这个形象开创了美国文学的一种典型反抗专横思想的个人，尽管瑞普反抗的是他精明专横的妻子。

《睡谷的传说》也是一篇民间传说，故事的背景与《瑞普·凡·温克尔》十分相似。"睡谷"是赫德森河畔一个幽僻的山间小村，那里与世隔绝，老百姓思想闭塞，对各种鬼怪深信不疑。伊卡博德·可莱恩是个乡村穷教师，他挨家挨户在学生家住宿，帮着干杂活，还教唱圣诗挣几个零钱维持生活。就是这样一个乡间"文人"爱上了当地的美人，一个殷实的荷兰移民的独养女卡特林娜·凡·塔塞尔，还自以为得到了美人的青睐。他穿着一身寒酸的礼服参加凡·塔塞尔的家庭舞会，自鸣得意达到顶点。晚上，舞会散后，他在回来的路上遇到了当地流传极广的鬼怪故事中的无头骑士，趁着黑夜对他拦截和追赶。最后，这个鬼还把抱在自己胸前的人头——一个大南瓜——高高举起，向克莱恩狠狠扔了过去，把这个最怕鬼的穷教师吓得魂不附体。原来，这是卡特林娜和她所爱的小伙子一起所玩的一场恶作剧。伊卡博德从此抬不起头来，只得悄悄到外地教书去了。

这篇作品有着同《瑞普·凡·温克尔》一样的怀旧情绪。但是，更重要的是它传达了一种典型的美国式的幽默。这种明朗的幽默，使人不禁想起了美国文学中的幽默大师马克·吐温。

欧文长期旅居欧洲，他的创作自然受到了欧洲古典文学的影响，但他作为美国文学的先驱者，对美国文学的发展作出了其独有的贡献。总的说来，体现在以下几个方面：首先，他创造性地运用了美国民族的题材，描述了具有民族特色的自然景物和风土人情，在摆脱英国文学传统束缚方面迈出了艰难的一步；其次，虽然不免肤浅，但非常鲜明地刻画了具有神话色彩的童年美国形象：恬静、闲适、淳朴、天真。对于很快处于都市文明中的美国人来说，这种童年的自我形象具有特殊的魅力，感到格外亲切可爱；再次，欧文的文笔清新雅致，流畅自然，幽默又不显尖刻，诙谐不致油滑。这种"欧文式"的文体风格后来长期影响美国文学；最后，他具有建立独立的美国文学的自觉意识。他在《见闻札记》中有一篇《英国作家论美国》的杂文，文中极其鲜明地表露了这一意识，也算是对英国评论家西德尼·史密斯提出的"有谁会读一本美国的书"作出的温和却有力的回答："荣誉和声望并不单靠英国的意见，广大的世界才能给一个国家的名誉作出公断；它用千千万万的眼睛来证明一个国家的成就，依靠全世界人民的集体证明，才能确定一个国家的光荣和耻辱。"有人认为，欧文的这篇文章可以看成是美国文学的独立宣言。

1859 年，欧文在家乡与世长辞，纽约为他下半旗志哀。由于他对美利坚文学的开拓性贡献，被后人尊称为"美国文学之父"。

57. 大名鼎鼎的"皮袜子"
dà míng dǐng dǐng de pí wà zǐ

在欧美，没有人不知道"皮袜子"的故事。但故事的主角并不是人们脚上穿的什么臭袜子，而是美国长篇小说《皮袜子故事集》所塑造的一个大侦探、冒险家。这个文学形象本名叫纳蒂·班波，因为在故事中他穿着鹿皮裹腿，所以得了这么一个外号。皮袜子形象的创造者是美国浪漫主义作家库柏。

詹姆斯·费尼莫·库柏（1789 — 1851）出生在新泽西的柏林顿城，是一个发迹的政界要人和法官的第十一个儿子。出生第二年，全家迁居纽约以南的奥特赛加湖畔。这里是他家的一大片未开垦的地产，后来发展成了库柏城。库柏从小在荒原野林边缘长大，熟悉、热爱原始环境，也熟悉了解在那里居住的印第安人，以及关于他们的许多美丽奇妙的传说和故事。

老库柏为孩子们设计了最佳的教育方案：在他自己创办的学校，由有

库柏

地位的牧师辅导，然后上耶鲁或普林斯顿大学。几个大孩子都不成问题，但小库柏精力过于旺盛，不愿过书斋生活。所以，库柏年幼时几乎没有进学校读过书。他跟家庭教师学习到十四岁，然后上耶鲁大学。他生性活跃，不服管教，两年后因在其他学生宿舍里搞微量的爆炸而被学校开除。由于他无心求学，1806 年父亲安排他去船上工作，先在货船上当普通水手，后又到美国海军服役三年。一番漂泊之后，库柏对森林和海洋了如指掌，并为成为一名作家准备好了足够的知识与必须的观察能力。库柏二十二岁那年，父亲遭政治反对派杀害。库柏从海军退役，回家继承了大量的遗产，并与亲英的德兰西家族的女儿苏珊·德兰西结婚，定居于纽约州的韦斯特切斯特。他们生了几个女孩，占有大片土地，过着乡绅生活。

库柏开始写作完全出于偶然。在他而立之年，他对写作仍毫无兴趣，就连写封信也感到头痛。但他喜欢阅读。1819 年的一天晚上，他读完一本英国小说后挖苦道："这种小说还不如我写得好！"妻子笑他眼高手低，问他敢不敢写一本试试。库柏硬着头皮写下关于英国风情的小说《警惕》，因担心受到嘲笑，只敢匿名发表。一年以后，库柏在写第一部小说的经验之上，再作尝试。这回，他截取的是美国背景，塑造的是美国人物。这本题为《间谍》的作品获得了相当的成功，被誉为第一部真正的美国小说。

库柏的代表作是《皮袜子故事集》。这是以纳蒂·班波为中心人物，以美国西部边疆荒原为背景的五卷英雄史略。1823 年，他发表了《开拓者》，小说中的纳蒂已七十有余。作者显然无意写多卷小说，但其中的人物侦探皮袜子使读者大感兴趣，于是库柏又添写了四卷。《最后的莫希干人》中的纳蒂三十多岁；《草原》写的是八十多岁的纳蒂最后几年的生活。此后，库柏又写了一些航海和其他题材的小说。直到1840年，他根据读者的要求，再次"救活"纳蒂·班波，发表了《探路者》，其中的主人公正值壮年。次年，库柏又写下《杀鹿者》，其中的纳蒂刚刚二十冒头。1850年，他按纳蒂生平时间顺序，以《皮袜子故事集》为总书名，重新发表了这五部小说。

《最后的莫希干人》是这五部小说中最成功的一部，它讲述了这样一个故事：1757年纽约北部张普伦湖畔的亨利要塞被法国殖民军和火伦印第安部落包围，而偏偏在此时，亨利要塞统领孟洛上校的两个女儿柯拉和爱丽丝，也正从爱德华要塞出发，赶来与她们的父亲相聚。护送姐妹俩的是仪表堂堂的青年军官邓干少校和容貌丑陋但刚毅坚强的格姆。这一小队中的另一名成员是狡猾凶狠的印第安带路人马古亚。马古亚假装迷路，把他们带入火伦族印第安人的领地。幸好，他们在途中遇到英军侦察纳蒂·班波和他的印第安同伴：秦加茨固和他的儿子恩卡斯，这是两个最后的莫希干部族人。他们识破马古亚的意图，决定把他逮捕起来。但动手之前，马古亚见势不妙，钻入丛林逃跑了。

纳蒂意识到，充满敌意的火伦部落已经包围他们这一行人马，决定暂时潜伏，待到天黑行动。夜幕降落，皮袜子纳蒂带领众人来到河边，从灌木丛中取出暗藏的独木舟，把他们渡到一个河心岛上。但是，藏在密林中的马匹遇到狼群，惊恐地嘶叫起来。火伦部落发现了他们，在马古亚率领下向他们疯狂袭来。素有"长枪"美称的纳蒂弹无虚发，从岛上射倒岸上不少冲在最前面的印第安人。

纳蒂和他的朋友们用尽弹药，决心勇敢地面对死亡。姐姐柯拉力劝他们逃跑。纳蒂和秦加茨固父子勉强同意，跳入急流，游到对岸丛林。邓干少校、大卫·格姆和孟洛上校的两个女儿被虏获，带回火伦印第安人营地。柯拉沿途折断树枝以示去向。马古亚提出，如果柯拉答应做他的妻子，她就释放她妹妹爱丽丝。柯拉严词拒绝。马古亚怒不可遏，举起战斧朝爱丽丝砍去。利斧在她头上闪过，幸未砍着。邓干少校此时挣脱绳索，朝一个火伦印第安人扑去。那人闪过之后，举刀欲砍。突然一声枪响，那人应声毙命。原来，皮袜子和秦加茨固父子一直尾随着他们，此时赶来营救。经过一场激战，火伦部落被打败，但马古亚又一次逃脱。

皮袜子重新聚集这队人后，继续向被法国将军蒙卡姆包围的亨利要塞进发。亨利要塞大雾弥漫，致使敌人难于发现他们，但他们也因此迷了路。敏锐的恩卡斯发现亨利要塞打出炮弹留下的坑迹，判定了方向。

孟洛上校与他的两个女儿在患难中相聚，悲喜交加。由于要塞仍然岌岌可危，纳蒂和邓干少校马上分手，各行其职。纳蒂被派往爱德华要塞送信，向那儿的英国殖民军司令魏勃求援。回来的路上，被法国殖民军俘虏。蒙卡姆将军从他身上搜出魏勃的亲笔信后，将他释放。蒙卡姆随后邀请孟洛上校私下会面。孟洛派邓干作代表前往，以探虚实。但邓干无法从将军嘴里套出任何有关消息。回来后，孟洛令邓干先把自己的内心感情倾倒出来，然后再报告与蒙卡姆见面的情况。邓干于是吐露了倾慕爱丽丝的实情。孟洛上校对此快快不乐。他认为邓干没有看中大女儿柯拉是嫌弃她的血统——柯拉是孟洛和他黑白混血的前妻所生。

孟洛听取邓干的报告后，决定前去见蒙卡姆。蒙卡姆出示了魏勃的亲笔信。魏勃在信中拒绝派增援部队到亨利要塞。孟洛上校遭到当头一击，但仍然决定不顾力量悬殊，死守要塞。蒙卡姆提出使孟洛不失面子的投降条件，终于说服了这位英军统领。

但是，蒙卡姆答应的条件并未付诸实施，因为他无法控制手下的印第安雇佣军。他们向一群离开要塞的妇女和孩子袭击，野蛮地屠杀他们。原来，这批印第安人的头领就是马古亚。马古亚再一次俘虏了柯拉和爱丽丝。格姆殊死保护姐妹俩，寡不敌众，也被擒获。马古亚将三人押送至火伦印第安营地，将爱丽丝和格姆交给手下人看管，自己把柯拉带到附近的德拉瓦尔部落营地。

孟洛上校、纳蒂、邓干和秦加茨固父子四处搜寻营救被俘的姐妹俩。他们来到火伦地区，遇见逃出的格姆。格姆佯装疯癫，使火伦印第安人对他失去警戒，乘机逃脱。

邓干决定扮作法国医生，独闯火伦印第安营。印第安人将信将疑地接待了他，其中一个甚至请他去治疗得病的儿媳。邓干吃惊地发现恩卡斯也被俘虏，解押进印第安营地。火伦部落的头领们将开会决定他的生死。

邓干在一个印第安人的陪同下去病人家中。路上他发现一头大熊跟踪着他们，不免心惊胆战。但当那个印第安人离开时，那熊取下头套，显出班波的真容。两人打探到囚禁爱丽丝的山洞，前去营救。马古亚突然出现在他们面前。纳蒂将他击倒在地，救出爱丽丝。随后纳蒂再次扮作大熊，返回火伦营地，救出恩卡斯。

皮袜子、邓干、恩卡斯和爱丽丝来到中立的德拉瓦尔印第安营地投宿。第二天，马古亚带领人马追踪而来，一要索回柯拉姐妹，二要报复皮袜子。在德拉瓦尔印第安老酋长塔蛮能面前，马古亚要求索回所有英国俘虏，处死恩卡斯。老酋长根据印第安人的法规，答应了马古亚的要求。

所有德拉瓦尔印第安人都钦佩恩卡斯的英雄气度，然而塔蛮能酋长还是宣判对他执行死刑。老酋长手下人撕开恩卡斯的猎衣，惊得目瞪口呆：在他的胸口上文着一只漂亮的小乌龟。这是莫希干人的图腾，而德拉瓦尔人是分化出来的莫希干人的后代。

老酋长立刻让位于恩卡斯，请他接替自己当德拉瓦尔族的酋长。尽管如此，马古亚仍然坚持要带走柯拉。他说他俘虏了柯拉，因此有权娶她为妻。按照神圣的印第安风俗，马古亚得到了自己的权利，而且其他人在日落之前不得对他动以刀兵。恩卡斯警告他，太阳一落山，他就带兵追赶。马古亚轻蔑地一笑，带着柯拉扬长而去。

太阳落山时，邓干、纳蒂、恩卡斯和德拉瓦尔人发起追击。双方相遇后展开血战。正当德拉瓦尔人形势危急时，在附近藏身的孟洛上校和秦加茨固突然出现，扭转了败势。火伦人被击溃。马古亚带着柯拉和两个印第安人逃上悬崖，恩卡斯紧追不舍。马古亚将利刀刺入恩卡斯的胸膛，而另一个火伦印第安人则杀死了柯拉。马古亚跳过岩石，眼看又要溜之大吉。此时，纳蒂扳动枪机，马古亚应声跌下悬崖。

德拉瓦尔营地沉浸在悲伤的哀悼中，听不到胜利的欢呼，也听不到凯旋的歌声。所有人都默默肃立，显得沉静可怕。秦加茨固失去了高尚的儿子，上校失去了心爱的女儿，皮袜子失去了他勇敢的朋友。举行了庄严肃穆的葬礼后，所有白人都决定回到自己的文明世界去，只有皮袜子执意留下。他和秦加茨固一起，继续活跃出没在北美原始森林中。

《最后的莫希干人》

《最后的莫希干人》发表于美国独立战争之后，但反映的是欧洲殖民主义者最后争夺北美殖民地时期的真实历史。英法两国长期争夺从阿勒格尼山脉到密西西比河之间的大片土地所有权。从1754年起，两国矛盾开始激化。1756年英国在欧洲向法宣战，此后的七年之中，两国在北美打了瓜分殖民地的最后、最重要的一场战争。法国军队招募了一些印第安人作为雇佣军；而英国殖民军则和当地落户的美国人联合，也拉拢了一些印第安人部落。这场战争以英国得胜而告结束。1763年，双方签订条约，法国被迫将整个加拿大和西至密西西比河的大片殖民地交让给英国。小说在一定程度上反映了这一时期的许多方面，如欧洲殖民主义者步步进逼西部边疆，殖民主义大国之间的殖民地争夺战等。小说尤其揭露了白人殖民主义者对印第安人的杀戮、欺诈和裹胁，让他们充当殖民军的炮灰，并挑拨部落间的互相残杀，致使整个的印第安部落遭到灭绝。秦加茨固酋长竟成了莫希干部落的最后一个生存者。但是，由于库柏成功地塑造了纳蒂·班波这个西部人的最初典型，《最后的莫希干人》丝毫没有因为其中的真实人物和事件而失去文学光泽，蜕变成历史记载。

库柏是个多产的作家，在三十余年的创作生涯中，他共完成了三十三部小说，平均每年一部。他的作品还开创了美国文学史上三种类型的小说：以《间谍》为代表的历史小说，以《领航人》为代表的海洋小说和以《皮袜子故事集》为代表的边疆小说。另外，他还写了不少旅行记事和社会评论，甚至海军史方面的书籍。1826 年至 1833 年之间，他在欧洲居住七年，一则休养身体，二则保护他的版权，因为他的小说大部分是在欧洲出版的。

库柏的后期生活并不美满。欧洲批评界对他的作品评价不高，为此他十分恼火，常写信去报社，指责别人诽谤他的名誉。他的小说给他带来了巨额收入，但他挥霍一空，死前刚好勉强还清债务。库柏在 1851 年 9 月 14 日他六十二岁生日的前一天因肝硬化谢世。

库柏也许算不上是个伟大的作家，但他是第一个有影响的名副其实的美国小说家，是美国民族文学的奠基人之一。正因为这一点，也因为他小说的广泛的读者市场，库柏在美国小说史的第一页上占据着最引人注目的地位。